데스마치에서 시작되는
이세계 광상곡
7

아리사
쿠보크 왕국의 옛 왕녀.
전생에 일본인.
사토
이세계를 헤매고 있는
서른 줄 프로그래머.
타마
고양이 귀 종족의 소녀.
포치
강아지 귀 종족의 소녀.
미아
말수가 적고 음악을
좋아하는 엘프.

루루
쿠보크 왕국 출신.
아리사의 언니.
리자
주황 비늘 종족의 소녀.
나나
무표정한 호문클루스.

어둠의 옥션 참가 전에
인식 저해의
마법 도구를 사러―.
“우리는 역시 1급을 사기로 해요.
1급은 조금 더 싼 거겠죠?”
왕궁에서 자란 것치고는 경제관념이 높은가 보다.
최종적으로 내가 3급을 세 개 사서,
두 사람에게 빌려주는 걸로 이야기가 마무리 되었다.

데스마치에서 시작되는 이세계 광상곡 7

★★★

아이나나 히로

Death Marching to the Parallel World Rhapsody

Presented by Hiro Ainana

C O N T E N T S

Death Marching to the Parallel World Rhapsody 7

메네아 왕녀의 의뢰

"사토입니다. 청천벽력이란 말이 있는데, 인생은 언제 무슨 일이 일어날 지 모릅니다. 그러니까 오늘이란 날을 후회 없이 즐겁게 지내는 거다— 라고 시골 할아버지께서 자주 말씀하셨어요.

"처음 뵙겠습니다, 저의 용사님. 저는 시가 왕국 동방에 있는 소국의 왕녀, 메네아 르모크라고 하옵니다."

허리까지 내려오는 느슨하게 굽이치는 옅은 핑크색 머리칼과 수정색 눈동자를 가진 미소녀가, 나를 향해 사랑에 빠진 소녀 같은 표정으로 말했다.

그녀 옆에 AR표시된 정보를 가볍게 읽었다.

나이는 16세. 레벨 9에 「예의범절」 스킬과 보기 드문 「소환 마법」 스킬을 가졌다.

윤곽이 그리 깊지 않은 생김새이며, 키는 150센티미터쯤 되지만 허리가 가늘고 가슴이 컸다. D컵에 한 걸음 모자란 C컵 정도.

신분의 차이만 아니면 4~5년쯤 지나서 꼬셔보고 싶은 미소녀였다.

그러나 그녀하고는 면식이 없었다.

물론 그녀의 뒤에 있는 호위기사도.

오늘 낮의 사건 — 공도의 투기장에 노란 피부 마족이 나타나고, 하늘을 뒤덮은 대괴어(토부케제라)의 무리가 공격해 왔다 — 때문에 용사 나나시가 되어 그녀의 궁지를 구하기는 했지만, 정체가 들킬 만한 상황은 없었을 텐데?

"우리 나라의 고난을 용사님의 힘으로 구해주셨으면 합니다. 사가 제국의 의향도—."

아무래도 내가 일본인 얼굴에다 흑발이라 사가 제국의 용사 하야토랑 착각한 모양이군.

그건 그렇고 내가 머무르는 백작 저택까지 와서 착각하는 이유가 뭐지?

—아차, 고찰하기 전에 오해부터 풀자.

"전하께서 오해하신 것 같군요. 저는 사가 제국의 용사님이 아닙니다."

"—네?"

고혹적인 웃음을 짓고 있던 왕녀가, 의표를 찔려서 16세란 연령다운 무방비한 표정으로 바뀌었다.

"처음 뵙겠습니다. 저는 시가 왕국 무노 남작령의 사토 펜드래건 명예사작이라고 합니다."

"……카리나 언니가 말씀하신 영웅요리사 사토?"

—카리나 양. 이상한 별명 퍼뜨리지 말아주세요.

"저는 영웅으로 불릴만한 자가 아닙니다. 그보다는 어쩌다가 저를 사가 제국의 용사님이라고 착각하신 걸까요?"

나는 소파를 권하면서 물었다.

심문이 아니라, 조금 흥미가 생긴 것뿐이라 따지는 어조가 되지 않도록 주의했다.

"……그, 그건."

메네아 왕녀가 머뭇거리다 한 이야기를 정리해 보면—.

공작성에서는 용사 주변에 귀족들이 모여 있어서 탄원은커녕 다가가지도 못하고 있었는데, 용사가 나를 만나러 갔다는 이야기를 듣고 찾아왔다고 한다.

그래서 검은 머리 검은 눈에 일본인 얼굴의 나를 보고는 사가 제국의 용사랑 착각한 거로군.

용사가 나를 만나러 오는 이유가 신경 쓰였지만, 일단 맵으로 그의 현재 위치를 확인해볼까?

맵으로 검색을 실행한 타이밍에 누가 문을 노크하더니, 저택에 딸린 노집사 세바흐 씨가 나타났다.

"—사토 님."

그 뒤편에 내가 지금 검색한 인물이 있었다.

"들여보내주세요."

나는 노집사의 말을 기다리지 않고, 용사들을 방으로 불러들였다.

"실례하지."

파란 금속 갑옷을 입은 용사가 나타났다.

스포츠맨 같은 머리모양에 두꺼운 눈썹. 남자다운 웃음을 짓고 있었다. 제법 미남이네.

『이 몸은 사가 제국의 용사 하야토 마사키다.』

일본어로 묻는군.

『처음 뵙겠습니다, 용사님. 저는 사토 펜드래건 명예사작이라고 합니다.』

용사 뒤에는 그의 종자인 호화로운 금발 롤 머리의 폭유 여성, 사가 제국의 제21황녀 메리에스트 양이 있었다.

『너도 일본에서 소환됐나?』

『린그란데 양께도 말씀 드렸지만, 저는 선조가 일본인입니다. 일본어는 동료 중에 전생자가 있어서—.』

선량해 보이는 용사에게는 일본인이라고 가르쳐줘도 될 것 같았지만, 그의 등 뒤에 있는 사가 제국이 귀찮은 일을 떠넘기지 않으리란 법이 없다.

그래서 전에 린그란데 양에게 말한 것과 같은 프로필을 말했다.

일부러 일본어로 대답한 이유는 모르는 척 했다가 나중에 들키는 것보다 낫다고 판단했기 때문이다.

아리사와 용사는 면식이 있다고 하니, 내 동료 중에 전생자인 아리사가 있다고 가르쳐 줘도 문제없겠지.

용사가 아리사의 고향을 방문했을 때 스킬 리셋 같은 전생자나 용사 특유의 정보를 교환했을 정도니, 적어도 용사는 아리사를 기억하고 있을 것이다.

『전생자— 혹시, 그 녀석 이름은 나나시인가?!』

『아뇨, 다릅니다. 그녀의 이름은 아리사라고 합니다. 본인은 용사님과 만난 적이 있다고 하더군요.』

『마이 허니가 살아 있단 말인가?! 정말이냐, 사토(佐藤)?!』

용사가 나랑 얼굴이 맞닿을 정도로 다가왔다.

그건 그렇고 마이 허니란 말이지? 용사가 아리사를 엄청 좋아하나 본데?

생각보다 격렬한 반응이군. 그의 동료들과 메네아 왕녀도 무슨 일인가 싶어 놀란 표정을 지었다.

"—오오오."

"우와~?"

"밀면 안 되는 거예요."

"우웅."

입구에서 떠들썩한 목소리와 함께 우리 아이들이 굴러들어왔다.

"대피~?"

하얀 숏헤어에 고양이 귀 고양이 꼬리의 타마가 그 말 한 마디와 함께 제일 먼저 도망쳤다.

타마는 언제나 재빠르다.

"타마, 기다려! 인 거예요."

다갈색 머리칼을 보브컷으로 다듬은 강아지 귀 강아지 꼬리의 포치가 외치면서 타마를 따라갔다.

『—귀 종족?』

뛰쳐나간 두 사람을 보고 용사가 놀라며 말했다.

린그란데 양도 놀란 기색이었으니, 사가 제국의 보호구역 밖에서 귀 종족을 보는 게 참 드문 일인가 보군.

"둘 다 재빠르네~."

보라색 머리칼과 눈동자를 가진 아리사가 투덜거렸다. 예전에 일본인이었던 전생자이며 동료들의 무드 메이커이다.

그녀는 평소 불길하다는 보라색 머리칼을 감추려고 금색 가발을 쓰고 다니지만, 일련의 소동 때문에 가발이 벗겨져 버렸다.

"……유리코 님과 같은 보라색 머리칼?"

메네아 왕녀가 작게 중얼거린 소리가 「엿듣기」 스킬로 들렸다.

—유리코?

일본인 이름이네. 기분 탓인지 어디서 들어본 것 같은데…….

아무래도 그녀가 아는 사람 중에 아리사와 같은 전생자가 있나 보군.

"아리사."

옅은 청록색 머리칼을 트윈테일로 묶은 엘프 미아가, 자기 위로 쓰러져 있는 아리사에게 단어로 항의했다. 트윈테일 사이로 엘프의 특징인 약간 뾰족한 귀가 보였다.

"미안, 미아."

아리사가 사과하면서 일어섰다.

"미아를 보조한다고 전합니다."

"응, 감사."

어느샌가 나타난 거유 금발 미녀 나나가 미아를 도와서 일으켰다.

말투가 좀 요상한 나나는 겉보기에는 어른이지만 생후 1년도 안 되는 호문클루스였다.

"주인님, 제대로 감독하지 못해 죄송합니다."

주황 비늘 종족의 리자가 나타나 사죄의 말을 했다.

그녀의 종족은 도마뱀 같은 꼬리를 가졌고, 목줄기나 손이 오렌지색 비늘로 덮인 것 말고는 인간족과 구별이 안 된다.

"죄송합니다~."

"깊게 사죄하는 거예요."

리자의 양 팔에는 도망친 타마와 포치가 봉제인형처럼 안겨 있었다.

그러나 용사는 애들의 사과를 전혀 듣지 않았다.

『저, 정말로…… 아리사 왕녀인가?』

"용사님을 만나고 싶은 마음에 그만 들떠 버려서……. 이래서는 돌아가신 부모님께 혼나겠어요."

아리사가 평소와 달리 조신한 어조로 말하며 숙녀처럼 우아하게 인사했다.

"오랜만입니다, 용사님. 다시 뵙게 되어 참으로 기쁘답니다."

『아리사 왕녀!』

나한테서 손을 뗀 용사가 아리사 가까이 다가가더니 허리를 낮춰 아리사와 눈높이를 맞추었다.

재회에 감격하고 있는 모습인데도 아리사에게는 손가락 하나 댈 기색이 없었다.

그러고 보니 아리사랑 만났을 때 「YES! 로리타, NO! 터치」라는 기성을 질렀다고 했었지.

"용사님, 다른 분들이 당황하고 있어요. 이제 그만 시가 국어나 사가 제국의 말을 하지 않으시겠어요?"

“아아, 그래야지.”

〉「사가 국어」 스킬을 얻었다.

시가 국어랑 사가 국어는 비슷한 건지 스킬이 없어도 알아들을 수는 있었다.

하지만 스킬 포인트가 대량으로 남아 돌고, 나중에 필요할 것 같으니 스킬 레벨을 5 정도까지 올려서 유효화(액티베이트)해뒀다.

나는 용사 일행에게 응접실 소파를 권했다.

공기로 변한 메네아 왕녀에게는 미안하지만 조금 더 기다리세요.

“그건 그렇고 무사해서 다행이야. 나는 요워크 왕국의 침략 때문에 분명히—.”

“—하야토.”

섬세함이 부족한 말을 하려던 용사를 메리에스트 황녀가 막았다.

“여러모로 일이 많았지만, 지금은 사토 님 비호 아래서 동료들과 함께 행복한 나날을 보내고 있어요.”

“정말로 행복한가?”

아리사를 보던 용사가 눈썹을 찌푸렸다.

아마도 아리사에게 있는 「사토의 노예」란 칭호를 봤겠지.

“네, 아주요.”

"그렇군—."

내 옆에 앉은 아리사가 내 어깨에 머리를 기대며 행복함을 어필했다.

"—사토!"

용사가 내 이름을 일본식으로 불렀다.

"아리사 왕녀는 너에게 맡긴다. 하지만 『YES! 로리타, NO! 터치』의 정신을 잊지 마라! 유녀는 아끼는 것이지 손을 대는 대상이 아냐! 만약 아리사 왕녀에게 손을 댄다면 이 성검 아론다이트가 가만 있지 않을 거다."

용사가 약간 충혈된 눈으로 나한테 말했다.

"예전 왕녀랍니다."

아리사가 주장했지만 그는 「아리사 왕녀」란 호칭을 바꿀 생각이 없어 보였다.

"그야 물론이죠. 10대 아이에게 손을 댈 생각은 없습니다. 그리고 제 이름은 사토가 아니라 사토입니다."

역시 여성은 20대부터가 진짜거든.

"10대를 보고 아이라니, 너도 이제 막 성인이 됐잖아."

용사 옆에 앉은 린그란데 양이 작게 중얼거리는 소리가 들렸지만 상큼하게 무시했다.

이 세계에 오면서 15세로 젊어져 버렸지만, 내면은 서른줄 아저씨 그대로니까 중고생 이하의 애들은 연애 대상이 못 됩니다.

"차를 가져왔습니다."

저택에 딸린 메이드들과 함께 내 동료 중 한 사람인 검은 머리 검은 눈의 초절 미소녀 루루도 같이 차를 날라왔다.

"이거야, 굉장하군……."

"하야토. 실례야."

루루의 미모에 숨을 삼키는 용사를 그의 종자인 메리에스트 황녀가 타일렀다.

이 세계의 주민에게는 루루가 미인으로 보이지 않는다. 메리에스트 황녀는 용사의 말을 「굉장히 못생겼다」로 착각했겠군.

"아, 아뇨. 신경 쓰지 않아요……."

루루가 난처한 기색을 보이며 접시로 얼굴 반을 가렸다.

"루루, 용사님은 미인이라고 말한 거야."

"……주인님. 고맙, 습니다."

나는 진실을 전했는데 루루는 억지로 위로하는 말이라고 받아들인 모양이었다.

"사토 말이 맞아. 이 몸은 당신 정도 미소녀를 본 적이 없을 정도거든?"

루루는 용사의 말에 혼란을 느꼈는지, 꾸벅 인사를 하고 방에서 달려나가 버렸다.

나중에 루루를 찾아가서 좀더 잘 말해봐야겠군.

"저 애도 사토의 혈족인가?"

"아뇨, 저 애는 아리사의 배 다른 언니입니다."

"아리사 왕녀의?"

"네, 루루 언니는 증조부가 사가 제국의 용사님이었답니다."

용사가 작은 목소리로 「다섯 살만 더 어렸어도……」라고 했지만 못 들은 걸로 하자.

우리 이야기가 일단락 되자, 메네아 왕녀가 벌떡 일어섰다. 사람들 시선이 그녀에게 모였다.

“처음 뵙겠습니다, 저의 용사님. 저는 시가 왕국 동방에 있는 소국의 왕녀, 메네아 르모크라고 하옵니다. 우리 나라에—.”

“—르모크 왕국이라고 했나요?”

“그러고 보니 분홍색 머리칼은 그 나라 왕족만 가진 특징이 었지.”

왕녀가 자기 소개에 이어 탄원의 말을 하려는 참에 메리에스트 황녀와 린그란데 양의 목소리가 가로막았다.

“그 르모크 왕국 말이지—.”

어째선지 용사의 목소리도 험악했다.

르모크 왕국에서 무슨 일 있었나?

“—이 녀석 나라는 축복 없는 소환 마법으로 일본인을 몇 명이나 유괴했어.”

“사가 제국의 용사 소환 같은 건가요?”

“똑같이 취급하지 말아 주겠어요? 파리온 신의 축복을 받아 강대한 힘을 받으며 소환되는 용사님과, 축복도 없이 보통 사람인 채 강제로 불러내는 소환을 똑같이 보는 건 불쾌합니다.”

내 부주의한 말에 메리에스트 황녀가 눈썹을 치켜세우며 정정을 요구했다.

“그런 차이가 있었군요—. 공부가 부족하여 귀국을 모독하게 된 것을 사죄드립니다.”

나는 곧장 사과했다.

화제가 약간 비껴나간 타이밍에 메네아 왕녀가 용사 앞에 엎드렸다.

"용사님— 아뇨, 일본인인 하야토 마사키 님께 사죄 드립니다."

일본에서 대국민 사죄할 때 하는 스타일이었다.

"저, 전하!"

메네아 왕녀의 행동을 보고 그녀의 종자가 놀라 달려왔다.

"우리 나라는 일본인에게 용서받을 수 없는 죄를 범했습니다. 함께 엎드리세요."

그녀의 말에 종자가 납득하지 못하겠단 표정으로 무릎을 꿇었다.

"용사 소환을 연구하는 족제비 수인족의 마술사가 부추겼다고는 하나, 우리 나라가 송환할 방도도 없이 8명의 일본인을 소환했으며 그 중에서 과반수가 목숨을 잃게 된 것은 사실입니다."

—으엑. 그건 심하네. 용사가 화낼 만 하다.

그건 그렇고 족제비 수인족은 무슨 목적으로 용사 소환을 연구한 걸까?

이기적이며 교활한 종족이란 선입견 때문인지 못된 꿍꿍이를 꾸미고 있을 것 같아 무섭다.

"그렇지만, 그 소환을 행했던 선대 국왕이자 저의 조부는 부왕이 처벌했고, 소환을 실행했던 숙모와 족제비 수인족의 마술사 또한 죄의 대가로 목숨을 잃었습니다."

메네아 왕녀가 고개를 숙인 채 말을 이었다.

그건 그렇고, 자식이 부모를 처형한단 말이지……. 이세계는 여전히 살벌하네.

"지금 우리 나라에 일본인 소환을 꾀하는 자는 없습니다. 그러하니—."

"힘을 빌려달란 말인가요?"

메네아 왕녀의 말을 메리에스트 황녀가 차가운 목소리로 막았다.

"—그, 그렇습니다. 미, 민초를 위해서 사악한 용을 토벌해주셨으면 합니다."

메네아 왕녀는 황녀의 시선에 떨면서도 탄원을 이어 나갔다.

용이라……. 살아 있는 용이라면 만나보고 싶은데.

"사악한 용? 르모크 왕국에 용이 있다는 이야기는 들어본 적이 없어."

린그란데 양이 당혹하여 말하자, 메네아 왕녀가 세부 사항을 전달했다.

"사악한 용이 나타난 것은 반년 정도 전이라고 들었습니다. 왕도와 이웃 나라를 잇는 주가도의 분기점에 있는 마을에 용이 살기 시작하면서, 주변 마을에 사는 백성과 가도를 지나는 상인들을 잡아먹고 있다고 합니다."

그러나 그 이야기를 듣고서도, 용사의 동료들은 당혹감을 씻어내지 못했다.

"용에게 도전한 무인이 격퇴되고, 용의 비늘이나 알을 훔치러 숨어 들었던 도적이 살해당한 이야기라면 들었지만……."

"용이 백성을 직접 해치다니, 옛날이야기에서도 들어본 적이 없어."

그러고 보니 세류 시를 공격한 흑룡은 가축을 먹어 치웠을 뿐이지 주민에게는 손대지 않고 돌아갔다고 했었지.

"메리, 허위간파의 비보(아티팩트)는?"

"믿기 어렵지만, 사실인 것 같아."

어느샌가 모노클 같은 마법 도구(매직 아이템)를 쓴 메리에스트 황녀가 용사의 질문에 대답했다.

대화의 흐름으로 추측해보면 거짓말 탐지기 같은 마법 도구로군.

그런 편리한 마법 도구가 있었구나.

"르모크 왕국군은 출병한 건가요?"

"네, 물론입니다. 용을 쫓아내고자 왕국기사단이 출진하고 주변 국가에서 용병단을 모아 용에게 도전했지만, 어찌하지 못한 채 물러나고 말았습니다."

나라의 위기라면 용사에게 부탁하기 전에 군이 할 일이라고 생각하여 물어봤지만, 이미 할 만큼 해본 모양이군.

오유고크 공작과 시가 국왕에게도 용 퇴치의 조력을 부탁해 봤지만, 르모크 왕국의 왕도에 피해가 없다는 이유로 거절했다고 한다.

그건 그렇고 그녀의 나라가 한 일에 의분은 느껴지지만, 직접 피해를 받고 있는 주변 마을 사람들에게는 죄가 없단 말이지.

용사가 나서지 않으면 내가 천구로 날아가서 용이랑 이야기를 해봐야겠는걸.

"—용이라. 상대로서 부족함이 없군."

용사가 사나운 미소를 지으면서 자기 손바닥을 주먹으로 쳤다.

그도 르모크 왕국에 대한 응어리보다 피해를 받고 있는 일반인을 선택한 모양이군.

"잠깐, 하야토. 아무리 그래도 무모해."

"소국군의 동쪽과 족제비 제국 사이에 있는 하급룡 서식지에서 온 떠돌이라면 괜찮지만, 만약 날뛰고 있는 게 흑룡산맥의 성룡이라면 손대면 안돼."

"맞아, 하야토. 용의 이빨은 모든 것을 꿰뚫는다고 하니까."

"그래. 용의 이빨은 마왕조차 멸하는 궁극의 칼날. 하야토의 『무적의 방패(막아내지 못할 것 없으리)』도 절대적이지 않다는 걸 잊지마!"

린그란데 양과 메리에스트 황녀가 어렵다는 표정으로 용사에게 쓴 소리를 했다.

—다행이다.

용의 계곡 바깥에도 용의 서식지가 있었구나.

나중에 들은 이야기에 따르면, 하급룡이 중급마족과 상급 마족의 중간, 성룡은 상급 마족과 마왕의 중간 수준으로 강하다고 한다.

"이 몸은 용사야! 악룡에게 고통 받는 사람들을 방치하면 그게 어디가 용사야! 용을 이기지는 못해도 쫓아내는 것 정도도 못해서야 마왕을 퇴치하는 건 꿈속의 꿈같은 일이잖아."

용사가 소파에서 일어서더니 뜨거운 어조로 말하며 린그란데 양과 메리에스트 황녀를 번갈아 보았다.

둘 다 용사에게 반했는지 눈길이 마주치자 볼이 상기되었다.

“그리고 이 몸에겐 너희들이 있잖아. 우리들이 모이면 설령 흑룡산맥의 성룡이라도 쫓아낼 수 있어.”

용사가 힘차게 선언했다.

어째선지 용사의 어필이 아리사를 향하고 있었다.

“멋져요, 용사님.”

시선을 받은 아리사가 눈을 반짝거리면서 말했다.

아리사가 등 뒤로 돌린 손에 안약 병만 없었다면 참으로 감동적인 장면이었다.

“좋아, 메네아 왕녀. 네 부탁을 들어주지. 사토, 같이 가자.”

용사가 내 어깨를 힘차게 움켜쥐면서 명령했다.

—어째서 나까지?

“아리사 왕녀의 비호자로서 걸맞은지 시험해 보겠어.”

“저, 저기 용사님. 주인— 사토 님은 공도에서 할 일이—.”

멋대로 선언하는 용사의 말에 아리사가 황급히 끼어들었다. 내 몸을 걱정해서 그러는 거겠지.

하지만 타국에서 용 퇴치를 한다면, 살아 있는 용을 만날 수 있을 뿐 아니라 용사의 은선(銀船)에 탈 수 있을지도 모른다.

차원 잠행의 구조는 알기 어렵겠지만, 아공간에 들어갈 때 감각을 체험하거나 경치를 바라보는 건 꼭 해보고 싶다.

선내의 모습이 서양식인지 일본풍인지, 혹은 SF풍미인지 상상의 날개가 펼쳐졌다.

이런 기회를 놓치면 아깝지.

꼭 참가해야겠어.

“용사님께 폐가 되지 않는다면 후학을 위해서 꼭 동행하고 싶습니다.”

“좋아! 그렇게 나오셔야지!”

안절부절 못하는 아리사를 달래고 용사의 제안을 수락했다.

“아리사 왕녀! 이 몸과 함께 가니까 걱정은 하지마.”

용사가 가슴을 탕 치면서 듬직한 어조로 말했다.

“괜찮아.”

나도 피보호자에게 걱정을 끼치고 싶지 않으니 아리사의 귓가에 속삭였다.

“요, 용사님! 저도 동행하게 해주세요.”

“고, 공주님?!”

또 다시 공기가 되었던 메네아 왕녀의 말에 그녀의 호위기사가 비명을 질렀다.

메네아 왕녀가 동행한다면 자동적으로 그도 같이 용 퇴치를 가야 하기 때문이겠지.

“너도? 미안하지만 공석이 둘밖에 없어. 사토를 태우면 한 자리밖에 안 남지.”

용사가 차갑게 잘라 말했다.

왕녀님이 종자도 없이 여행을 떠나시진 않겠지.

그러나 메네아 왕녀는 보통이 아니었다.

“그러면 저 혼자만이라도! 용사님과 함께라면 이 몸에 위험

따위 없을 테지요."

"잠깐—."

"당신—."

메네아 왕녀가 용사의 품에 뛰어들었다.

린그란데 양과 메리에스트 황녀가 메네아 왕녀의 행동에 눈썹을 치켜세웠다.

"그만둬, 답답해."

용사가 미소녀의 포옹을 거칠게 떼어냈다.

그 모습에서 쑥스러움이나 정욕이 느껴지질 않았다. 언뜻 고결한 인물처럼 보이지만, 그는 유녀 취향이니까 좋아하는 대상이 아닌 거겠지. 자기 취향에 기개가 있는 친구로군.

"공주님! 그럴 수는 없습니다. 제 좌석은 필요 없습니다. 용사님, 전하와 저를 꼭 동행시켜 주십시오."

메네아 왕녀의 모습을 보고 포기했는지, 호위기사도 동행하게 되었다.

조금 늦게 아리사도 동행을 희망했지만, 그건 나랑 용사가 즉시 기각했다.

용사의 행동은 신속했다. 그날 안으로 공도를 출발하게 됐다.

나는 용사가 은선을 부르는 동안 동료들에게 사정을 설명하고 뒷일을 아리사와 리자에게 부탁했다.

"이 리스트에 있는 사람들에게 취소 연락을 해두면 되는 거지?"

"미안, 아리사."

용사의 얘기를 들어보니 2, 3일만에 돌아올 수 있겠지만, 만약을 위해서 공작 손자의 결혼식까지 예정을 모두 취소하도록 부탁했다.

그 대화가 끝날 무렵 빌린 별채 앞에 용사의 은선이 찾아왔다.

"고양이 귀~?"

"이쪽 언니는 강아지 귀인 거예요!"

"쯧쯧쯧, 틀렸지롱!"

"그럼그럼. 루스스는 호랑이 귀고 나는 늑대 귀야."

호랑이 귀 아가씨 루스스와 늑대 귀 아가씨 휘휘가 동족을 보고 기뻐하는 타마와 포치 앞에서 손가락을 뻗어 좌우로 흔들며 부정했다.

둘 다 나이는 20대 전반이고, 신기한 소재의 가죽 갑옷을 입고 있었다. 프로포션이 거의 나나만큼 고혹적이다. 허리의 라인이 근사하군.

타마랑 포치도 성장하면 이런 느낌의 미인이 되려나?

"사가 제국 밖에 귀 종족이 있다니 희한하네."

루스스의 의문에 리자가 긴장한 기색으로 대답했다.

체인질링
"이 애들은『뒤바뀐 아이』입니다."

"우~웅. 인간족 사이에서 태어난『격세이전』이었나?"

"오~, 휘휘 똑똑하다!"

루스스에게 칭찬을 받은 휘휘가 뒷머리를 긁적이면서 쑥스러워했다.

그러나 정확히는「격세유전」이다.

그들의 즐거운 대화에 귀를 기울이고 있는데 은선에서 용사가 고개를 내밀었다.

"가자, 사토! 아리사 왕녀, 사토를 빌릴게."

"네, 용사님. 무운을 빕니다."

아리사가 대외용 미소로 생긋이 웃자, 용사의 표정이 아주 녹았다.

루스스와 휘휘가 아인 소녀들에게 손을 흔들며 트랩을 달려 올라갔다.

"하야토, 어서 가자. 사토도 얼른 타."

린그란데 양이 표정이 풀린 용사의 엉덩이를 차더니 내 손을 끌고서 은선에 올라탔다.

나는 모두에게 손을 흔들고 은선의 승객이 됐다.

내가 외출한 사이에 전위진은 카지로 씨와 훈련, 아리사는 공간 마법 수행, 미아는 동향의 가희에게 받은 악기의 연습, 루루는 스폰지 케이크 굽기 연습을 한다고 했다.

돌아온 다음에 모두의 성과를 보는 게 기대되는군.

◆

—마치 옛날 SF영화에 나오는 우주선 내부 같은걸.

은선에 발을 들였을 때 느낀 첫인상이었다.

무슨 기능이 있는지 알 수 없는 톱니바퀴 모양의 유리창 너머로 기하학 무늬의 마법(서킷) 회로에 빛의 라인이 흐르고, 빛의 판이 신비로운 파형을 비췄다.

함교의 조타석에는 무수한 버튼과 토글 스위치가 있었다.

그리고 바닥 아래에서는 미약한 진동이 전해지고, 선체 뒷부분에서 낮은 맥동음과 바이크 비슷한 고주파의 엔진 소리가 들렸다.

호기심 가득한 시선으로 돌아보고 있는데 미녀 세 사람이 나에게 말을 걸었다.

"이 애야? 린이 말한 장래 유망한 애."

대나무 잎 같은 모양의 귀를 가진 장이족(부치) 위이야리 양이 흥미롭다는 표정으로 접근했다. 대부분의 일본인이라면 미아보다는 그녀를 보고 「엘프」라고 생각하겠지.

위이야리 양의 질문에 호랑이 귀 아가씨 루스스가 대답했다.

"그래, 하야토랑 비슷한 풍모지만 약간 나약한 느낌이네."

"린이 장래가 유망하다고 했지만, 손에 굳은 살 하나 없어."

늑대 귀 아가씨 휘휘가 내 손을 거침없이 잡아 보고 그렇게 평가했다.

내 손에 굳은살이 없는 건 딱히 훈련을 안 한 탓도 있지만, 아마 맹특훈을 해도 금세 낫게 하는 「자기 치유」 스킬 때문일걸.

“뭐~야, 속성배양이잖아~.”

“시시해~. 레벨만 높은 귀족 도련님이잖아?”

루스스와 휘휘 두 사람이 투덜거린 다음 나에게 흥미를 잃고서 자리로 돌아갔다.

“동료들이 미안한 짓을 했다. 린이 너를 굉장히 추켜세워서 과도한 기대를 품었던 것 같아.”

위이야리 양이 동료들의 무례함을 사과했다.

“아뇨, 신경 쓰지 마세요.”

내가 운 좋게 레벨 업을 한 건 사실이니까 딱히 기분 나쁘지도 않았다.

때마침 전방의 좌석에서 신관 로레이야와 무슨 이야기를 하던 메리에스트 황녀가 이쪽을 돌아보기에 눈인사를 했다.

“출발한다! 모두 시트에 앉아!”

““““알겠습니다!””””

용사의 말에 세 아가씨가 힘차게 대답하고 좌석에 앉았다.

“사토는 선장석 뒤에 있는 보조석에 앉아.”

내가 용사의 지시에 따라 근미래적인 보조석으로 가자, 메네아 왕녀는 이미 옆 자리에 앉아 있었다.

그녀의 호위기사는 선언했던 것처럼 메네아 왕녀의 뒷자리에서 직립부동 자세였다.

“정말로 오셨군요…….”

내 말에 메네아 왕녀가 어두운 표정을 지었다.

"네, 모처럼 용사님께서 오라고 하셨으니까요."

전에 나를 「영웅요리사」라고 불렀는데, 그녀 안에서 나는 「영웅」보다도 「요리사」가 더 비중이 큰가 보다.

"그럼, 용사님이 번거로우시지 않도록 내 옆에서 함께 호위기사의 보호를 받으세요."

"배려에 감사드립니다."

메네아 왕녀는 츤데레의 소질이 있어 보이는군.

애당초 용사를 방해할 생각은 없으니 흑룡전을 하는 동안 그녀와 함께 관전해야겠다.

"쥘 베른 발진."

선장석에 앉은 용사가 명령하자 위이야리 양이 복창했다.

"쥘 베른 발진!"

그녀가 조타수를 맡는 모양이군.

붕 뜨는 부유감에 이어 선창으로 보이는 바깥 풍경이 급속히 뒤로 흘러갔다.

"차원 잠행!"

"쥘 베른, 차원 잠행."

위이야리 양이 조종석 옆에 있던 「잠(潛)」이라고 새겨진 커다란 레버를 내렸다.

신디사이저로 만들어낸 것 같은 소리의 파도가 선내에 반향하더니 창밖이 어둡게 변했다.

"차원 잠행, 확인. 자동 항행으로 전환합니다."

"허가한다."

위이야리 양이 시선으로 묻자 용사가 수긍했다.

"후우. 로레이야, 커피라도 타줘."

—커피, 라고?!

"용사님, 이 배에는 커피가 있습니까?"

"그래, 사토도 마실래?"

"네, 부디!"

나는 용사의 근사한 제안을 적극적으로 수락했다.

"사토, 용사 이야기를 보고 동경하는 거겠지만 커피는 쓰기만 하고 맛도 없어."

린그란데 양이 질린 기색으로 어깨를 으쓱거렸다.

데스마치 밤샘 작업의 친구인 커피가 얼마나 좋은지 모르다니!

잠시 지나자, 신관 로레이야가 가슴을 출렁거리며 커피 컵을 날라왔다.

나는 오랜만에 커피의 고소한 향을 맡고서 넋이 나가 눈웃음을 지었다.

향을 충분히 즐긴 다음 식기 전에 블랙커피 그대로 입에 대었다.

"사토 씨, 처음인 분은 설탕이나 크림을 안 넣으면 쓰답니다?"

"아뇨, 참 맛있어요."

맛이 오장육부에 퍼진다.

커피 전문점에서 나오는 커피가 아니라, 내가 즐기던 싸구려 인스턴트 커피 같은 맛이 근사하군.

"커피 콩이란 것은 사가 제국에서 재배하고 있는 건가요?"

“네, 지금 당신이 마시고 있는 건 사가 제국 서방에 있는 킬리만자로 후작령의 특산품이랍니다. 그 밖에도 블루만 백작령이나 모카 자작령의 커피콩이 유명하답니다.”

그렇군. 유익한 이야기를 들었다. 공도라면 사가 제국의 물품을 수입하고 있는 상회도 있을 테니까, 팔 법한 가게가 없는지 발이 넓은 토르마에게 물어봐야겠군.

어쩐지 귀에 익은 명산지풍 가문 이름은 틀림없이 사가 제국 초대 황제가 명명한 거겠지. 그의 일본인 의혹이 더 깊어지는 에피소드라고 할 수 있겠군.

이해하기 어렵게도 이세계에서는 커피의 인기가 없는 모양인지, 나랑 용사 말고는 홍차를 마셨다.

다과로 나온 과자가 설탕 덩어리 같은 것이기에 격납 가방(개러지 백)으로 스토리지에서 꺼낸 구운 과자를 제공했다.

“어머, 맛있어.”

“정말 그렇네요. 입 속에서 사르르 녹으면서 고상한 달콤함이 입 안에 퍼져요.”

구운 과자를 입에 넣은 메리에스트 황녀와 신관 로레이야가 절찬의 말을 했다.

“이런 식으로 갓 구운 풍미를 유지할 수 있다니…….”

아차. 메리에스트 황녀가 과자 상태에 의문을 가졌나 본데……?

“—어지간히 솜씨 좋은 마법 도구 장인이 있나 보군요.”

한 순간 그녀가 무슨 말을 하는지 몰랐지만, 아마도 보온용 도구에 대해서 말했음을 깨달았다.

"맛있어, 이거 뭐야?"

"쿠키 맞아?"

"그렇지? 사토의 요리는 굉장하거든!"

놀라서 외치는 루스스와 휘휘에게, 린그란데 양이 마치 자기 일처럼 자랑했다.

"정말, 아삭아삭해서 근사해."

과묵한 무인 분위기의 위이야리 양이 과자에만 시선을 고정하고서 먹어댔다. 어지간히 입에 맞았나 보군.

"과연 대국의 요리사……. 우리 나라의 궁정 요리사도 이 정도 맛은 낼 수 없겠어요."

어째선지 메네아 왕녀가 분한 듯 속삭였다.

그녀의 호위기사에게도 권했지만 임무중이라며 거절해 버렸다.

나는 중간에 차를 마시면서 메리에스트 황녀와 린그란데 양에게 사가 제국의 마법과 마법 도구에 대해서 이것저것 배웠다.

도착할 시간까지 6시간이 남았을 무렵, 용 퇴치에 대비해서 짧은 수면을 취하기로 했다.

여성진은 수면실에 갔다. 나랑 용사, 왕녀의 호위기사는 함교에서 뒤로 눕힌 좌석을 침대 대신 삼았다.

지금쯤 공도의 동료들도 커다란 침대에서 둥글게 뭉쳐 잠들어 있겠지. 「멀리 보기(클레어보이언스)」 마법으로 어떤지 확인하고 싶었지만, 용사의 배에 있는 마법 탐지 경보가 울리면 곤란하니까 자중했다.

―잘 자.

그렇게 속삭이고 잠에 빠졌다.

◆

다음날 아침, 우주식 같은 휴대 식량과 커피의 조합으로 아침 식사를 마쳤다.

"이제 곧 도착일까요?"

"빠르군요."

출발한지 12시간밖에 안 지났다.

동틀 녘에 도착하도록 조정했다고 하니, 실제로는 더 빨리 도착할 수도 있었다.

"통상 공간으로 돌아간다. 모두 자리에 앉아."

용사가 말하자 모두 자리에 앉았다.

나는 승용차 탔을 때 습관 때문에 안전벨트를 멨지만, 이쪽 사람들에게는 일반적이지 않은지 조종석의 위이야리 양 말고는 메지 않았다.

"통상 공간, 복귀."

"통상 공간으로 복귀합니다."

어두운 색이었던 창 밖 경치가 천연색으로 돌아왔다.

—위기감지 반응.

"피해!"

"우현으로 급선회!!"

나와 동시에 루스스가 외쳤다.

선체가 오른쪽으로 기울기 시작한 타이밍에 격렬한 충격과 진동이 우리를 덮쳤다.

"—히약."

충격과 동시에 옆 자리에서 날아온 메네아 왕녀를 받아내고 무릎 위에 앉혔다.

싫어할 줄 알았더니 떨어지지 않으려고 필사적인지 내 목에 팔을 둘러 매달렸다.

말랑말랑한 감촉이 제법 좋군.

"모두 뭐든 붙잡아!"

"우왓, 뭐가 어떻게 된 거야!"

"됐으니까, 휘휘, 얼른 난간을 붙잡아아아."

나뭇잎처럼 흔들리는 은선 안에서 용사의 명령과 여성들의 비명이 울려 퍼졌다.

전위진 여성들은 어떻게 좌석에 매달려 있었지만 순수한 후위진 두 사람은 그 정도 악력이 없는 것 같았다.

"꺄~악!"

"어머나~~."

앞쪽 자리에서 메리에스트 황녀와 미묘하게 여유가 있는 신관 로레이야가 날아왔다.

두 사람은 레벨이 높으니까 이대로 함교 후방 벽에 부딪혀도 가벼운 상처 정도로 끝나겠지만 굳이 내칠 필요도 없었다.

나는 양손을 좌우로 뻗어서 두 사람을 붙잡았다.

행운의 신이 도왔는지 받아낸 내 손이 두 사람의 가슴을 단단히 움켜쥐었다.

수치 때문에 두 사람을 놓을 수도 없으니 그대로 두 사람을 끌어안으면서 손의 위치를 배 쪽으로 바꾸었다.

끌어안을 때 풍만한 가슴에 묻힌 손가락 감촉을 즐긴 정도의 득은 용서받을 수 있는 법이다.

이런 상황에서도 코를 간질이는 향수의 향기가 아찔하군.

"위이! 스태빌라이저 작동해!"

"벌써, 전력으로 하고 있어!"

앞에서 이런 대화가 들렸다.

놀이공원의 과격한 놀이기구처럼 다축회전운동을 하는 와중에도 이 두 사람은 냉정했다.

나는 「모든 맵 탐사」 마법을 실행하면서 「이력의 손(매직 핸드)」을 사용해 은선의 회전이 멈추도록 도왔다.

내 마법이 도움이 됐는지 은선의 궤도가 수평으로 돌아갔다.

항행하면서 잡담하다가 듣기로는 줼 베른 외부에서 쓴 마법은 차단된다고 했는데, 내부에서 마법을 쓰면 그냥 바깥에 닿는구나.

"고, 고마워, 펜드래건 경. 이제 놔도 돼."

"감사합니다, 사작님."

나는 메리에스트 황녀와 신관 로레이야를 놓아주었다.

이어서 마음이 풀린 상태인 메네아 왕녀를 원래 자리에 앉히고 안전벨트로 고정했다.

그녀의 호위기사는 함교 구석에 뻗어 있었지만 목숨에 지장은 없으니 지금은 방치해둘까.

맵에 나타난 적대자를 가리키는 빨간 광점을 확인하자, 레벨 68의 성룡이었다. 레벨은 용사 하야토의 69보다 낮았다.

용의 상태는 「분노」였다. 어째 기분이 틀어진 모양인데?

방금 전 충격은 「용의 숨결(드래곤 브레스)」이나 무슨 마법 공격이었겠지.

"하야토! 전방 지표면에 용이야! 이 강대한 반응을 보면 틀림없이 흑룡산맥의 주인이야!"

메리에스트 황녀가 은선의 정보 단말을 통해 나랑 같은 정보를 보고 외쳤다.

"위이! 차원 잠행."

"—안돼! 차원 잠행 기능이 『행업』했어!"

어이쿠, 위기군.

"알았어. 이 몸이 뱃머리로 간다."

성방패를 장착한 용사가 뱃머리에 가는 통로로 뛰어갔다.

나도 몰래 용사를 지원하려고 그의 뒤를 따라 달려갔다. 함교에서 린그란데 양이 제지하는 목소리가 들렸지만, 그걸 무시하고서 뱃머리로 갔다.

좁은 통로를 나아가자, 전방에서 바람을 헤치는 소리와 오존 냄새가 불어 닥쳤다.

뱃머리에 도착한 용사가 외부 해치를 열었나 보군.

나도 축지로 용사와 거리를 좁혔다.

"진짜 용이군—."

격자 모양 안전 난간을 붙잡은 용사가 중얼거렸다. 폭풍 속이었지만 엿듣기 스킬 덕분에 들렸다.

거목 옆에 있는 검은 거룡이 고개를 치켜세우고 몸을 일으키면서 이쪽을 위협하듯 날개를 펼치고 있었다.

위기감지 스킬이 보내는 위험 신호가 다시 높아졌다.

"위험해, 『용의 숨결』이다! 《연주하라》 투나스."

용사가 성방패를 내밀면서 외쳤다.

성갑옷이 파랗게 빛나더니, 그 빛이 성방패를 감쌌다. 더욱이 성방패 앞에 그의 유니크 스킬 「무적의 방패」가 반투명한 파문 같은 빛의 방패를 만들어, 그는 물론이고 뱃머리 전체를 지켰다.

만에 하나의 경우를 생각하여 나도 마법란에서 중급 술리 마법인 「자유 방패(플렉시블 실드)」를 발동해, 공중에 나타난 투명한 방패 2장을 용사의 방패 앞으로 보냈다.

"사토인가!"

"네, 두루마리로 쓴 마법이니까 위안거리밖에 못되지만—."

용사가 뒤도 보지 않고 말하기에 준비해둔 변명으로 답했다.

그 말 중간에 흑룡이 입을 열더니 섬광이 하늘을 하얗게 물들였다.

"우오오오오오오오오!"

용사의 유니크 스킬과 성방패가 「용의 숨결」과 맞섰다.

내 「자유 방패」 2장은 몇 초 버티다가 날아가 버렸다.

추가로 최대 32장을 동시에 만들 수도 있지만, 괜한 소동의 씨앗이 될 테니 용사가 지탱하는 동안에는 손대지 말고 대기해야겠군.

"으우오오오오오오!"

용사의 몸이 「용의 숨결」에 밀려 선체에서 떠올랐다.

"위험해!"

나는 황급히 용사의 허리를 뒤에서 끌어안고 다른 손으로 격자를 붙잡아 지탱했다.

"덕분에 살았다, 사토!"

용사가 감사의 말을 하자 웃음으로 답한 뒤, 변화가 일어난 전방을 가리켰다.

유니크 스킬이 만들어낸 빛의 파문이 일그러지면서 이제 곧 파괴될 것을 알렸다.

"칫, 이 몸의 방어는 이 정도로 안 끝나!"

절체절명의 위기라고 할 수 있었지만, 동시에 찬스도 가까웠다.

흑룡의 모습을 보니 「용의 숨결」도 이제 곧 끊어질 느낌이었다.

이대로 견뎌낼 수도 있을 것 같았지만 만약을 위해서 「자유방패」를 2장 정도 추가로 만들었다.

"—사토인가?"

아차. 용사가 의문을 품었군…….

기세를 타고 넘어가야겠다.

나는 흑룡을 가리키면서 외쳤다—.

"지금입니다, 용사! 성검의 힘을……!"

"그래! 맡겨만 둬! 《노래하라》 아론다이트!!"

장단을 잘 맞추는 용사가 내 의도를 짐작하고 성검의 성구를 발동했다.

더욱이 그의 유니크 스킬 「최강의 창(꿰뚫지 못할 것 없으리)」이 만들어낸 빛이 성검 주위에 모였다.

"이거라도, 먹어라아아아아아아! 섬광나선 찌르기(샤이닝 스트라슈)!"

용사의 기합이 들어간 혼신의 찌르기가 기세가 약해진「용의 숨결」을 날려 버리고, 그 여파가 흑룡의 코끝에 닿았다.

—GWROROOOOOUNN!

허를 찔려 놀랐는지, 흑룡이 비명 같은 포효를 질렀다.

〉「용어」 스킬을 얻었다.

아차, 지금 그건 말이었구나—. 나는 재빨리 메뉴를 조작하여 용어를 유효화했다.

몸이 뒤집어진 용의 턱 아래, 반대 방향으로 난 비늘 근처에서 뭔가가 빛을 반사해 반짝였다.

—뭐지?

내 의문에 대답하듯 망원 스킬이 그 광경을 확대했다.

흑룡의 역린 틈으로 하얀 나이프 같은 것이 깊게 박혀 있었다.

은선의 추진력과 맞서고 있던「용의 숨결」이 사라지자, 은선이 급가속했다.

우리가 탄 은선이 흑룡 옆을 통과하는 순간에,「이력의 손」을 한계까지 뻗어서 그 나이프를 붙잡았다.

아슬아슬한 타이밍이었지만, 나이프를 뽑아내는 데 성공했다.

『하야토! 좌현 공력기관이 소실, 우현도 출력이 저하됐어. 용에게서 떨어진 위치에 불시착한다!』

안도의 한숨을 내쉴 틈도 없이 전성관에서 위이야리 양의 절박한 목소리가 들렸다.

"이 몸이 비상 신발(플라잉 부츠)로 비행해서 용의 주의를 끌겠어. 그 동안 배를 벗어나서 잠복해."

『안돼! 너무 위험해!』

결사의 행동을 취하려는 용사를 메리에스트 황녀의 목소리가 말렸다.

은선 뒤에서 흑룡이 날아올랐다.

와이번보다 무거워 보이는데 도움닫기나 상승기류가 필요 없나 보군.

뒤쪽 상황을 살피자, 하늘을 선회하는 흑룡이 짧은 앞다리를 목으로 가져가 턱을 긁는 게 보였다.

—RWULOOOUUUUNN!

흑룡이 방금 전과 딴판으로 기분 좋게 한 번 울부짖었다.

용어 스킬을 가진 나는 그것이 의미를 가진 말인 것을 알 수 있었다.

선회를 끝낸 흑룡이 남쪽에 멀리 보이는 산맥을 향해 날아가 버렸다.

"어떻게 된 거지?"

"오늘은 기분이 좋으니까 봐준다고 하더군요."

아마, 턱에 박힌 나이프가 불쾌해서 화가 났던 거겠지.

이야기 같은 곳에 흔히 나오는 상황이라 추측하기 쉬웠다.

앞 다리로 뽑으면 됐을 것 같기도 하지만, 사이즈 때문에 어려웠을 지도 모르겠군.

"하핫, 저게 용이군……. 마왕은 저거랑 같거나 그보다 강하단 말이지……."

용사가 검은 점 사이즈로 작아진 흑룡의 모습을 눈으로 쫓으며 중얼거렸다.

나는 내가 싸운 마왕「황금의 저왕」을 떠올렸다.

분명히, 마왕이 더 강했지만, 공격력은 아까 그 흑룡의「용의 숨결」이 더 강했던 것 같다.

내가 용사에게 뭐라고 말할까 망설이는 동안, 우리가 탄 은선이 대지에 동체 착륙하여 이야기할 상황이 아니게 되었다.

〉칭호「용을 물리친 자」를 얻었다.

◆

"상당히 큰 나무로군."

용사가 감탄하자 메네아 왕녀가 대답했다.

"저건 유면수란 나무입니다. 르모크 왕가에 전해지는 일화에 따르면 몇 백 년 전에 여행을 하던 엘프가 심었다고 해요."

우리는 위이야리 양과 수리용「움직이는 인형(리빙 돌)」에게 배 수리를 맡기고, 걸어서 용이 드러누워 있던 부근의 조사를 하러 왔다.

분지처럼 넓은 계곡 바닥에 마을이 있고, 그 중앙에 방금 전 화제가 된 TV 광고에나 나올 법한 유면수란 거목이 있었다.

물론 거인의 마을에 있던 산수와 비교하면 상식적인 범주에 있는 사이즈지만, 그래도 크기가 대단했다.

크기의 대비를 고려해 보면 방금 전 흑룡은 몸길이가 100미터 가까이 된다.

골짜기는 남쪽으로 뻗었고, 용이 있던 장소 북쪽에는 「용의 숨결」 자국으로 보이는 검은 골이 몇 줄기나 있었다. 계곡 벽에도 마찬가지로 파헤쳐진 장소가 몇 군데 있었다.

맵으로 조사해보니, 이 마을의 주민은 산 두 개 너머에 있는 도시로 피난했는지 이 부근에는 아무도 없었다.

이 계곡 바닥이 르모크 왕국을 비롯하여 주변 소국과 시가 왕국을 이어주는 가도라서 그런지 가도를 따라 여관이 번성하고 있군.

눈앞의 유면수란 것에 대해서는 공도의 마법 상인 키키누 점장에게 들었다.

그의 고향은 저 멀리 보이는 흑룡산맥 자락이었다고 했으니, 여행하는 엘프란 사람이 여러 장소에 유면수를 심은 거겠군.

"이, 이건 반디 은방울꽃 아니야?"

"낮이니까 알아보기 어렵지만, 틀림없어."

"그것 말고도, 보석초에 하룻밤 백합— 아앗! 수정 버섯까지 있어!"

"린, 채집하자!"

"그래. 처리용 안정제 재고가 불안하지만, 채집할 수 있는 만큼 해두자!"

린그란데 양과 메리에스트 황녀가 신이 나서 하이 터치를 했다.

아무래도 희귀한 소재가 이것저것 발견됐나 보군.

나도 서적으로 봐서 이름은 알고 있지만 실물은 처음 보는 영초(靈草)나 요화(妖花)가 비좁게 흐드러져 있었다.

개중에서 빙결화라는 요화는 건조시킨 분말을 체력 회복약에 미량정도 섞으면 심한 화상이라도 깔끔하게 고치는 효과가 있어서 비싼 값에 거래된다. 안티에이징에도 효과가 있다.

"이 마을은 유면수와 식용 뿌리 말고는 장점이 없는 마을이었을 텐데요……."

메네아 왕녀가 눈앞에 펼쳐진 신비로운 식물이 번성하는 모습을 보고 고개를 갸웃거렸다.

그녀가 말한 식용 뿌리는 날로 먹을 수 있는 작은 뿌리열매였다.

"아무래도, 용이 누워 있던 주위에 난 모양이야."

"저쪽 물웅덩이에서 술 냄새가 나. 혹시, 혹시나, 전설의 용천주(龍泉酒) 아닐까?"

가까운 곳에 있던 커다란 바위 위에서 루스스와 휘휘가 정보를 전달했다.

전설의 술이라…… 조금 흥미가 생기네.

"용천주라면 용이 마법으로 만든다는 미주 말이죠? 마시면 수명이 100년 늘어난다고 하는……."

신관 로레이야가 꿈꾸는 어조로 말하며 웅덩이를 보고 있었다.

마법으로 술을 만들다니, 이쪽세계의 용도 일본의 옛날이야기에 나오는 용처럼 술을 좋아하나 보군.

"저는 저쪽을 조사하러 가볼게요."

"로레이야, 과음하면 안돼."

"알고 있어요."

기분 좋게 콧노래를 흥얼거리는 신관 로레이야가 루스스와 휘휘와 함께 웅덩이로 갔다.

메리에스트 황녀가 못을 박긴 했지만 별로 효과는 없어 보였다.

나도 그녀들과 함께 가려고 했는데 린그란데 양이 불러 세웠다.

"사토! 너도 채집해! 금세 처리 안 하면 효능이 떨어지지만, 이런 희귀한 소재를 마음껏 채취할 수 있는 기회는 좀처럼 없어!"

"린 말이 맞아요. 아마 『용의 숨결』이 영향을 줘서 난 것일 테니, 용이 떠난 이상 며칠 지나지 않아 말라 버릴 거야."

—과연 용이군.

판타지세계의 대표선수라서 잠들어 있기만 해도 주위의 식물이 환상적인 것으로 변화하는 모양인걸.

하지만 이런 방향의 부조리함은 나도 좋아.

흑룡산맥을 넘을 때 인사를 하러 가서 친해지면 좋겠네.

"자, 얼른!"

린그란데 양이 내 팔을 붙잡고서 강제로 채집반에 넣어 버렸다.

자기가 채집한 약초는 자유롭게 써도 된다. 나도 채집하는 방법을 배우면서 열심히 채집했다.

본래는 르모크 왕국에 권리가 있지만 왕국 사람이 여기까지 오기 전에 말라버릴 가능성이 높기도 해서, 용을 쫓아낸다는 어려운 일을 해낸 용사 일행에 대한 보수로 왕녀가 허가를 하는 모양새가 되었다.

메네아 왕녀도 채집한 영초가 비싸게 팔린다는 말을 듣고서 호위기사와 함께 바쁘게 채집하기 시작했다.

우리가 다 채집하기 힘들 정도로 많으니까 쟁탈전으로 발전하지는 않았다.

1시간 정도 지나자 채집대회가 끝났다. 처리 가능한 한계까지 채집한 것이다.

"그러면, 이 주변을 탐색하자. 메네아 왕녀는 로레이야 근처에 있어. 정오가 되면 이 거대 바위로 집합이다."

용사의 선언과 함께 모두 조사를 하러 흩어졌다.

나는 메네아 왕녀와 함께 물 웅덩이 근처에서 신이 난 신관 로레이야에게 갔다.

"어머? 사토 군. 같이 마실래애~?"

신관 로레이야는 신관복 가슴 부분이 살짝 흐트러져서 술에 취해 상기된 피부를 드러내고 있었다.

함께 마시고 싶은 기분은 굴뚝같지만, 나는 이 기회에 용의 비늘을 얻고 싶었다.

"있지, 이런 기회 어지간해선 없거든~?"

신관 로레이야가 내 손을 끌면서 잔을 내밀었다.

끌린 쪽 팔이 신관 로레이야의 어엿한 가슴을 변형시키고 있었다.

"그러면 한 잔만 마시죠."

어쩔 수 없지. 이 행복한 공간을 떨쳐낼 정도로 메마르지는 않았거든.

나는 작은 술잔을 입으로 옮겼다.

—이거 맛있군.

매운 맛의 일본주와 비슷한 맛이었다. 입에 머금자 조금 쏘는 느낌이 들었지만 혀 위에서 굴려보면 부드러워지면서 깊은 맛이 느껴졌다.

맛이 부드러워서 얼마든지 마실 수 있겠지만, 이런 미주는 느긋하게 음미해서 마시지 않으면 아깝지.

조금 가지고 돌아가고 싶었지만, 물웅덩이 바닥에 남은 술이 별로 많지 않아서 마법약용 작은 병 3개 분량을 받았다.

스토리지에 넣어두고서 동료들이 술 맛을 알만한 나이가 되면 마시게 주도록 할까.

신관 로레이야에게 미주에 대한 인사를 하고서, 용사들이 간 곳과 다른 방향으로 용의 침소 근처를 걸었다.

걸어가면서 용의 부위를 검색했다.

—있다!

기쁘게도 흑룡의 비늘이 몇 장 발견됐다.

모두 가까운 산 중간쯤의 흙 속에 묻혀 있어서 간단히 찾기 힘든 위치였다.

나는 근처까지 가서 「이력의 손」으로 스토리지에 회수했다.

스토리지에서 꺼내봤더니 모두 금이 가거나 깨져 있었지만, 용린분(드래곤 파우더)을 만들 거니까 문제없었다.

가장 커다란 조각이 수영장 비트판 사이즈쯤 되고, 작은 것도 책 한권만한 사이즈였다.

덤으로 용의 역린에서 회수한 하얀 단검 같은 것을 확인했다.

AR표시를 보니 「용발톱창의 창날」이었다. 상세 정보를 보니 하급룡의 발톱을 가공하여 만든 무기였다.

누군가가 이 창날을 쓴 용발톱창으로 흑룡을 찔렀겠군.

창날에 검은 타르 같은 것이 남아 있기에 확인해 보니 「히드라의 주독(呪毒)」이라고 나왔다. 여전히 히드라 독은 인기가 높군.

천으로 닦아내다가 독 상태가 되는 건 싫으니까 스토리지 안에서 독이랑 창날을 분리하여 창날만 꺼냈다.

시험 삼아서 창날로 흑룡의 비늘을 긁어봤는데 긁어내긴커녕 창날이 이가 나갔다.

"흐흠—."

나는 조금 신경이 쓰여서 내 손톱 끝에 마인(魔刃)을 작게 만들어 흑룡의 비늘을 긁어 보았다. 조금 저항이 있었지만 손쉽게 상처를 낼 수 있었다. 물론 성인(聖刃)도 마찬가지였다.

"—못 본 걸로 할까."

나는 마음 속 선반에 사실을 던져두고서, 창날과 흑룡의 비늘을 가지고 용사들 쪽으로 돌아왔다.

용린분용으로 책 한권만한 비늘 하나는 확보했지만 나머지는 용사들과 공유할 생각이었다.

유용한 소재니까 독점하기 미안했거든.

"성룡의 비늘!"

“어디에 있었지?”

흑룡의 비늘과 용발톱창의 창날을 가지고 돌아오자, 메리에스트 황녀와 린그란데 양이 바짝 다가왔다.

두 사람이 반짝거리는 눈빛으로 여러 각도에서 흑룡의 비늘을 보고 있었다.

“여러분이 찾고 있던 곳과 딱 반대 반향입니다. 용사님이 흑룡을 격퇴했을 때 용의 역린 부근에서 뭔가 날아가는 것이 보였어요. 그래서 혹시나 용의 비늘이라도 떨어지지 않았을까 싶어서—.”

“사토, 그 단검 같은 건 뭐지?”

“네, 잘은 모르겠지만 비늘 근처에 떨어져 있었어요.”

“흠, 『용발톱창의 창날』이군……. 로레이야! 잠깐 와봐!”

용사가 나에게 창날을 받아서 자신의 감정 스킬로 확인한 다음 용천주 웅덩이 옆에서 취해 있는 신관 로레이야를 불렀다.

휘청거리며 다가오는 그녀를 못 기다리고 용사가 그쪽으로 다가갔다.

“이거 감정을 부탁해.”

“네~에.”

그녀의 감정은 스킬이 아니라 지식에 따른 것인지, 창날에 달린 천이나 아주 약간 남은 목제 축을 만지거나 핥으면서 확인하고 있었다.

“족제비 수인족이 만든 거랍니다. 이 천을 짠 방식이 족제비 제국 북부의 방식이고, 자루로 쓰인 나무도 그 근처가 원산지인 것이 틀림없어요."

"그렇군……."

신관 로레이아의 감정 결과를 들은 용사가 어려운 표정으로 고개를 끄덕였다.

그녀가 한 것처럼 개별적인 부위를 조사해보니, 분명히 그녀가 말한 정보가 AR표시로 나왔다.

"이 소동의 원인은 족제비 수인족이겠어."

"정말이지, 그 녀석들은 온갖 곳에서 소동을 일으켜!"

메리에스트 황녀와 린그란데 양 두 사람이 족제비 수인족을 매도했다.

리자의 고향 마을도 족제비 수인족이 멸망시켰다고 하니, 여러모로 문제가 있는 종족일지도 모르겠다.

그녀들의 견해는 내 추측과 마찬가지로 이 창날로 역린에 상처를 입은 용이 치료를 위해서 유면수 아래 진을 친 것이 아닌가 하는 것이었다.

"그러고 보니 족제비 수인족의 제국도 마왕 출현 예언이 있었어요."

"그래. 용에게 싸움을 걸다니 제정신으로 할 짓이 아니야. 정말로 배후에 마왕이 있을지도 모르겠어."

"그건 바라는 바야. 오유고크 시에 나타난 마왕은 나나시가 쓰러뜨렸다고 하니, 그쪽은 이 몸의 먹잇감이지."

―힘내라, 용사.

귀찮은 일을 솔선해서 받아들이는 용사에게 마음속으로 응원을 보냈다.

"있지, 펜드래건 경. 이 용의 비늘 말인데, 한 장이라도 괜찮으니 양보해줄 수 있을까?"

"성룡의 비늘로 만든 용린분이 있으면 마족에게 효과적인 도구를 여러 가지 준비할 수 있어."

메리에스트 황녀와 린그란데 양 둘이 좌우에서 밀착하며 부탁했다.

"애당초 독점할 생각은 없었습니다."

"정말?!"

"고마워!"

그런 식으로 나이에 걸맞은 밝은 웃음을 지으면 이쪽도 양보한 보람이 있다.

"대가는 뭐가 좋을까? 이렇게 귀중한 소재를 나눠준 거니—사가 제국의 작위 같은 것 어떨까? 준남작 정도 지위라면 약속해줄 수 있어."

"사토라면 마법 갑옷이 더 좋지 않을까?"

"평민 출신인 저에게는 지금 지위도 과분합니다. 마법 갑옷도 사가 제국의 이름 있는 무인이 쓰는 편이 좋겠죠."

내가 거부하자 「욕심이 없다」고 해석한 황녀와 린그란데 양이 고민하기 시작했다.

전에도 이런 상황 있었지. 이럴 때는 적당한 보수를 요구하는 게 제일이다.

"그러면 보기 드문 『마법의 두루마리』나 상급 마법서를 열람

할 수 있을까요?"

"……당신, 린처럼 마법검사가 되려는 거야?"

내가 부탁하자 메리에스트 황녀가 질린 표정을 지었다.

"두루마리는 없지만 바람과 불꽃이라면 상급 마법서를 보여줄 수 있어. 폭렬 마법과 파괴 마법도 있지만, 이쪽은 주문의 수가 적어."

"공도에 돌아갈 때까지라도 상관없으니 꼭 보여주세요."

"그래. 바람과 불꽃이라면 베껴 써도 좋아."

린그란데 양이 근사한 대가를 주었으니 내 보수는 그걸로 정해졌다.

가장 커다란 흑룡의 비늘이 용사 일행의 것이 되고, 자그마한 흑룡의 비늘 2장과 「용발톱창의 창날」이 내 소유가 되었다.

증거품으로 제출하지 않아도 될까 물었지만, 국가 사이에서는 유효한 증거가 아니니 그럴 필요 없다고 한다.

기왕 용 소재의 창날을 얻었으니 공도에 돌아가면 리자의 마창 강화 파츠로 쓸 수 없는지 시험해 봐야겠군.

◆

"사토, 여기에 부탁해."

린그란데 양의 지시에 따라 팔에 안은 부드러운 몸을 침대에 눕혔다.

"완전히 잠들었네요."

"정말이지. 로레이아는 술도 약하면서 마시는 걸 좋아해."

은선의 간이침대에 신관 로레이아를 눕힌 뒤, 안내해준 린그란데 양과 함께 배 바깥으로 나왔다.

"메리, 배 수리 상황은 알아 봤어?"

작업용「인형」에 간이 캠프 세트를 준비시키고 있던 메리에스트 황녀에게 린그란데 양이 물었다.

"그래. 차원 잠행 장치는 자동수복 기능 덕분에 내일 아침쯤에는 나을 거라고 하는데, 공력기관은 어렵나 봐. 좌현 기관이 소실, 우현 기관이 작동 불량."

메리에스트 황녀의 시선 끝에 있는 우현 날개 아래에서 위이야리 양이 원통형 술통 같은 공력기관을 분해해서 수리 작업을 하고 있었다.

용사와 경장전사 두 사람은 계곡 북쪽에 있는「용의 숨결」자국을 조사하러 가고 없었다.

메네아 왕녀와 호위기사는 근처 나무 그늘 아래서 쉬고 있었다.

"하야토의『무한수납(인벤토리)』에 넣어둔 예비로 교체할 수 없어?"

"좌현은『용의 숨결』로 접합부부터 소실됐으니 무리야. 우현은 동작 불량이 공력기관 본체라면 교체로 해결되지만, 마력전달 회로가 망가진 거면 원인을 규명하는 데만 며칠 걸릴 거야."

은선의 피해가 생각보다 큰 모양이군.

하지만, 그렇다면—.

"린그란데 님. 저도 위이야리 님을 도와드리고 싶은데 괜찮을까요?"

"사토. 너의 검 실력과 요리 실력은 인정하지만, 공력기관 수리는 고위의 마법 도구 기사밖에 못하는 거야."

"그래도 심부름꾼으로 도울 수는 있을까 해서요."

실제로 내가 가진 공력기관의 지식은 공도의 마법가게에서 산 책으로 얻은 것뿐이었다.

"위이에게 방해되지 않도록 해요. 그걸 지킬 수 있다면 도우러 가도 괜찮아요."

"그렇네. 조리 스킬이 있는 사토가 마법약 처리를 도와줬으면 했지만, 이쪽은 됐으니 위이를 도와주도록 해."

허가를 받아서 위이야리 양에게 다가갔다.

"도와드리러 왔습니다."

"그래? 그럼 이 팬에 마력을 흘려서 부서지지 않았는지 확인해줘."

생각보다 간단하게 허가를 받아서 팬이란 것을 집었다.

멀리서는 몰랐는데 공력기관 본체는 공랭 라디에이터 같은 팬이 늘어선 것이었다.

참고서의 정보에 따르면 팬을 구성하는 피막이 괴어(에어 피쉬)의 지느러미로 만든 것인데, 팬에 마력과 공기를 보내서 부력이 발생하는 구조였다.

내 스토리지에 있는 대괴어나, 왕자를 폐인으로 만든 기생충 마물 몇 마리가 팬에 이용할 수 있는 부위를 가졌다.

나는 샛길로 빠진 사고를 중단하고 위이야리 양의 검사방법을 어깨너머로 보고 흉내내봤다.

팬에 미소마력을 흘려서 발생하는 부력의 흐름을 보면 된다.

"어때? 하는 법 알겠어?"

"네, 이 팬만 마력 흐름이 나쁜 것 같아요."

물어보는 위이야리 양에게 불량으로 보이는 것 한 장을 보였다.

"17번이라……. 근데, 빠르지 않아? 벌써 그렇게 검사했어?"

위이야리 양이 내 발치에 놓아둔 검사가 끝난 팬을 보더니 놀란 목소리를 냈다.

마력을 흘려보는 것뿐이니까 이 정도는 보통이 아닌가 싶은데…….

"마력의 미세조정이 특기거든요."

"그, 그래……. 그러면 저쪽 전달로 검사도 부탁해."

검사할 팬도 남지 않아서 그녀의 지시에 따라 은선 본체와 공력기관의 접속부분 검사를 했다.

방법은 팬과 똑같았다. 마력을 흘려서 이상이 있는 부분을 검출하는 것뿐이다.

단자에 손을 대고서 미소 마력을 주입했다.

그러자 미약하게 마력이 새는 장소나 저항이 있는 부분이 발견됐다.

나는 마법란에서 「투시(스루 아이)」를 선택하여 문제가 된 부분을 눈으로 찾았다.

—있다.

날개 내부 구조의 일부가 미약하게 휘어서 경로를 압박하고 있었다.

나는 은선의 장갑판 교환 작업을 하는 「인형」에게 부탁하여 휘어진 부분의 장갑을 떼어내고 문제 있는 부분을 노출시켰다.

"위이야리 님, 여기가 고장의 원인 같아요."

"아~. 정말 전달관이 찢어졌네."

수리 자체는 위이야리 양에게 맡기고, 나는 공구를 건네거나 테스트할 때 마력 공급 역할을 맡았다.

그 보람이 있어서인지 2시간쯤 지나자 작업이 끝났다. 이제 차원 잠행 장치의 자동수복이 끝나는 내일 아침이면 출발할 수 있겠다.

나는 「원거리 통화(텔레폰)」 마법으로 공도에 있는 아리사에게 복귀 예정을 전했다.

역시 마법은 편리하군.

"어머? 휴식?"

내가 위이야리 양과 함께 은선 뒤쪽의 캠프로 돌아오자, 눈썰미 좋은 린그란데 양이 작업하던 손길을 멈추고 말을 걸었다.

메리에스트 황녀는 아까 채취한 희귀소재를 연성하는 중이었고, 메네아 왕녀와 호위기사는 가까운 간이 테이블에서 손 놓고 있는 모습이었다.

"끝났어."

"—벌써?"

위이야리 양이 어쩐지 자랑스럽게 말하자, 린그란데 양이 놀라서 말했다.

"그래. 사토 덕분이야."

"저는 위이 씨 말대로 작업했을 뿐입니다."

이건 겸손이 아니라 사실이었다. 실제로 어려운 작업은 모두 그녀가 했다.

내가 한 것은 문제가 있는 장소를 발견한 것뿐이었다.

"어머, 위이가 애칭으로 부르는 걸 허락하다니 드문 일인걸?"

"그렇지 않아."

위이야리 양이 말하더니, 과실수를 컵에 따라서 맛있게 들이켰다.

"후우, 이제야 절반……. 위이, 마력이 남아 있으면 도와주지 않겠어?"

"무리. 이제 안 남았어."

지친 기색의 메리에스트 황녀가 부탁했지만, 위이야리 양은 어깨를 으쓱거리며 거절했다. 없는 거라면 어쩔 수 없는 법이다.

"저라도 괜찮다면 도와드릴까요?"

"당신도 연성을 할 수 있나요?"

"네. 조합하기 전 처리나 마력 공급 정도라면 도울 수 있을 겁니다."

연성이나 조합 스킬이 최대란 것은 말하지 않는 게 좋겠지만, 사전 처리를 돕는 것 정도는 상관없겠지.

아까 도울 때 쓴 마력은 20포인트 정도밖에 안 되니까, 내 공개 레벨로 봐도 그것보다 10배 정도는 써도 괜찮겠지.

나는 메리에스트 황녀와 린그란데 양이 부탁하는 대로 처리 작업이나 마력 공급 작업을 도왔다.

“사토, 이 영초를 처리해줘.”

“뿌리를 잘라내고 줄기와 잎을 씻으면 되는군요?”

린그란데 양이 건넨 영초 다발을 받았다.

“응, 그래. 잘 아네.”

“아까 린그란데 님이 처리하는 순서를 견학했으니까요.”

실제로는 공도의 상급 귀족 저택에서 읽은 희귀본에 적혀 있었다.

“펜드래건 경, 이쪽 연성판에 마력을 보충해주겠어요?”

“네, 지금 하죠.”

이번에는 메리에스트 황녀의 요청이었다.

나는 마력 공급 속도가 이상하게 빠르다고 하니, 되도록 그녀들과 비슷하거나 그보다 느린 속도가 되도록 조정했다.

“아까도 생각했지만, 사토의 마력 공급 속도는 굉장해.”

“그런, 가요?”

—어라? 여러분이랑 비슷할 정도로 늦췄는데요?

“그래요. 나랑 린 정도로 빠르게 마력을 주입할 수 있다니, 제국에도 그리 많지 않답니다?”

아차— 여기 있는 사람들 수준이 높다는 걸 잊고 있었다.

좀 더 적당히 할 필요가 있겠군.

“여러분을 따라잡으려고 필사적인 것뿐입니다.”

“우후후, 겸손하지 않아도 된답니다. 당신은 재능이 있어요. 저녁 식사를 먹은 뒤에 하야토에게 마인 스킬의 요령을 배워보도록 해요. 당신이라면 분명히 쓸 수 있을 거예요."

메리에스트 황녀가 기분 좋은 기색으로 제안했다.

유감스럽게도 마인 스킬은 이미 습득했지만, 그녀의 호의는 기뻤다.

"짜, 자~안!"

"거물이야!"

조사를 하고 돌아온 루스스와 휘휘가 성채 호랑(포트리스 타이거)이란 거대한 호랑이 마물을 안고서 돌아왔다.

마물을 많이 못 봤는지 메네아 왕녀가 비명을 지르며 겁을 먹었고, 호위기사는 얼굴이 새파래져서 칼자루를 쥐고 경계를 취했다.

"과, 과연 용사님과 동료들입니다……. 설마 성채를 부순다는 성채 호랑이를 고작 셋이서 사냥하다니……."

호위기사의 말이 엿듣기 스킬로 들렸다.

나중에 들은 이야기에 따르면 성채 호랑이 퇴치는 함정을 이용하거나 방어 거점에 농성해도 수많은 사람을 모아 도전하는 것이 보통이라고 한다.

"가도의 장애물은 처리해뒀다. 마차를 운행하려면 다소 손질을 해야겠지만 사람이나 짐말 정도는 금세 다닐 수 있을 거야."

"어머나! 고맙습니다, 용사님!"

용사가 메네아 왕녀에게 조사결과를 보고했다.

용을 퇴치하러 왔던 르모크 왕국군은 용과 만나기 상당히 전에 괴멸했다고 한다. 용 말고 다른 마물에게 피해를 입었다나.

"하야토! 성채 호랑이 내장에서 이런 게 나왔어."

"피리 같은 거!"

가까운 나무그늘에서 성채 호랑이를 해체하던 루스스와 휘휘가 옆으로 부는 피리 모양 마법 도구를 손에 들고 용사를 불렀다.

"메리, 린, 이걸 봐줘."

"이건—."

"족제비 수인족 마물 사역자가 쓰는 마를 부리는 피리?"

"역시 그렇군……."

피리를 확인한 용사가 메리에스트 황녀와 린그란데 양에게도 피리를 보여주고 의견을 물었다.

아무래도 르모크 왕국군이 괴멸한 것은 족제비 수인족 짓인가 보군.

맵 검색을 해봤는데, 근처 도시에 족제비 수인족 상인이 몇 명 있었다. 하지만 마물 사역자 같은 스킬이나 칭호를 가진 사람은 없었다. 이미 국외로 철수했거나 피리와 함께 잡아 먹혔겠군.

그때, 근처 나무 그늘에서 성채 호랑이를 해체하던 루스스와 휘휘가 느긋한 태도로 빨간 고깃덩이를 가져왔다.

"있잖아, 너 요리사지?"

"이 고기 구워줘."

족제비 수인족의 음모를 추측하는 진지한 분위기도 그녀들의 식욕 앞에서는 무력했다.

"엄~청 맛있게 해줘!"

“내 거는 두껍게!”

“네, 맡겨 주세요.”

지방이 거의 없는 고기라서, 해체하던 성채 호랑이에서 지방을 조금 잘라냈다.

구우면 딱딱해 질 것 같기에 힘줄은 잘라내서 술을 담은 트레이에 담가 놓고, 격납 가방에서 꺼낸 조미료를 써서 심장과 간장을 재빨리 볶았다. 누린내가 좀 나기에 냄새를 없애려고 향초도 넣었다.

“이것 봐라, 엄청 맛있는 냄새가 나는데?”

“아, 안돼, 하야토. 내가 맨 처음이니까.”

“나 두 번째~.”

“야야, 이 몸이 세 번째냐?”

“유감이지만, 세 번째는 나니까 하야토는 네 번째야.”

그런 식으로 순서를 지킨 것은 처음뿐이고, 고기가 익자마자 금세 전위 네 사람이 쟁탈전을 벌였다.

고기는 많이 있으니 이 네 사람이 납득할 때까지 구워줄까.

“—맛있어. 꼴사납게 쟁탈전을 벌일 만도 하네.”

스테이크를 먹은 메리에스트 황녀의 평가에, 린그란데 양이 자랑스레 말했다.

“그렇지~? 사토의 요리는 굉장하거든.”

“정말이네요. 레드 와인을 마시고 싶어졌어요.”

“로레이야는 마시면 안돼.”

주정뱅이 상태에서 복귀한 신관 로레이야에게 위이야리 양이 못을 박았다.

"……마물 고기가 맛있을까 생각했는데, 성채 호랑이는 맛있는 거였군요."

"아, 아뇨, 공주님. 저는 요새에 근무할 때 퇴치한 성채 호랑이의 고기를 먹은 적이 있습니다만, 신발 가죽을 삶은 듯한 맛이었습니다. 이것과는 전혀 다릅니다."

메네아 왕녀 일행이 성채 호랑이 스테이크를 먹으며 대화를 나눴다.

여행을 하면서 마물 고기로 이것저것 연구했기 때문에 짐승 고기는 대부분 맛있게 가공할 수 있다.

나중에 맛없다고 평판이 자자한 와이번도 맛있게 조리해 봐야겠는걸.

식사가 끝나자 메네아 왕녀가 일어섰다.

"용사님, 그리고 여러분. 백성의 안녕과 우리 나라의 위기를 구해주셔서 감사드립니다."

메네아 왕녀는 용사 앞에서 우아한 동작으로 인사를 하고, 그의 동료들과 나한테도 순서대로 손을 잡으며 한 사람씩 감사의 말을 했다.

"르모크 왕성에 와주실 수는 없을까요? 용사님의 위업에 대해 국가 차원에서 인사를 드리고 싶습니다."

"미안하지만 그런 거창한 건 사양할래. 인사를 하고 싶다면 사가 제국으로 감사장이라도 보내라고 르모크 왕에게 말해줘."

용사가 이걸로 끝이란 듯 손을 흔들어 메네아 왕녀를 앉혔다.

거기에 타이밍을 맞춘 듯 신관 로레이야가 식후 커피를 타왔다.

—역시 커피는 최고야.

"만족이야~. 여행지에서 이런 요리를 먹을 수 있다니."

"정말 그래. 사토는 하야토의 종자가 돼야 해!"

맛있는 요리 덕분인지 양 옆에 앉은 루스스와 휘휘가 내 어깨를 얼싸안고 권유했다.

양 팔에 닿는 가슴의 감촉이 「일부러 대는 거야」라고 말하는 듯 했다.

"너희들, 사토가 난처해하잖아."

볼이 살짝 붉어진 위이야리 양이 말하면서 두 사람을 떼어 주었다.

한 순간 나한테 반했나 하고 우쭐할 뻔 했지만, 그녀의 상기된 얼굴은 틀림없이 아까 마신 에일 탓이었다.

"하지만 종자로 권유하는 건 찬성. 나 말고도 여행지에서 배를 정비할 수 있는 사람이 있으면 편리해."

알코올 냄새를 풍기는 위이야리 양이 내 뒤에서 축 늘어지듯 매달리며 말했다.

"하지만 그래도 레벨 30이면 힘들 거라고 생각해요."

"그래. 미궁도시에서 레벨 15쯤 더 올린 다음에 생각하자."

신관 로레이야와 메리에스트 황녀가 입을 모아 레벨이 부족하다고 주장했다.

용사의 종자가 될 생각은 전혀 없지만, 이렇게 직접적으로 좋은 평가를 해주면 조금 자랑스럽군.

“뜻밖에 사토라면 종자를 넘어서 자력으로 『용사』 칭호를 얻을지도 모르지?”

용사가 농담 같은 발언으로 진실을 맞춰 버렸다.

“하하하, 하야토 재미있다~.”

“정말이지, 하야토다워.”

자력으로 「용사」 칭호를 얻는 자가 굉장히 드문지, 루스스와 휘휘가 웃어 넘겼다.

“그렇지도 않아. 오늘만 해도 사토가 없었다면 흑룡의 브레스로 줘 베른이 날아갔을 거야.”

“저는 용사님과 난간을 붙잡고 있었을 뿐입니다.”

“이 몸은 하야토라고 불러. —두루마리로 지원해 줬잖아? 지금 이 몸들이 모두 모여 있는 것도 네가 지원해준 덕분이야. 감사한다, 사토.”

용사가 의자에 앉은 채 깊게 고개를 숙이며 나에게 감사의 말을 했다.

〉칭호 「용사의 벗」을 얻었다.

나를 괜히 추켜세우는 용사에게 겸손을 하면서 이야기를 바꾸려고 성검의 화제를 꺼내봤다.

“용사님.”

“하야토야.”

용사님이라고 부르자 화를 냈지만 아무리 그래도 막 부르는 건 좀 곤란하겠지.

"그러면, 하야토 님."

"뭐, 그 정도면 됐어."

최종적으로「하야토 님」이 됐다.

"하야토 님이 성검을 쓸 때 말했던《노래하라》란 말은 모든 성검에 있는 건가요?"

"성구 말이지. 그거라면 이 몸보다 린이 더 잘 알지."

"내가 기억하는 건 왕조님 시대에 용사가 쓰던 성검 듀란달의《영원하라》와 아인 전쟁 무렵 용사가 쓰던 성검 주와이유즈의《햇살 아래서》정도야."

—럭키!

운 좋게 성검 듀란달의 성구를 획득했다.

"다른 것도 알고 싶다면 레온 아저씨의 저서 중에서『성검과 성구』를 읽어보면 자세히 알 수 있어. 사토는 아저씨의 가신이니까 직접 물어보면 더 자세히 알려주시지 않을까?"

……그러고 보니 무노 남작은 용사 연구가였지.

무노 남작령은 머니까 공도의 용사 동호인인 마법가게의 키키누 점장에게「성검과 성구」가 없는지 물어봐야겠는걸.

귀중한 정보를 준 린그란데 양에게 감사의 말을 하고서, 저녁 식사 뒤 다과회가 끝났다.

"사토, 소화 시킬 겸 훈련을 시켜줄게."

발랄하게 웃으면서 내 손을 잡아 일으킨 린그란데 양과 검을 섞었다.

그녀에 이어서 재미있겠다며 참여한 루스스와 휘휘도 상대했다.

본능으로 싸우는 그녀들 상대로는 봐주는 게 어려웠지만, 어찌어찌 상대가 잘 이기게 해주었다.

"솜씨가 좋군. 이 몸도 상대해주지."

그리고 어째선지 용사와도 검을 섞게 되어 버렸다.

상대한 종자들과 달리, 용사의 검은 위력과 속도의 차원이 달랐다.

"제법이잖아?"

"하야토 님, 조금만 더 봐주시죠."

용사를 상대하다보니까 요정검을 보호하려고 주입한 마력 조정을 실수해서 마인을 만들어낼 것 같아 위험했다.

덤으로 무심코 정면으로 받았다간 요정검이 상할 테니 받아 흘리는 각도가 어려웠다.

"과연, 하야토 님은 강하시군요."

"핫! 이 몸이랑 검을 겨루면서 이야기할 여유가 있는 녀석은 오랜만이야."

용사는 전투 특화 스킬을 이것저것 가졌기 때문에 상대하는 게 즐거웠다.

순동(瞬動)이나 예측회피 같은 나도 없는 스킬을 구사한다.

용사의 주관으로는 내가 한참 격이 낮은 상대일 텐데도 노는 기색이 거의 없는 게 굉장하군.

"—이제 그만!"

심판 역할을 맡은 린그란데 양의 판정으로 모의전이 용사의

승리로 끝났다.

전에 린그란데 양을 상대할 때와 마찬가지로 시야에 언제나 표시되는 레이더의 사각에서 온 공격을 피하지 못했다.

"왜 그래, 하야토?"

"아니……, 아무 것도 아냐."

용사가 고개를 갸우뚱거리면서 손을 쥐락펴락 하자 린그란데 양이 물었다.

나는 용사의 모습에 주의를 기울이지 못하고, 모방으로 배운 용사의 움직임을 머릿속에서 되새기고 있었다.

다음날 아침, 예정대로 은선의 자동수복이 완료되어 그 날 저녁에 공도로 돌아갈 수 있었다.

갈 때는 애교가 없었던 메네아 왕녀가, 돌아올 때는 괜히 나한테 말을 거는 것이 신기했다.

"—그렇답니다. 사토 님은 어떻게 생각하세요?"

모국 존망의 위기 같은 마음의 짐을 덜어서 기분이 좋은가 보군.

"……네, 그렇군요."

하지만 나는 어젯밤 내내 린그란데 양에게 빌린 상급 마법서를 읽은 탓에 대단히 졸립다.

"아이 참, 사토 님. 정말로 듣고 있어요?"

"네, 물론입니다."

그 뒤에도 메네아 왕녀의 이야기를 멍하니 들으면서 대답했다.

공도에 도착하여 린그란데 양이 깨웠을 때, 어째선지 메네아 왕녀의 등 뒤에 씩씩 거리는 의성어가 눈에 보일 정도로 기분이 틀어져 있었다.

그녀와 대화하다가 잠에 빠져버렸나 보군.

나는 그녀에게 무례를 사과하고, 그녀의 공도 관광에 어울려 준다는 약속을 하게 됐다.

자업자득이니까 하루 정도는 애보기를 해야겠는걸.

결혼식과 루루 열매

"사토입니다. 결혼식이 겹치면 축의금으로 지갑에 눈보라가 불어 닥쳤습니다. 그렇지만 근사한 이성과 만남을 가질 수 있는 장소라고 생각하면 월급날까지 청빈한 생활을 하는 것도 참을 수 있는 법이죠.

공도로 무사히 귀환한 나는 동료들과 즐거운 저녁 식사 타임을 보내며 피로를 치유했다.

—그리고, 그날 밤.

"용사 나나시 공인가?"

"그래."

공작성의 공작 사실에 들어간 나를 공작이 우호적으로 맞이해 주었다.

나는 전에 공작과 만났을 때를 떠올리며 말했다.

"창으로 나타나다니, 참 파격적인 용사시로군."

공작의 맞은편에 앉아 있던 시가 국왕— 의 대역이 자리에서 일어나 맞이해 주었다.

어쩐지 개구쟁이 손주를 타이르는 분위기였다.

내가 땅에 착지하여 방 중앙에 오자, 그런 평화로운 분위기가 사라지고 대역 폐하가 긴장된 표정으로 바뀌었다.

"용사 나나시 공. 시가 왕국 국왕으로서 시가 왕국 존망의 위기를 구해준 것에 감사한다."

대역 폐하가 깊숙이 고개를 숙였다.

아무리 공식 석상이 아니라지만 국왕이 고개를 숙이는 건 위험하지 않나?

"고개 들어."

"귀공의 공적을 찬양하며 모든 사람들 앞에서 포상과 작위를 내리고 싶다. 내 전용 비공정으로 왕도까지 와주지 않겠는가?"

대역 폐하가 고개를 들고서 귀찮은 말을 꺼냈다.

높은 작위 같은 걸 받으면 문벌 귀족들의 정쟁에 휘말릴 거 아냐…….

"필요 없어."

"그러나 귀공은 마왕을 토멸했을 뿐 아니라 고위 상급 마족의 토벌, 그리고 7개체에 이르는 대괴어 무리를 퇴치해 주었다. 왕조님에 버금가는 공적에 무엇 하나 보답하지 않을 수는—."

대역 폐하가 말하는 도중에 고개를 옆으로 저었다.

얼른 용건을 끝내고 사라져야겠어.

"왕자의 분실물."

나는 검신에 천을 감은 성검을 대역 폐하에게 내밀었다.

"성검 클라우 솔라스……."

그런데도 대역 폐하는 성검을 보고 있기만 하고 받으려 하지 않았다.

"용사 나나시 공, 내 병사들에게 들었다만 귀공이 그 성검의 진정한 모습을 드러낼 수 있다는 것은 진실인가?"

공작의 물음에 나는 말없이 수긍했다.

혹시 성검이 가짜가 아닌지 의심하나?

"보여줄 수 있겠나?"

공작의 사실에서 검을 뽑는 건 보통 체포될 법한 사안이지만, 본인이 바란다면 어쩔 수 없지.

나는 성검 클라우 솔라스에 감은 천을 풀어 충분한 마력을 주입한 다음 성구를 읊었다.

"《춤춰라》."

노란 피부 마족 사건 때와 마찬가지로, 성검이 13장의 칼날로 갈라져 몸 주위에 떠올랐다.

"이럴 수가! 전설은 진실이었군!"

"아름답군……. 그 그림은 창작이 아니었어!"

—너무 놀라시는데요.

공작도 그렇지만 대역 폐하가 당장이라도 경련할 것 같아 무섭군. 흥분은 적당히 하세요.

충분히 보여준 다음 분리 상태를 해제하여 본래의 검 하나로 만들었다.

"왕조님 이후로 성구를 읊어 검을 『춤추게』 할 수 있는 자는 몇 명 있었지만, 진정한 모습을 해방한 자는 없었다—."

충전한 MP를 회수하여 검에 천을 다시 감은 뒤 대역 폐하에게 내밀었다.

그러나 그는 받지 않았다.

"—그대로 가지고 있으라. 진정한 힘을 끌어낼 수 있는 귀공에게 맡기고 싶다."

이봐요, 대역 폐하……. 독단은 안되죠?

"괜찮아?"

나는 조금 말을 얼버무려서 진짜 국왕의 허가가 필요 없는지 확인해 봤다.

그러나 대역 폐하와 공작은 결정을 바꿀 생각이 없어 보였다.

"물론이다. 그리고 성검 클라우 솔라스를 지니고 신년의『대알현 의식』에 오도록—."

"갈 수 있으면, 갈게."

한 없이 가기 싫다는 마음을 말로 표현했지만, 대역 폐하에게는 전해지지 않았나 보다.

"그 때 귀공을『시가 왕국의 용사』로 발표하겠노라."

그러니까 안 가면 발표도 취소란 말이지?

그건 그렇다 치고, 성검 클라우 솔라스가 없으면 왕도 방위는 괜찮을까?

편리한 검이지만 나로서는 없어도 딱히 곤란할 것 없었다.

"왕도, 괜찮아?"

"왕도에는 마검을 가진 시가8검이 있다."

내 물음에 대역 폐하가 자신만만하게 대답했지만, 시가8검이라면 노란 피부 마족전에서 전혀 상대가 안 됐던 제3왕자의 동료들이잖아.

그 레벨의 검사가 7명 더 있다고 해도, 성검 없이 상급 마족을 격퇴할 수 있을까?

"그리고 성검은 사용자를 고른다. 귀공이 있는 동안에는 아무도 쓰지 못할 것이야. 왕조 야마토 님이 전설의 『몽정영묘(夢晶靈廟)』에서 되살아나지 않는 한 말이지."

그렇군……. 돌려줘도 쓰지 못하면 의미가 없지.

그렇지, 왕도 방위용으로 성검 쥴라혼은 어떨까?

다른 신이 내린 성검과 달리 왕조 야마토가 자작한 거였지.

"대신."

"이, 이것은 성검 쥴라혼!"

"17년 전에 마인에게 빼앗긴 성검이!"

내가 내민 성검을 보더니 대역 폐하와 공작이 놀라서 일어섰다.

"오오! 신이여! 왕조 야마토 님이 벼리신 성검이 다시 시가 왕국으로 돌아올 줄이야!"

"감사한다, 용사 나나시여!"

설마 이렇게까지 기뻐할 줄은 몰랐네.

좀 더 빨리 돌려줄걸 그랬다.

대역 폐하가 말했던 마인은 나한테 이 성검을 준 「불사의 왕(노 라이프 킹)」 젠이겠지.

언데드인 그가 평범하게 가지고 있었던 걸 봐도 알 수 있는데, 이 성검에는 신이 내린 성검과 달리 사용자 한정 기능이 없었다.

일단 대역 폐하가 성검 쥴라혼을 쥐었을 때 치유 마법을 준비해뒀지만, 예상한 것처럼 아무 일 없이 반환이 끝났다.

그리고 노란 피부 마족전에서 노화하고 엉망이 된 제3왕자는 치료와 요양을 위해 왕도로 송환되었다고 한다.

◆

공작성에서 용건이 끝난 뒤에 「귀환(리턴) 전이」 마법으로 공도 지하에 있는 미궁 유적에 왔다.

어제 얻은 흑룡의 비늘로 「용린분」을 만들러 왔다.

"—단단하네."

코볼트에게 받은 청강 공구로는 상처 하나 안 난다.

무리하면 공구가 망가지겠어.

"《영원하라》."

스토리지에서 꺼낸 성검 듀란달의 성구를 읊자, 마왕전에서 상한 칼날이 새것처럼 돌아왔다.

충전한 마력이 모두 흩어졌지만 그 정도 코스트는 문제없었다.

부러진 상태에서도 복원되는지는 모르겠지만 꽤 얻기 힘든 능력이었다.

앞으로는 성검 듀란달을 주로 써야겠는걸.

"여전히 잘 드네."

성검 듀란달로 큼직하게 잘라낸 비늘을 서로 비벼서 가루로 만들었다.

중간에 귀찮아져서 소량의 용린분을 연마제로 사용한 「연마(폴리쉬)」 마법으로 단숨에 비늘을 갈아냈다.

"—최고품질?"

완성된 용린분의 상태가 「최고품질」이 됐다.

혹시나 하여 소량을 청액(블루)으로 만들어 성시 하나를 만들어 봤더니, 기존보다 3배 가까운 강력한 성능으로 완성돼 버렸다.

너무 강력하면 쓰기 힘들지만, 그건 청액의 양을 조정하면 어떻게 되겠지.

기왕 이렇게 됐으니 「이력의 틀(매직 몰드)」과 「화염로(포지)」의 조합으로 주조 탄환을 천 발 정도 양산하고, 그 중 얼마를 성검으로 깎아 성시의 탄환 버전을 만들었다.

이건 오리지널 마법인 「탄체 사출(슈터)」로 쓰기 위한 것이었다.

탄환 몇 개는 바닥에 나사 구멍을 뚫었다. 이건 화살대를 끼워서 성시로 쓰기 위해서였다. 이건 「탄체 사출」 마법으로 쏘아내는 것보다 마궁으로 쏘는 편이 위력이 높았기 때문에 만들어봤다.

덤으로 평범한 마핵(코어)을 소재로 삼아 마액(리퀴드)을 사용한 마탄도 조금 만들어 놨다.

그리고 「탄체 사출」로 쏘아낸 탄환은 예상보다 명중 정밀도가 떨어지기에 개량판 주문을 연구하고 있었다.

본래 세계의 총처럼 탄환을 사출할 때 회전 벡터를 줘서 명중 정밀도를 올릴까 싶었다.

남은 두루마리를 받는 게 닷새 뒤니까 그때까지 주문을 완성해둘까.

그리고 리자의 마창 강화 파츠로 생각했던 「용발톱창의 창날」은, 접합부의 강도를 생각하면 선불리 개조할 수가 없어서 조금 더 검토해 보기로 했다.

◆

다음날, 흑룡 퇴치로 공작성에 불려가 용사와 함께「오유고크 공작령 퇴룡 훈장」이란 훈장을 받았다.

전에 받은「오유고크 공작령 창염 훈장」하고는 다른 의미로 희귀한 훈장이었다.

공작령에 있는 동안에는 상급 귀족의 당주에 가까운 대우를 받을 수 있었다.

이미 과분한 대우를 받고 있으니 별로 상관없지만 말이다.

동석한 대역 폐하에게도「포상의 말」을 받았다.

나라에서 내리는 훈장은 신년에 귀족들이 왕도에 모이는「대알현 의식」에서 준다고 한다.

그리고 공작성에서 용사나 메네아 왕녀와 헤어져 저택으로 돌아오자, 집사가 손님이 기다린다고 알려주었다.

"기다리게 만들어 죄송합니다."

"여어, 사토 공! 이쪽이야말로 기별도 없이 와서 미안해."

토르마가 소파에서 일어나며 스스럼없는 느낌으로 인사했다.

그는 귀족 정보를 주거나 그의 친가인 시멘 자작가문이 운영하는 두루마리 공방에 소개를 해주는 등 여러모로 신세를 졌으니, 조금 룰을 위반한 것 정도에 눈총을 줄 생각은 없었다.

그보다도 지금은 그의 뒤에 서 있는 몸이 안 좋아 보이는 인물이 문제였다.

공작의 만찬에서 만난 적은 있지만, 이름은 AR표시를 확인하기 전까지 떠올리지 못했다.

“알고 있겠지만, 이쪽은 에므린 자작가문의 당주인 커크 에므린 씨야.”

“네. 만찬에서 인사를 나눴습니다.”

분위기를 안 읽는 토르마치고는 드물게도 에므린 자작을 소개해 주었다.

분명히 대대로 광대한 과수원을 경영하는 명가로, 그가 작위를 이은 뒤부터 무역에 힘을 쏟기 시작했다고 들었다.

상급 귀족인 그가 나한테 무슨 용건이지?

메뉴의 메모장을 검색한 바로는 공작의 무도회에서 그의 차녀가 청하기에 한 곡 춘 것 말고는 연관점이 없었다.

“실은 그가 사토 공의 힘을 빌리고 싶다고 해서 말이지.”

“제 힘을 말인가요?”

아무래도 자식 때문에 고뇌하는 아빠가 불평을 하러 온 건 아닌가 보다.

굳이 따지자면 초췌한 느낌이었다.

“사실 그가 여기저기서 출자를 받아 편성한 무역선단이 해룡제도(海龍諸島) 근해에서 전멸했다고 하더군—.”

“토르마. 그 이야기는 안 해도 되네.”

토르마가 가벼운 기색으로 설명하자, 에므린 자작이 기분이 틀어진 듯 막았다.

그건 그렇고 해룡제도란 말이지. 마음이 설레는 이름이군. 관광 예정지 목록에 넣어두자.

“펜드래건 경에게 부탁하고 싶은 것은 이 과실이야.”

에므린 자작이 벽 근처에 서 있던 그의 종자를 불러서 테이블 위에 기묘한 색의 울퉁불퉁한 과실을 늘어놓았다.

AR표시를 보니 「루루 열매」란 이름이었다.

그 사랑스런 루루와 전혀 닮은 구석이 없는 모양새로군.

과실의 표피는 푸르딩딩한 색과 회색의 얼룩무늬가 있었고, 바나나의 슈거 스폿처럼 검게 변색된 곳도 보였다.

과실에서 흘러 나오는 냄새는 짙은 향수를 절조 없이 뒤섞은 것처럼 구역질나게 강렬했다.

“꽤나 개성적인 과실이군요.”

나는 「무표정(포커페이스)」 스킬의 도움을 빌려 영업용 스마일을 유지하면서, 무난한 감상을 말했다.

“차를 가져왔습니다.”

“고마워.”

어째선지 메이드가 아니라 루루가 가져다주었다.

문 쪽에서 아리사와 포치의 모습이 한 순간 보였으니 정찰을 부탁 받은 거겠지.

“자네라면 이 가축용 과실로 판매용 과자를 만들 수 있겠나?”

꽤나 무모한 도전인데…….

하지만 어쩌면 두리안처럼 먹을 수 있다면 맛있을 지도 모르지.

“그건 맛을 확인해보지 않으면 뭐라고 할 수 없습니다.”

"그러면 한 번 드셔보시게."

에므린 자작의 종자가 작은 칼로 과실을 자르고, 옆에 뚜껑을 덮은 작은 항아리를 몇 개 놓았다.

잘라낸 과실은 군청색이라서 정말로 먹을 수 있는 건지 걱정스러웠다. 항아리는 과실을 각각 다른 방법으로 절인 것이 들어 있었다.

순서대로 한 조각씩 집었다.

시어! 레몬 100개를 먹은 것처럼 시었다. 게다가 신 맛이 물러나자 쓴 맛이 밀려들어왔다.

「루루 열매」 생과일에 이어서 초절임이나 된장 절임, 잼과 말린 과실을 순서대로 시식했지만, 모두 맛없다는 평가 말고는 낼 수가 없었다.

세류 시에서 먹은 가보 열매 빵과 호각으로 싸울 수 있을 정도였다.

설탕이나 벌꿀을 뿌리는 수준으로는 어떻게 할 수 없을 정도로 심했다.

루루가 건네준 차로 입을 헹궜다.

"만만치 않군요—."

"『기적의 요리사』로 불리는 자네라면 이 루루 열매에도 가축의 먹이 말고 사용처를 찾을 수 있을까 했네만……."

에므린 자작의 이야기를 듣더니, 루루가 「가축의 먹이」라고 어두운 어조로 중얼거렸다.

무심코 에므린 자작을 매도하고 싶었지만, 루루를 얼른 내보내지 못한 나한테도 책임이 있었다.

"기다려주세요—. 이 『루루』 열매에는 가능성이 잠들어 있습니다."

나는 에므린 자작을 마주 보면서 루루에게 말했다.

루루가 숙이고 있던 고개를 들었다.

"저에게 며칠 시간을 주시면 반드시, 이 과실을 진정한 맛으로 꽃피우겠습니다!"

내가 그렇게 단언하자, 루루가 약간 밝은 분위기로 돌아왔다.

루루의 콤플렉스가 전보다는 개선되고 있는 모양이군.

"부, 부탁할 수 있겠나?"

"네, 맡겨 주세요."

에므린 자작이 지푸라기를 잡는 기색으로 내 손을 잡았다.

그로서는 이 과실의 상품가치를 높이는 것이 자작가문을 지키는 수단이겠지.

눈동자에 희망의 빛이 돌아온 에므린 자작이 토르마와 함께 물러갔다.

그러면, 내뱉은 말을 지켜야겠지—.

"주인님치고는 희한한 일을 맡았네."

"그래?"

아리사의 말에 빈말로 대답하면서, 메뉴의 교류란에 있는 메모장을 열어「루루 열매」공략 플랜을 만들었다.

루루랑 이름이 같은 과실이 불우한 상태로 있는 것을 용납할 수가 없어서, 그만 울컥해 버린 건 사실이었다.

"무슨 수가 있어?"

"물론이지."

시식해본 「루루 열매」는 참으로 맛이 없었지만, 가공에 따라 「신 맛」, 「쓴 맛」, 「칼칼함」, 「악취」 네 요소의 강약이 달랐다.

가열 가공한 잼이나 수분을 날려 보낸 말린 과실은 달콤한 맛도 느껴졌다.

미각이 날카로운 타마와 포치 두 사람에게 조수를 부탁하여 시험을 시작했다. 루루에게는 완성품으로 놀라게 해주기 위해 리자와 함께 스폰지 케이크 굽는 수행을 명했다.

나는 요리 실험을 하는 식으로 갖가지 온도로 찌고 삶고 굽는 등의 가공을 하고는, 그 결과를 메모장에 정리했다.

"우~웁스?"

"마, 만만찮은 거예요. 포치는 입가심으로 고래 육포를 요구하는 거예요."

처음에는 그런 식으로 여유가 있던 맛보기 담당 두 사람도 얼마쯤 지나자—.

"포치~?"

"타마!"

—서로의 이름을 부르며 괴롭게 시식품을 입으로 옮겼다.

아직 목록의 반도 못 채웠지만 트라우마가 되면 곤란하니까 두 사람의 도움은 이쯤에서 끝내고, 그때부터 혼자서 시험과 시식을 이어 나갔다.

자기 치유 스킬이 마비된 미각이나 미뢰까지 회복시켜 주는지, 나는 그다지 고생 없이 시식을 계속할 수 있었다.

그 보람이 있어서, 다음날 아침에 이상적인 가공방법을 확립할 수 있었다.

"어떠니?"

"마, 맛있어요……."

시식회에서 처음으로 맛을 본 루루가 말을 잃었다.

"이게 어제 그 과실인가요? 색도 전혀 다르고, 향도—."

군청색이었던 과실이 가공 뒤에는 선명한 홍색으로 변했으니 그냥 봐서는 알 수 없겠지.

"물론이지. 그리고, 말했었지?『루루』열매에는 가능성이 잠들어 있다고."

당장이라도 울 것 같은 루루에게 조금 익살스레 말했다.

"—네, 저도 노력할게요."

말하지 않아도 내 뜻이 루루에게 전달되었다. 루루가 눈가에 눈물을 지은 채 웃었다.

루루의 경우 가능성은커녕 본래 예쁘지만, 내면에 자신이 붙으면 더더욱 예뻐질 거야.

조만간 매력이 인플레이션을 일으켜서, 성을 넘어 은하계가 기울 것 같으니 장래가 두렵군.

"어젯밤에『미운 오리 새끼』를 들려줬어."

아리사가 내 옆에서 속삭이며 내조를 어필했다.

잘했다고 말해주지 않을 수 없어서 아리사의 머리를 쓰다듬

어 주었다.

루루가 진정된 뒤, 우리의 대화를 보고 있던 모두에게 시식품을 권했다.

"자, 다들 시식해봐."

"사양~?"

"포치는 배부른 거예요."

어제 시식을 도와준 타마와 포치는 이 과일이 좀 거북해져 버렸나 보다.

시식을 권하자마자 귀가 축 늘어지고 꼬리도 다리 사이로 숨어 버렸다.

억지로 권하는 건 안 좋으니까 다른 애들한테 권해봤다.

"맛있어! 이거 뭐야? 무심코 외쳐 버릴 정도로 맛있어!"

시험작을 오물오물 먹은 아리사가 놀라서 외쳤다.

"맛있어."

"마스터, 달콤하여 맛있다고 찬사를 보냅니다."

"여기 있는 빙과로 만든 것도 단 맛이 적당하고, 사각사각한 식감이 근사합니다."

미아, 나나, 리자에게도 호평이었다.

가공에 따라서 맛이 천변만화하기 때문에 앞으로도 이것저것 연구하는 보람이 있겠다.

"맛있어~?"

"정말, 인 거예요?"

다른 애들을 보고 흥미가 생겼는지 타마도 과실에 손을 댔다.

"달아맛나."

우물우물 시험작을 먹은 타마가 기뻐했다.

"엄청 맛있는 거예요! 주인님은 역시 굉장히 굉장한 거예요!"

가장 마지막에 먹은 포치도 꼬리를 붕붕 흔들면서 밝게 웃으며 찬사를 보냈다.

루루도 모두와 함께 이런저런 맛을 즐기고 있었다.

역시 웃는 얼굴이 제일이야.

흑룡을 퇴치한 뒤부터 사흘 연속으로 철야를 했으니 일단 한숨 잔 뒤에, 일어나서 맑은 머리로 루루 열매 가공방법을 리포트로 정리했다.

잠들기 전에 에므린 자작에게 보내두었던 면회요청의 답변이 왔기에 늙은 집사가 준비해준 마차를 타고 외출했다.

"어머? ……어째서?"

에므린 자작 저택의 입구에서 십대 초반의 귀족 소녀와 마주쳤다.

그녀는 공작의 만찬에서 춤을 함께 췄다.

이름이 분명히—.

"오랜만입니다, 리나 님."

"펴, 평안하세요, 샤작 니임."

리나 에므린 자작가문 영애가 얼굴을 붉히며 당황했다. 마치 카리나 양 같군.

무도회에서 가장 처음에 춤춘 상대인 것도 있어서 그녀의 이름은 분명히 기억하고 있었다.

"사작님, 주인어른이 기다리십니다."

"죄송합니다, 금방 갈게요. 그러면 리나 님, 실례하겠습니다."

에므린 자작 가문 집사의 재촉을 받아 응접실로 갔다.

상급귀족의 저택 치고는 미술품 랭크가 낮아 보이네. 나는 미술품이 좋은지 나쁜지는 잘 모르지만 시장가격을 시세 스킬이 가르쳐준다.

"갑자기 만나고 싶다는 것은 보수를 의논하기 위해서인가? 자네도 소문을 들어 알지도 모르겠네만, 지금은 상황이 어려워 금전으로 보답할 수가 없네. 그러나—."

에므린 자작이 내게 의자를 권한 다음 빠르게 말했다.

"자작 각하. 저에 대한 보수는 그 과실을 마차에 한 가득 실어서 보내주시면 충분합니다."

꽤 바가지를 씌운 것처럼 들리지만, 자작의 과수원을 맵으로 확인했더니 결계주로 둘러싸인 거대한 과수원이었다.

공작령의 기후를 고려하면 연 2회 수확이 가능하니까 내 요구량은 미약하다.

"그보다도, 일단은 시식을 해보시죠."

격납 가방에서 뚜껑이 달린 용기에 담아온 가공된「루루 열매」를 꺼냈다. 이번에 가지고 온 것은 세 종류뿐이었다.

"……시식? 설마 하룻밤 사이에 벌써 시험작을 만들었다는 건가?!"

"주인어른, 기다려 주십시오."

자작이 놀라면서 시험작에 손을 대려고 하자 집사가 막더니, 차를 가져온 젊은 메이드에게 독이 없는지 먹어보도록 했다.

이 저택에는 물품 감정 스킬을 가진 사람이 없나 보군.

"괜찮은가요?! 야호, 소문으로만 듣던 펜드래건 사작님의 과자를 먹을 수 있다니!"

"—사라나."

"죄, 죄송합니다……. 기뻐서 그만."

메이드가 접시를 내던질 기세로 기뻐하자 집사가 혼냈다.

"마이써! 이 하얗고 몽실몽실한 거랑 잘 맞아요! 이것도, 이것도…… 너무 행복해서 무서워!"

몸서리를 치면서 기뻐해주니 이쪽도 기쁘군.

메이드가 먹어 보아 독이 없다고 확인되자, 자작이 그의 가족을 불러서 시식회를 열었다.

"이, 이것이 그 과실이란 말인가?"

"하지만, 색이 다른걸요?"

"가공하면 색이 바뀝니다."

자작 부처에게는 산미가 없고 달콤한 것이 호평이었다.

"우~응, 맛있어! 다음 다과회에 내놓고 싶어요."

고교생쯤 되는 자작가문 장녀는 산미가 있는 것을 가장 좋아했다.

그리고 리나 양은「루루 열매 케이크」를 다람쥐처럼 양 볼에 가득 넣고서 함박웃음을 짓고 있었다.

케이크에 사용한 것은 생크림의 맛이 부각되도록 산미와 쓴 맛을 살짝 블렌드했다.

이 세 번째가 가장 가공이 어렵고, 현재로서는 AR표시로 온도가 보이는 나밖에 만들 수 없었다.

“어떤가요?”

“이거라면, 수많은 사람이 찾을 게야! 과연 『기적의 요리사』라고 불리는 인물이군.”

“자작님이 허락해주신다면 이 『루루 열매 케이크』를 티스라드님 결혼식에 내놓으려고 합니다만, 어떻습니까?”

“어허! 이것을 공자님 결혼식에? 그거라면 바라마지 않는 일이야. 내가 자네에게 부탁하고 싶을 정도로군.”

좋아. 자작의 허가를 받았으니 웨딩 케이크에 「루루 열매」를 써볼까.

이걸로 「루루」 과실을 좋은 의미로 퍼뜨릴 수 있겠어.

나는 그에게 세 가지 레시피를 적은 종이와 가공을 연구한 리포트를 내밀었다.

“괴, 굉장하군……. 이 정도 연구를 고작 하룻밤사이에 했단 말인가?”

자작이 놀라자 무심코 볼이 느슨해졌다. 화로형 마법 도구 32개를 늘어놓고 노력한 건 비밀이다.

“자작님의 기대에 부응한 것 같아 다행입니다.”

“사토 공, 나는 커크라고 부르게. 답례로 아까 말한 현물은 도저히 부족하군. 사토 공은 부인이 없다고 하니, 우리 일족 방계의 아가씨를 시집보내지.”

"—시집?!"

자작이 말하자 리나 양이 포크를 들고 일어섰다.

"리나, 왜 그러니?"

"아, 아뇨……. 아, 아무 것도, 아니, 에요."

자작이 묻자 리나 양이 실 끊어진 꼭두각시 인형처럼 의자에 앉았다. 기분 탓인지 낯빛이 어두워보였다.

일단 리나 양이 딱 좋게 이야기를 끊어준 덕분에 연담은 얼버무릴 수 있었다.

◆

"예뻐~?"

"인 거예요!"

백작 저택 울타리 너머로 길을 지나는 혼례 퍼레이드가 보였다.

오늘은 린그란데 양의 남동생이자 차차기 공작인 티스라드 씨와 왕국 서쪽에 영지를 가진 에르엣 후작의 손녀딸이 결혼하는 날이었다.

카리나 양은 동생인 오리온 군과 결혼식에 참석하여 여기에는 없었다.

나이가 어린데도 웨딩드레스가 좋은 건지, 타마랑 포치까지 신이 났다.

타마는 내 머리 위까지 기어올랐고, 포치는 내 옷자락을 잡은 채 붕붕 손을 흔들었다.

미아도 타마를 흉내 내려고 했지만 위험하니까 중간에 붙잡아서 한 팔에 안아 들었다.

"하얀 드레스."

"근사하다~. 역시 결혼식은 기모노보단 드레스야."

"마스터, 신부가 가진 꽃장식의 복제를 희망합니다."

오늘은 애들에 더해서 나나까지 묘하게 달라붙는군.

"호화로운 행렬이군요."

리자는 얌전했지만, 신부의 의상을 뚫어져라 보고 있으니 흥미가 없는 건 아닌가 보다.

"굉장히, 행복해 보여요. 저도, 언젠가 저런 신부가……."

넋이 나간 듯 한숨을 흘리는 루루의 검은 머리를 가볍게 쓰다듬었다.

"루루라면 될 수 있어."

루루의 흑발에는 순백의 웨딩드레스가 잘 어울리겠다. 루루의 결혼식에는 내가 직접 만든 웨딩드레스를 선물해야겠어.

"—주인님."

내 어깨에 루루가 머리를 기댔다.

"길티?"

"미묘."

미아와 아리사가 그걸 보고 심의를 하고 있었다.

"사작님, 시멘 자작가문의 심부름꾼이 왔습니다."

"그래, 금방 갈게."

나는 저택에 딸린 메이드의 안내를 받아서 손님을 만나러 갔다. 이미 맵으로 확인해보니 찾아온 사람은 두루마리 공방의 나탈리나 씨였다. 예정보다 이르지만 주문했던 두루마리가 완성됐나 보다.

“이것이, 의뢰하신 물건입니다~. 전부 있어?”

“네, 맞네요.”

주문한 두루마리가 예정보다 상당히 이르게 완납됐다.

나탈리나 씨는 여전히 존댓말이 거북한가 보군.

“불꽃놀이(파이어웍스) 두루마리는 일정에 맞출 수 있겠어요?”

“네! 공방에서 모두 잠도 안 자고 일하니까 피로연 종반에는 될 거야!”

“그거 다행이네요.”

나는 「탄체 사출 2식」과 「만능 공구(멀티플 툴)」, 그리고 전부터 준비했던 「녹화(픽처 레코더)」, 「녹음(사운드 레코더)」, 「에어컨」, 「UV컷」 두루마리를 추가로 발주했다. 마지막 마법은 아리사가 요청했다.

이 「만능 공구」는 임의 형태나 크기로 공구를 만드는 마법인데, 「이력의 틀」 코드를 활용해서 별 고생 없이 개발했다.

이 마법으로 공구뿐 아니라 전투용 검도 만들 수 있겠지만, 내 경우는 마법란에서 골라 사용하는 것보다 손가락에 마인을 만드는 게 더 빠르니까 의미가 없었다.

그날 밤, 나는 루루와 아리사를 조수 삼아 티스라드 씨의 피로연에서 요리사로 일하고 있었다.

“사토 공의 튀김은 각별하지.”

“그렇고말고! 나는 생강 절임 튀김이야말로 궁극이라고 생각하고 있지만, 그렇다고 다른 튀김을 부정할 생각은 없다네.”

“나도 그렇네, 호엔 백작. 새우튀김이야말로 지고라는 의견은 변함없지만, 모든 튀김이 맛있는 것은 사실이지.”

어째선지 내 요리 부스 옆에 공도의 중진인 로이드 후작과 호엔 백작이 자기들 전용 특별석을 준비했다.

토르마 정보에 따르면 견원지간이라고 하던데 지금은 아무리 봐도 사이가 좋군.

“사토—, ……펜드래건 경!”

그때 카리나 양이 나타났다.

화장을 하고 드레스업한 그녀는 어여쁜 귀족 소녀들이 모이는 피로연에서도 빼어난 수준의 미녀였다. 뭐 내가 보기에 루루에게는 지겠지만, 루루랑 비교하는 건 기준이 너무 높은 거지.

그녀의 뒤에는 그녀의 동생이자 차기 무노 남작인 오리온 군과 두 소녀가 있었다.

“펜드래건 경, 소개하지—. 내 혼약자인 라고크 남작 영애 뮤즈야.”

오리온 군이 수수한 소녀를 소개했다.

중학생쯤 되는 나이, 옅은 금발에 소심해 보이는 표정의 소녀였다. 얼굴의 조형이 어쩐지 테니온 신전의 세라랑 닮았다.

AR표시를 보니 오유고크 공작가 방계 일족이군.

“처음 뵙겠습니다, 뮤즈 님. 저는 사토 펜드래건 명예사작입니다.”

"저, 저야말로……. 소문은 오리온 님이나 카리나 님께 익히 들었답니다."

나는 친근하게 인사를 했는데, 뮤즈 양은 긴장해서 그런지 나를 경계하는 기색이었다.

나에 대한 이상한 소문이라도 들었나?

"사토 님, 카리나 언니는 굉장하답니다. 여기 오는 동안 수십 명의 귀공자들이 댄스를 청했어요."

그 말을 한 사람은 뮤즈 양이 아니라, 일행의 마지막 한 사람인 핑크색 머리칼의 메네아 왕녀였다.

이렇게 보니 메네아 왕녀는 미소녀라고 해도 될 용모라서, 그녀와 카리나 양 사이에 끼인 뮤즈 양이 묻혀버렸다. 충분히 귀여운데 안쓰럽군.

"무, 물론, 모두 거절했답니다."

메네아 왕녀의 말에 카리나 양이 조바심 내며 부정했다.

"메네아 님의 인기도 누님께 지지 않았다고 생각합니다."

오리온 군이 볼을 붉히면서 메네아 왕녀를 칭찬했다.

뒤에 서 있는 뮤즈 양의 굳어진 미소가 무서워.

"오리온 님, 고맙습니다. 그렇지만, 저는 이미 마음속에 정해 둔 분이 계신답니다."

메네아 왕녀가 나를 보면서 어수선한 말을 해댔다.

"우후후, 카리나 언니가 먼저니까 저는 태수의 제2부인을 목표로 할까 생각하고 있어요."

메네아 왕녀의 말이 미묘하게 의미불명이군.

"주인님과 카리나 양을 결혼시켜서 태수로 만든 다음에 자기는 제2부인이 될 셈이구나. 이 여우같은 계집이—."

요리 부스 뒤에서 아리사가 옛날 드라마 같은 발언을 했다.

최하급 귀족인 내가 태수가 될 가능성은 없으니 그건 완전히 기우거든?

"사토 님, 모처럼 피로연에 참석했으니 요리 따위는 사용인에게 맡기고 저와 춤을 춰주세요."

메네아 왕녀가 내 손을 잡고 청원했다.

그건 그렇고 흑룡을 퇴치하고 돌아온 이후로 메네아 왕녀가 이상하게 날 따르네.

그녀 마음에 들만한 짓을 한 기억이 없어서 무슨 생각을 하는 건지 알 수가 없었다.

하지만 그때, 메네아 왕녀의 말에 반응하는 사람들이 있었다.

"요리 따위, 라고?"

"타국의 왕녀라 해도, 그 말은 흘려들을 수 없군."

요리담론을 나누고 있던 로이드 후작과 호엔 백작 두 사람이었다.

"네? 아, 저기?"

"사토 공의 요리는 이미 예술의 경지!"

"그 예술을 이해하지 못하다니……. 왕조님이 보물이라 부른 복숭아색 머리칼을 가진 르모크 왕족이라고 생각하기 어려운 말이오!"

이 둘은 요리가 얽히면 너무 정색을 한다니까.

"로이드 후작님, 호엔 백작님. 부디 노여움을 거두시죠."

"으, 으음. 사토 공이 그리 말한다면야……."

"하는 수 없군……. 사토 공을 난처하게 만들 수는 없지."

메네아 왕녀가 난처해 보이기에 두 사람의 중진을 부드럽게 말리고 메네아 왕녀가 사과할 틈을 만들었다.

"죄송합니다. 사토 님에게 춤을 청하고 싶어서 마음에도 없는 말을 해버렸답니다."

메네아 왕녀가 순순히 사과하자, 로이드 후작과 호엔 백작도 다시 요리 담론으로 돌아갔다.

"새삼 부탁드리겠어요. 사토 님, 저와 한 곡 추시겠어요?"

내 손을 잡은 메네아 왕녀가 촉촉한 눈동자로 부탁했다.

어째선지 아리사뿐 아니라 카리나 양까지 노려보는 것 같은데…….

그때 새로운 난입자가 나타났다.

"사토! 이런 곳에서도 요리를 하나?"

용사가 저만치서 날 발견하고 다가왔다.

뒷편에 드레스업한 그의 동료들도 모여 있었다.

모두 미인인데다가 프로포션이 좋아서 눈이 즐거운걸.

"요, 용사 하야토 마사키 님?"

"누님, 펜드래건 경은 용사님과 아는 사이인가요?"

용사 연구가인 무노 남작의 교육을 받은 남매도 용사의 팬인가 보다.

"—튀김이잖아! 이 몸에게도 줄 수 있어?"

"안녕하세요, 하야토 님. 갓 지은 밥도 준비할 수 있습니다만, 어떻게 하시겠어요?"

"정말인가! 그거 나이스한 제안이야! 특대로 담아줘!"

용사 뒤에 있는 그의 동료들도 스스럼없이 인사를 했다.

나도 인사를 하면서 미녀들을 순서대로 칭찬했다. 겉치레가 없어도 되니 좋군.

아리사가 입의 움직임으로 「지나치게 친해진 건 아니겠지?」라고 묻기에 「당연하지」라고 대답했다.

좋은 기회라서 요리를 하기 전에 카리나 양 일행을 용사에게 소개해 주었다.

"이, 이봐. 사가 제국의 용사님이 펜드래건 경에게 말을 거는데?"

"게다가, 펜드래건 경도 용사님의 이름을……."

"귀공들은 몰랐나? 펜드래건 경이 용사님의 용 퇴치에 동행했다고 하더군."

"그, 그게 정말인가? 그렇다면, 이 틈에 연담을—."

나랑 용사의 대화를 들은 귀족들 일부가 이런 이야기를 나누는 게 엿듣기 스킬로 들렸다.

마지막 말은 좀 문제가 있었지만, 새삼스런 일이라 가볍게 무시하고 용사 일행용 튀김 세트를 준비했다.

완성된 세트는 아리사가 옮겼다.

"기다리셨습니다, 용사님."

"아, 아리사 왕녀?! 어째서 아리사 왕녀가 급사를 하고 있지?"

용사의 커다란 목소리에 주위의 귀족이나 사용인들 사이에 술렁거림이 일어났다.

"예전 왕녀랍니다. 주인인 사토 님이 일하고 있는데 종자가 놀고 있어선 안 되죠. 그보다도 이 메이드복은 근사하다고 생각지 않으세요?"

아리사가 용사 앞에서 한 바퀴 빙글 돌았다.

"물론, 최고로 잘 어울려!"

용사가 헤벌쭉하자 역정이 난 메리에스트 황녀와 린그란데 양이 좌우에서 몰래 그의 팔을 꼬집었다. 질투하는 방식이 귀엽군.

"두 분도 어떠신가요?"

용사를 구해주는 의미를 겸하여, 그녀들에게도 요리를 권했다.

"어머, 이것도 있었구나?"

"물처럼 보이지만, 향이 좋아."

숨겨진 메뉴인 콘소메 수프였다.

미아가 양산을 싫어해서 예약제로 한 냄비정도만 만들었다.

용사 일행의 분량은 내 재량으로 되는 양에서 내놓았다.

"……맛있어. ……마치 신들의 식탁에 나오는 기적 같은 요리야."

수프를 입에 머금은 메리에스트 황녀가 거창한 표현을 하며 놀랐다.

그녀의 빛나는 미소가 인사치레가 아니란 것을 분명히 보여주었다.

"어이, 지금 그 말 들었나?"

"콘소메 수프는 역시 굉장해……."

"기적의 요리사는 사가 제국의 황녀 전하마저 매료시키는군."

귀족들의 이야기가 들렸다.

앞으로 갈 여행지에 나에 대한 이상한 소문이 안 돌았으면 좋겠는데…….

한동안 용사 일행이나 카리나 양 일행과 환담을 하고 있는데 피로연 회장 안쪽에서 안내가 들렸다.

"여러분! 주목해 주세요! 신랑신부가 입장합니다."

회장의 조명이 어두워지더니, 빛 마법을 이용한 조명이 신랑신부를 부드럽게 비추었다.

두 사람이 나아가는 앞에는 천으로 가려진 8단 특대 웨딩 케이크가 있었다.

케이크만 가지고서는 무게를 지탱할 수 없기 때문에, 위쪽 3단 말고는 안쪽에 단단한 빵으로 만든 받침대를 넣어 보강했다.

"이번에는 왕조님의 일화에 있는, 환상의 케이크 커팅 의식을 거행하겠습니다. 이 의식을 행한 신랑신부는 건강한 아이를 낳는다고 합니다."

사회를 보는 신사가 확성의 바람 마법으로 회장에 취지를 전했다.

이세계에서 케이크 커팅은 고대 의식이구나.

웨딩 케이크를 가린 천을 벗겨내자, 귀족 영애 일부가 감탄의 소리를 냈다.

다과회에서 딸기 쇼트케이크를 대접받은 기억이 있는 사람들이었다.

나는 인파들 너머의 케이크 커팅을 보여주기 위해서 아리사를 들어 올렸다.

“근사하다~. 나도 한 번이라도 좋으니까 주인님이랑 케이크 커팅 하고 싶어~.”

“저도 저런 드레스를 입고 싶어요.”

“되고말고.”

“정말로?!”

“정말인가요?”

“그럼, 케이크 커팅 담당은 아리사에게 맡기고, 루루에게는 근사한 드레스를 만들어줄게.”

기세 좋게 묻는 두 사람에게 농담처럼 대답했다.

물론 루루에게 드레스를 만들어주는 건 진짜다.

“혼자서는 싫어잉—.”

우는 시늉을 하면서 콩콩 때리는 아리사를 달래고 있는데, 창밖에서 빛이 들어와 얼굴을 비추었다.

“우왓, 혹시 불꽃놀이?”

아리사가 창밖의 밤하늘에 차례차례 솟아오르는 불꽃놀이를 올려다보았다.

시멘 자작의 두루마리 공방 사람들이 초과근무를 한 성과다.

“예뻐…….”

색색깔의 불꽃을 본 루루가 넋이 나간 듯 중얼거렸다.

루루가 몇 배는 더 예쁘지만, 그 말로 인생 첫 불꽃놀이 구경을 방해하는 건 못난 짓이지.

문득 주위를 둘러보니 남녀노소를 불문하고 모두 불꽃에 눈길을 빼앗기고 있었다.

젊은 귀족 연인들이 여기저기서 서로에게 기댄 채 불꽃을 보고 있었다. 오늘 밤 정도는「리얼충 폭발해라」라는 저주의 말을 안 하기로 했다.

그런 사람들 속에서 불꽃의 빛에 비친 용사의 모습이 보였다.

그의 볼에 흐르는 망향의 눈물은 못 본 걸로 할까.

불꽃이 끝나자 연인이 없는 귀족자제들이 짝 없는 영애들에게 댄스를 청하는 모습이 늘었다.

영애들도 케이크 커팅과 불꽃의 흥분이 남아 있는지 신청을 받고서 싫지 않은 기색이었다.

활기가 넘치기 시작한 댄스 스페이스 옆으로 메이드들이 왜건을 밀면서 피로연 회장에 나타나, 손님들에게 잘라낸 웨딩 케이크를 나눠주었다.

"맛있어!"

"굉장히 맛있는데, 이 과일은 뭘까요?"

"이것은 에므린 자작의 과수원에서 재배되는『루루』란 과실입니다."

달콤한 것을 좋아하는 영애와 귀부인들이 케이크를 먹으며 눈빛을 반짝거렸다.

예상대로 과실에 흥미를 가진 사람이 속출했고, 사전에 지도를 해둔 메이드들이 선전해 주었다.

선전에 대한 보답으로 메이드와 직원들에게는 따로 케이크를 증정해뒀다.

"사토 님, 드시죠."

메이드가 건넨 케이크 접시를 아리사에게 릴레이했다.

조리 보조를 해준 아리사와 루루 몫이 없기 때문에 내 몫을 두 사람에게 제공했다.

"펜드래건 경! 이런 곳에 있었군."

"커크 님 오셨군요."

루루 열매 과수원을 가진 커크 에므린 자작과 그의 딸 리나 양이 찾아왔다.

"펜드래건 경 덕분에『루루 열매』의 거래가 여러모로 잘 될 것 같네."

"그것 참 다행입니다."

아무래도 눈썰미 좋은 귀족들이 재빨리 에므린 자작에게 거래를 제안한 모양이군.

그때 케이크를 먹으며 기뻐하던 리나 양이, 옆에 있던 여성의 재촉을 받고 나에게 말을 걸었다.

"……저, 저기, 사토 님. 괜찮으시다면 저와—."

하지만—.

"카리나 언니, 이대로 가면 사토 님을 빼앗길 거예요."

"네?"

메네아 왕녀가 카리나 양의 손을 끌고 와서 끼어들었다.
"미안해요, 사토 님은 저희와 먼저 댄스 약속을 했어요."
아~니, 그런 약속 안 했는데요?
그리고 순서를 경쟁하지 않아도 닳는 것도 아니니까 댄스쯤이야 얼마든지 출 수 있잖아…….
메네아 왕녀의 폭주를 막으려고 하는데 이번에는 새로운 지인이 나타났다. 오늘은 손님이 많군.
"사토 씨."
"세라 님, 오랜만입니다."
테니온 신전의 무녀 세라다. 제3왕자의 구혼을 피하려고 테니온 신전의 성역에 틀어박혀 있었지만, 당사자인 제3왕자가 왕도로 송환된 덕분에 나올 수 있었나 보네.
그녀 뒤에는 파리온 신전과 갈레온 신전의 무녀 두 사람이 있었다.
이 두 사람은 세라와 마찬가지로 마왕부활의 제물이 될뻔했지만 용사 나나시로 분장한 내가 구해냈다. 그 이후로 만나지 못했는데 둘 다 건강해 보이니 다행이군.
"이 분이 사토 님이시군요."
"세라 언니가 마음에 둔 사람."
무녀 두 사람이 세라 뒤에서 속삭였다.
AR 표시를 보니 두 사람은 세라의 친척인가 보다. 머리카락은 금색과 붉은색이지만 세라와 생김새가 닮았다.
그녀들 뒤에 있는 높아 보이는 사람들은 세 신전의 사제장과 무녀장들이었다. 유감이지만 몸이 안 좋은 테니온 신전의 무녀장은 안 왔군.

"사토 씨, 한 곡 추시겠어요?"

나를 바라보던 세라가 그렇게 제안했다.

새치기 당한 메네아 왕녀가 본인이 한 짓은 제쳐두고 항의하고자 입을 열었다.

그러나 항의의 말이 나오기 전에 스톱이 들어왔다.

"세라!"

"……린 언니."

과보호 성향의 린그란데 양이 세라를 지키려고 뛰쳐나왔군.

"사토, 인기만점이네."

놀리는 용사의 말에 어깨를 으쓱거리며 대답했다.

"그렇지 않아요."

분명히 여자애들이 잔뜩 말을 걸지만 다들 10대 아이들뿐이잖아.

유감이지만 내 취향이 되려면 5~10년 정도 나이가 부족하다.

결국 메리에스트 황녀의 중재로 모두와 순서대로 춤을 추게 되었다.

세라, 카리나 양, 메네아 왕녀, 리나 양은 그렇다 치고, 세라 말고 다른 무녀들이나 린그란데 양, 메리에스트 황녀하고도 춤을 추게 된 건 어째서지?

미녀들, 미소녀들과 춤을 추었으니 득 봤다고 생각하면 되겠지 뭐.

공방 견학과 주조 마검

"사토입니다. 학창시절에는 사회 견학이 괴로웠지만 사회인이 된 뒤에 갔던 공장 견학은 잘 기억하고 있습니다. 역시 자기가 흥미를 가진 일은 관심의 깊이가 달라지는 법이죠.

"에헤헤~. 오늘은 하루 종일 괜찮아?"

"그럼, 물론이지."

팔짱을 끼고서 기뻐하는 아리사에게 수긍해줬다.

귀족관련 일이나 사교가 일단락되었으니, 오늘 하루는 오랜만에 동료들을 데리고 관광과 공방 체험을 할 예정이었다.

가장 처음으로는 공도의 유리 공방부터 실례하기로 했다.

"주인님, 저건 사탕일까요?"

루루가 기술자들이 든 관을 보고 고개를 갸웃거렸다.

그녀의 시선 끝에서는 기술자들이 유리그릇을 만들고 있었다.

견학용 통로에는 마법사가 냉각 마법을 걸어두어 덥지 않았지만, 기술자들의 얼굴에는 구슬땀이 맺혀 있었다.

"사탕 좋아~?"

"사탕은 달콤하니까 포치도 아주 좋아하는 거예요."

루루의 말에 타마랑 포치가 착각을 해버렸군.

아리사가 착각한 세 사람에게 설명해 주었다.

"아니야. 저건 유리그릇을 만드는 도구야."

기술자들이 숨을 불어넣자, 유리 덩어리가 확 부풀었다.

수학여행 가서 유리 세공 체험을 했을 때는 저런 식으로 부풀어 오르지 않았었다. 그래서 가만히 살펴보니 관이 일종의 마법 도구였다.

"신기해~?"

"후욱~ 하니까 동그래진 거예요!"

"두 사람 진정하세요."

리자의 양 옆구리에 안긴 타마랑 포치가 흥분한 기색이었다.

하지만 두 사람을 진정시키려는 리자 본인도 조금 들떠 있다는 것을, 그녀의 꼬리 움직임이 말해주고 있었다.

"풍선?"

"마스터, 확 부풀었다고 보고합니다."

유리 그릇이 부풀어오르는 걸 본 나나가 견학용 통로에서 이끌려 나갈 것 같았기에 미아랑 둘이 양 옆에서 팔을 붙잡아 막았다.

나나와 함께 한 걸음 나서려던 루루의 얼굴이 조금 붉었다.

"마스터, 세부적인 관찰이 필요하다고 진언합니다."

"관찰은 여기서 하자."

"참아."

흥미진진한 나나와 대조적으로 아리사는 흥미가 없는지 하품을 했다.

기분은 이해한다. 오크 유리 공방이라고 하기에 어떤 판타지한 공방일까 기대했는데 아주 평범한 유리 공방이었으니까.

그때, 공방을 안내해준 공방장이 제안을 해왔다.

"흥미가 있으시다면 시찰이 끝난 뒤에 체험해 보시겠어요?"

오너인 귀족 당주가 소개해준 거라서 VIP 대우를 해주는 거겠지.

"네, 괜찮다면 부디."

다음으로 안내 받은 장소는 유리의 원료가 되는 소재의 가공 장소였다. 작업하는 사람들 모두 입과 코를 뒤덮는 천을 감고 있었다. 분진 대책인가 보군.

"여기서는 유리의 원료가 되는 화강암이나 규암 같은 돌을 부숴 가루로 만듭니다. 여기에 오크석을 부수어 만드는 이 청회색 가루를 섞어서 열을 가하면 유리의 원료가 되는 유리 조각이 만들어집니다."

오크석? 설마 판타지 물질인가?

조금 신경 쓰여서 공방장에게 질문해봤다.

"이건 북쪽의 포도 산맥 근처에서 나는 광석으로, 분말로 만들어 물에 녹이면 기포를 내는 돌입니다. 이 기포는—."

공방장 이야기를 듣고서 알았는데, 오크석은 천연 소다 비슷한 것 같았다.

이름은 잊었지만 본래 세계에서도 그런 광석이 있었던 것 같은데……. 나는 이런저런 지식이 늘어나서 기쁘지만, 시찰하러 온 귀족에게 그런 전문적인 설명을 해도 민폐라고 생각하지 않을까?

가장 마지막 방은 입구에 경비병이 서 있는 삼엄한 장소였다.

"이것이, 이 공방의 판유리 제조용 마법 도구입니다."

이 커다란 방은 체육관 정도 넓이였는데, 대형 마법 장치가 몇 대나 늘어서서 가동하고 있었다. 마치 근대 공장 같은 분위기였다.

여기 있는 마법 장치는 시가 왕국 전에 있던 오크 제국의 유산이라고 한다.

"어쩐지 프레스 기계 같아."

아리사 말도 이해가 된다. 짧은 변이 1미터 반, 긴 변이 2미터쯤 되는 받침대 위에 적열하는 유리를 흘려 넣어, 위에서 프레스처럼 눌러 판유리를 만든다.

옛날에 본 동영상에서는 녹은 금속 위에 유리를 흘려 넣어 만들었던 것 같은데, 여기서는 마력의 역장을 피막 대신 써서 평평한 판유리를 만드는 모양이군.

「이력의 틀」이나 「입방체(큐브)」 마법을 쓰면 뜻밖에 간단히 될 것 같은걸.

공방장은 판유리를 만드는 과정뿐만 아니라, 그 판유리를 사용한 거울 제조 과정을 보여주었다. 초산은이란 것을 사용하는군. 완성된 거울은 본래 세계에서 사용하던 거울에 가까웠다. 초산은을 만드는 법은 연금술 자료에 있었으니 오크석이란 것만 있으면 거울도 자작할 수 있겠군.

맵 검색을 해보니 연금술 가게에서 취급하고 있었다.

사용할 일이 있을지는 모르지만, 공도에 머무르는 동안 조금 사들여야겠군.

그리고 견학이 끝난 뒤—.

"좋~아, 누가 제일 멋있는 그릇을 만드는지 승부하자!"

"타마, 안 져~?"

"포치도 안 지는 거예요."

아리사가 괜한 말을 꺼내자 타마와 포치가 그것에 편승했다.

흐으읍 숨을 들이킨 타마와 포치가 기세 좋게 숨을 불어넣었다. 불룩하게 부푼 유리덩이가 타마랑 포치의 폐활량을 견디지 못하고 커다랗게 팡 소리를 내면서 파열했다.

동료들이 파열음에 놀라 짧은 비명을 질렀다.

미아랑 나나는 비명을 지르진 않았지만 눈을 동그랗게 뜨고 굳어 있었다.

불행 중 다행으로 뜨거운 유리 조각은 전방으로만 튀어서 다친 사람이 없었다.

부추긴 아리사와 실수한 타마랑 포치를 데리고 공방장에게 사과했다.

"아뇨. 다친 곳이 없어 다행입니다. 그건 그렇고, 보통은 아무리 기세 좋게 숨을 불어도 구멍이 뚫리고 줄어들기만 하지 그런 식으로 파열하지는 않습니다만……."

공방장은 난처한 기색이었지만 사과를 받아주었다.

그 다음에는 유리 기술자들의 지도에 따라서 작업을 진행하여 모두 무사히 유리를 만들었다.

나도「유리 세공」스킬을 얻어서 만족스러웠다.

돌아가는 길에 전신 사이즈의 유리 거울 가격을 물어봤더니, 예약이 밀려 있어서 2년 뒤에나 받을 수 있다고 했다.

손거울 정도 사이즈라면 금세 살 수 있다고 했으니 돌아가면서 사 가도록 할까.

"인기가 굉장하군요."

"네. 모두 여러분 덕이죠. 사실은 반년쯤 전에 투명한 유리를 낮은 가격으로 만들 수 있는 기법이 확립됐습니다. 그 이후로 주문이 쇄도하여 마법 장치를 멈출 틈도 없습니다."

그렇군. 최근에 기술 혁신이 있었구나. 오랜 연구의 성과가 결실을 맺었거나, 천재적인 기술자가 나타났거나 둘 중 하나겠지.

어쩌면 내가 세류 백작령에서 쥐 수인족인 붉은 투구에게 받은「도예 레시피」같은 메모 덕분일지도 모르겠다.

◆

"후우, 잘 먹었다~."

게 찜과 게 구이를 탐닉한 아리사가 불룩 나온 배를 만족스럽게 두드렸다.

이 세계에는 게 포크가 없었다. 없어도 괜찮도록 껍질이 잘려 나오긴 했지만 우리끼리 게 찜을 할 때까지 게 포크를 자작해 둬야겠다.

"만북~?"

"이제 더 못 먹는 거예요."

타마랑 포치도 아리사와 나란히 행복해 보였다.

"아리사도 참, 너무 먹었잖아?"

"그치만, 맛있는걸."

루루가 타일렀지만 아리사는 반성하는 기색이 없었다.

사가 제국의 사무라이 카지로 씨에게 특훈을 받고 있는 타마랑 포치는 괜찮다 치지만, 아리사는 조금 통통해진 것 같기도 하네.

칼로리 제한을 조금 하는 게 좋을지도 모르겠다.

"있잖아, 이번에는 어떤 공방 갈 거야? 애벌레가 잔뜩 있는 비취비단 공방이나 냄새가 독한 간장 공방 같은 데는 싫어~."

아리사가 질색하며 말했다. 분명히 비취비단 공방의 온실에서 미스릴 찌꺼기를 오득오득 갉아 먹는 강아지 사이즈의 애벌레는 굉장했다.

그 애벌레가 뱉어낸 실로 초고급 천인 비취비단을 잣는다.

이 천은 높은 마력전달율과 방검 성능, 그리고 무엇보다 매끄러운 촉감과 아름다운 광택을 가졌다.

그 공방에서 소형 실패와 구식 베틀을 받았으니 여행하면서 애벌레나 거미 계열 마물을 퇴치했을 때 써볼까 하고 있었다.

그건 그렇다 치고, 냄새라…….

"낮부터 화가의 아틀리에 견학을 가려고 했는데, 마법 도구 공방이나 결계주 공방이 더 좋을까?"

"그림~?"

"그림책 만드는 장소인 거예요?"

"흥미."

아리사 말고 다른 애들은 아틀리에 견학에 흥미를 보였다.

결국 아리사가 져주는 모양새로 아틀리에 견학을 가기로 했다.

"내 수채 마술을 똑똑히 보게나!"

장년의 귀족이 하얀 캔버스 앞에서 붓이 아니라 짧은 지팡이를 겨누었다.

그는 이 아틀리에의 오너다. 처음에는 평범하게 화가들이 그린 유화를 감상하고 있었는데 내가 방문한 것을 안 오너가 일부러 찾아와서 그의 특기라는 「마법으로 그리는 회화」를 실연해주게 되었다.

방금 전에 그는 수채 마술이라고 했지만, 그가 가진 스킬은 「물 마법」과 「회화」니까, 그런 스킬이 있는 건 아니었다.

내 옆에는 아틀리에 안을 안내해준 여성 사무원이 미안한 기색으로 서 있었다.

"…… ■ ■■ 자유 물감(팔레트 컨트롤)."

오너가 약간 긴 영창을 끝내자 지팡이 주위에 색이 있는 물이 떠올랐다.

그가 팔을 휘두를 때마다 캔버스에 컬러풀한 물감이 퍼졌다.

그가 색의 이름을 말할 때마다 지팡이 끝의 색이 바뀌고, 「싱싱하게」나 「새의 날개처럼 가볍게」 같은 표현으로 회화 터치를 변경할 수 있나 보다.

그림 실력이야 그렇다 치고, 자기가 일부러 찾아와 보여주려고 한 만큼 퍼포먼스는 일급이었다.

"예뻐~?"

"굉장한 거예요!"

타마랑 포치도 리자의 팔에 안긴 채 흥분한 기색이었다.

예술에 엄격한 미아는 무뚝뚝한 표정이었지만, 다른 애들은 회화에 흥미가 생겼나 보다.

"—후우, 변변찮은 재주였나?"

"아뇨, 참으로 근사했습니다."

겸손하면서도 만족스런 표정으로 캔버스 앞에 선 오너에게 찬사를 보냈다.

"주인어른, 이제 집무실로 돌아가시죠."

"아니, 나는 펜드래건 경을 환대해야—."

아무래도 오너는 일하다가 빠져 나왔는지, 집사로 보이는 인물에게 끌려가 버렸다.

"사작님, 괜찮다면 회화교실이 있으니 체험해 보시는 건 어떨까요?"

아틀리에를 안내해준 사무원이 제안하기에 다 함께 회화 교실에 참가했다.

나는 회화 스킬이 있어서 술술 그릴 수 있다.

주제가 떠오르지 않기에 전에 공도의 박물관에서 본「손을 흔드는 어린 소녀」의 그림을 흉내 내보았다.

"사작님은 요리뿐 아니라 그림도 잘 그리시는군요. 이것은 시작님의 가족을 그리신 건가요?"

"아뇨, 전에 박물관에서 본 그림을 모사해봤어요. 마법 도구의 일종인 것 같은데, 그려진 소녀가 손을 흔드는 재미있는 그림이었죠."

"—그림이 움직이는 마법 도구 말인가요?"

내 이야기에 사무원이 곤혹스런 표정을 지었다.

환영의 마법 도구나 트릭 아트 같은 것은 있지만, 내가 말한 「움직이는 그림」은 모른다고 했다.

회화 관련 아틀리에에서 일하는 그녀가 모른다면 내가 본 것은 아직 공개되지 않은 비밀의 신작이었을지도 모르겠군.

조금 득을 본 기분이네—.

"이거 봐, 인 거예요."

가장 먼저 완성한 포치가 그림을 보여주러 왔다. 잘 그렸다고 할 수는 없지만 따스한 그림이었다.

"오호~ 잘 그렸네."

"이게 포치랑 주인님인 거예요. 그리고, 이쪽이—."

포치가 그림을 가리키며 설명해 주었다.

어린애가 그리는 평면적인 그림이었지만 포치다운 느낌으로 완성됐다. 중앙에 나랑 포치가 손을 잡고 서 있고, 주위를 둘러싸듯 다른 동료들이 그려져 있었다.

모두 웃고 있는 게 좋군.

"타마도 그렸어~?"

"—잘 그렸구나."

무심코 말문이 막힐 정도로 사실적으로 잘 그린 그림이었다.

"엄청 잘 그렸다."

"잘 그렸어."

옆에서 들여다본 아리사와 미아가 놀라서 말했다.

"굉장히 맛있어 보이는 거예요."

포치가 침을 흘릴 법한 표정으로 말했다.

타마가 그린 주제가 「햄버그」였으니까.

맛있어 보이게 오르는 김도 그렇고, 햄버그 위에 뿌린 데미글라스 소스가 흘러내린 느낌, 흘러내린 소스가 햄버그를 올려둔 철판에서 끓는 모습이 실로 약동감이 넘치는 터치로 그려져 있었다.

이 그림을 간판으로 쓰면 햄버그가 엄청 팔릴 것 같은데?

다른 애들의 그림도 순서대로 보았다.

"오~. 미아는 꽃밭 그림이구나. 잘 그렸네."

미아의 그림은 꽃밭 중앙에 미아와 나로 추정되는 소년이 그려져 있었다. 평범하게 잘 그렸다.

"응, 결혼식."

미아가 그림의 이름을 가르쳐 주었지만 그에 대해서는 코멘트를 삼갔다.

"마스터, 평가를 희망합니다."

"꽤 좋은걸."

솔직히 말해 나나의 그림은 뭘 그린 건지 잘 알 수 없었다.

"병아리?"

"미아의 불음에 긍정합니다."

그 대화를 듣고 나서야 캔버스 한 가득 노란색으로 칠한 의미를 깨달았다.

리자는 타마랑 포치의 그림, 루루는 아리사의 그림을 그렸다. 둘 다 서투르지만 주제에 대한 애정을 느낄 수 있는 근사한 그림이었다.

인생에서 처음 그린 그림일 테니까 마음 가는 대로 그리는 게 제일이지.

아리사가 내 나신을 그리려고 한 것 말고는 큰 문제없이 그림을 완성시키고, 우리는 만족감을 느끼며 회화교실을 떠났다.

회화교실에서 돌아가는 길에 상회에 들러서 회화 도구도 사들였다.

덤으로 세류 시에 보내는 편지를 위탁할 수 있는 상인이 없는지 확인해 봤다. 아는 귀족 관련 어용상인이 크하노우 시로 가는데, 세류 시까지 가서 편지를 전해주기로 했다.

내가 쓴 편지는 세류 시의 마법병 제나 씨에게 보내는 것이었다.

이 세계의 편지는 봉인한 나무함으로 보내기 때문에 공도에서 산 물건들을 동봉했다.

이번에는 나만 보내는 게 아니라, 타마랑 포치도 편지를 써서 함께 보내기로 했다.

두 사람이 쓴 편지는 두 사람의 공통된 친구인, 세류 시의 문전 여관에서 일하는 어린 소녀 유니에게 보내는 것이었다.

타마는 심플하게 한 줄만 썼지만, 포치는 두꺼운 원고 같은 편지를 썼다.

두 사람의 편지만 받으면 상대가 곤란할 거라며, 아리사가 문전 여관의 마담에게 보충하는 편지를 써주었다. 나도 살짝 봤는데 거래처에 보내는 것처럼 예의 바른 편지였다.

편지만 보내는 것도 좀 허전하니까, 문전여관에도 공도에서 산 물건들을 동봉했다. 유니 것은 타마와 포치가 고른 물건을 넣었다.

그리고 시가 왕국에는 왕복우편 같은 것이 없지만, 유니가 답신 편지를 보낼 수 있도록 그만큼의 비용을 미리 지불했다.

이세계의 편지 값은 어린애가 지불하기에 금액이 너무 크니까.

"그건 그렇고 꽤 분발했네~?"

"그래? 금화 3닢 정도잖아?"

아리사가 기가 막힌 듯 말하기에 동봉한 선물을 회상해 봤다.

비취비단 리본과 손거울은 조금 비싼 편이지만, 고급 핸드 크림이나 산호 목걸이, 대모갑 빗, 유리 세공 같은 건 이름에서 느껴지는 인상만큼 비싸지 않았다.

다과회 한 번에 쓰는 선물보다 싼데.

그렇게 말했더니 아리사가 기막혀 했다.

"다 함께 그림책을 만들자!"

회화교실이 재미있었는지, 아리사가 저녁 식사 뒤에 그렇게 말했다.

"그림책?"

미아가 고개를 갸우뚱거리며 아리사에게 물었다.

"그래! 이야기를 정해서 한 사람이 한 장씩 그림을 그리는 거야! 재미있을걸~."

"재미있겠군요."

뜻밖에 리자가 적극적이군.

그러고 보니 리자도 그림책 읽어주는 걸 좋아하지.

"타마, 그림 그려~?"

"포치는 이야기를 만들고 싶은 거예요."

"아리사, 그림 책 만들기 알고리즘을 제시해 달라고 신청합니다."

타마, 포치, 나나 셋도 찬성이군.

"그러면 여기가 아니라 커다란 테이블이 있는 식당에 갈까?"

""""찬성!""""

루루의 현실적인 제안으로 다 함께 식당으로 이동하기 시작했다.

나는 그림책 표지를 그리면서 모두와 함께 즐거운 시간을 보냈다.

놀다 지친 동료들을 재운 다음에, 내 취미인 공작을 하려고 「귀환 전이」로 공도 지하에 있는 미궁 유적으로 갔다.

◆

"어디, 일단은 나이프 사이즈의 마검부터 도전해볼까."

나는 마법란에서 「이력의 틀」과 「화염로」를 써서 청강 단검의 주조를 시작했다.

물론 작업하기 전에 교류란의 이름은 공란으로 변경했다.

소체가 얼추 형태를 이루었을 때 「액체 조작(리퀴드 컨트롤)」 마법을 써서 굳기 전 상태의 청강 단검에 마법 회로를 짜 넣을 틈을 만들었다.

이 작업은 「투시」 마법으로 청강 단검의 내부를 관찰하면서 했다.

이번에 만드는 회로는 전에 나무 마검을 만들 때 썼던 것과 같은 것이다.

틈을 만든 다음에, 미리 만들어둔 마액을 스토리지에서 꺼내 「액체 조작」과 「이력의 실(매직 스트링)」 마법으로 마법 회로용 틈에 흘려 넣었다.

전에 「이력의 손」 120개 동시 조작이란 사기 기술을 훈련한 덕인지 별로 고생 없이 작업할 수 있었다.

어느 정도 식을 때까지 「액체 조작」과 「이력의 실」 마법으로 마법 회로가 일그러지지 않도록 유지한다.

어떤 의미로 이 공정이 가장 고통스러웠다.

마법 회로의 밀도에 따라 온도차이가 생기는 걸 막을 수 없으니, 아까 썼던 마법만 가지고서는 형상을 유지할 수가 없었다.

중간에 한 번 포기할 뻔했지만, 마법 회로에 미소 마력을 계속 순환시켜서 막는 방법을 알아냈다.

나중에 알았는데, 이 방법으로 만들면 청강 검 본체도 마력이 흐르기 쉬운 상태로 변질된다.

그리고 30분 정도 지나 남은 열도 식고, 나이프 사이즈 마검 1호가 완성됐다.

"마력 흐름은 좋네."

내가 가진 요정검과 비교해도 손색없을 정도로 마력의 흐름이 스무스했다.

요정검과 비교할 수는 없지만, 타마랑 포치가 장비하고 있는 미스릴 합금제 소검과 비슷한 성능이니 처음 만든 것치고는 잘한 거겠지.

이번에는 마법의 지원도 있어서 성공했지만 여기까지 참 길었다.

드워프의 마을에서 「화염로」와 「이력의 틀」 마법을 얻은 이후로 몇 번 몰래 마검 주조에 도전해봤지만 그때마다 실패로 끝났다.

검 본체를 주조할 때의 열 때문에 정작 중요한 마법 회로가 녹거나 일그러져서 못쓰게 돼 버렸다.

"이제 다음 단계로 갈 수 있겠어."

나는 혼잣말을 하면서 스토리지에 있는 마법 도구 자료 안에서 마검과 성검의 자료를 표시했다.

복잡한 기능을 추가하는 건 힘들 테니까, 일단 마력이 쉽게 흐르는 것만 추구한 마검부터 순서대로 만들어 보자. 창이나 미늘창 같은 것도 좋겠네.

그래서 몇 번의 실패를 거듭하며 동틀 녘 전까지 대량의 마검을 완성했다.

유감이지만 복잡한 기능의 태반이 실패해서 완성품 대부분은 심플한 마력순환 중시 타입과, 마검의 표면에 보호막을 형성하는 전투 지속능력 중시 타입 두 가지였다.

성공률은 낮았지만, 각인 마법을 응용하여 「대전(帶電)」 기능을 탑재한 마검을 몇 개 만들었다.

벼락 광석 예비가 없어서 벼락 지팡이처럼 전격을 날릴 정도의 전력을 만들 수는 없지만, 검을 맞댄 상대에게 전기 쇼크를 주거나 마비시키는 정도는 가능했다.

마찬가지 구조로 검이 접촉했을 때 충격파를 발생시키는 기능을 구현한 마검도 제작해 봤지만, 반작용을 억누르는 방법이 사용자의 근력밖에 없어서 시험작 1개만 만들고 관두었다.

역시 각인을 통한 기능 추가는 마법 회로를 통한 기능 추가보다 제약이 크구나.

그만큼 구조가 간단하니까, 복잡한 마법 회로 짜 넣기가 성공할 때까지는 각인 마법을 통한 기능 추가를 실용화시켜볼까.

그리고 마검뿐 아니라 도끼나 장창, 미늘창 같은 종류도 만들어 봤다.

자루의 마력 전달 효율 문제로 보통 나무를 쓰면 사용자를 가리기 때문에, 나무 마검처럼 자루를 세로로 갈라서 마력전달경로를 끼우거나 특수한 나무를 사용하거나 둘 중 하나를 선택해야 했다.

이번에는 거인의 마을에서 얻은 산수의 가지가 대량으로 있어서 그 중에서 하나를 가공하여 자루를 만들었다.

그러면 가장 중요한 것이 무기로서의 위력인데—.

일반적으로 유통되는 고품질 검보다 훨씬 위력이 높고, 드워프들이 만드는 미스릴 합금제 검을 뛰어넘는 성능을 발휘할 수 있었다.

그러나 도하루 노인과 함께 만든 「요정검」과 비교하면 마력전달 성능 말고 앞서는 점이 없었다. 「용의 계곡」 전리품에 있는 마검이나 성검하고는 비교도 안 되는 성능이었다.

지금 가진 미스릴 광석에서 추출한 괴로 표면을 도금했더니 성능이 훨씬 향상됐다. 그래서 마검의 소체가 청강이라는 것이 문제가 아닌가 싶었다.

오리하르콘 같은 전설급의 소재를 얻으면 「용의 계곡」 전리품에 필적하는 걸 만들 수 있을지도 모르겠네.

비교적 흔히 볼 수 있는 미스릴조차 제품이 아닌 것의 유통이 한정되어 있으니, 여행지에서 광맥을 찾아 얻어야겠다.

본격적인 마검 제작은 그때부터 해도 되겠지.

성검도 만들어봤지만 위력을 볼 때 청액이 아깝기 때문에 3개만 만들었다.

하나는 마력순환 중시 타입의 브로드 소드, 나머지 둘은 같은 컨셉트 그대로 클라우 솔라스와 똑같이 만들었다.

왜 두 자루인가 하면, 첫 번째를 만들었을 때 「위조」 스킬과 「위작」 스킬을 얻었기에 그 스킬을 유효화한 다음에 또 하나를 다시 만들었기 때문이다.

그런 보람이 있어서 가짜 클라우 솔라스는 겉으로 보기에는 진짜와 구분이 안 된다.

이 가짜 클라우 솔라스는 겉모습의 질감을 비슷하게 만들려고 본체에 강철 베이스 합금을 썼기 때문에 마력을 주입해도 금세 흩어져 버린다.

마력이 흩어지기 전에 약간 파랗게 빛나니까 성검으로 보이면서도 사용자를 거절하는 것처럼 보인다.

이 가짜는 대역 폐하에게 선물하기 위해 만들었다.

나한테 성검을 맡긴 탓에 왕도의 문벌 귀족들이 시비를 걸면 불쌍하잖아.

완성된 가짜 클라우 솔라스와 가짜라는 걸 적은 편지를 공작성의 대역 폐하 머리맡에 두러 갔다. 이 가짜를 어떻게 할지는 진짜 국왕폐하한테 맡겨둘까.

나는 졸린 눈을 비비면서 드디어 마검이나 성검을 만들 수 있게 된 것에 만족감을 느끼며 「귀환 전이」로 저택에 돌아왔다.

◆

아침 식사 뒤, 나는 동료들과 카리나 양을 데리고 귀족 거리에 있는 테니온 신전을 방문했다.

"펜드래건 경, 신전에는 무슨 용건이지?"

어째선지 카리나 양의 동생인 오리온 군도 함께였다. 혹시 시스콤인가?

"제 종자들은 신전에서 세례를 받은 적이 없어서 기부하는 김에 신관님께 세례 의식을 받을까 해서요."

"—세례, 라고?"

내 대답이 뜻밖이었는지, 오리온 군이 놀란 표정을 지었다.

"무슨 문제 있나요?"

"아, 아니……. 아무 문제없어. 아무 것도……."

굉장히 문제 있어 보이는 표정인데, 여기서 세례를 받는 건 테니온 신전이 보유한 「소생의 비보」 사용 조건을 만족하기 위해서니까 설령 문제가 있어도 그만둘 생각은 없었다.

입구에서 맞이해준 젊은 신관에게 용건을 전하자 신전 입구 근처에 있는 응접실로 안내해 주었다. 귀족용 장소인지 소파도 푹신푹신하고 주위의 가구들도 호화로웠다.

얼마 지나지 않아 신전 안쪽에서 간소한 무녀 복장을 입은 세라가 나타났다.

"사토 씨, 어서 오세요."

"오랜만입니다, 세라 님."

세라의 뒤에는 중년 여사제가 따라왔다. AR표시를 보니 그녀가 기부 담당 사제였다.

우리는 인사를 나누고, 오늘 방문한 용건을 전한 뒤 사제에게 기부금을 건넸다.

세라에게 사전에 편지로 알렸기 때문에 딱히 문제없이 의식을 받게 되었다.

"사토 씨, 이쪽입니다."

회랑의 채광창에서 신비한 파란 빛이 쏟아져 내렸다.
“어쩐지, 신비로운 분위기네.”
“응, 청정.”
아리사랑 미아는 신전의 분위기가 안 맞는지 차분하질 못했다.
한편 리자가 안고 있는 타마랑 포치는 조용한 회랑의 분위기에 영향을 받아서 당장이라도 잠들어버릴 것 같았다.
“어머? 당신이『사토 씨』군요?”
테니온 신전의 무녀장이 부드러운 어조로 스스럼 없이 말을 걸었다.
전에 나나시의 모습으로 만났을 때보다 훨씬 낯빛이 좋아졌다.
테니온 신전의 세례는 이 성역에서 하나 보군.
“처음 뵙겠습니다. 무노 남작의 가신 사토 펜드래건 명예사작입니다.”
용사 나나시는 면식이 있지만, 사토는 초면이니까 정식으로 자기소개를 했다.
어째선지 무녀장이 나를 보면서 꼼짝도 안 했다.
“……나나시 씨?”
무녀장이 조용히 속삭였다.
—엥? 들켰어?
나는 내면의 동요를「무표정」스킬의 힘을 빌려 극복했다.
“저기, 무녀장 님?”
“—어머? 미안해요. 잠깐 생각에 빠져 버렸어요.”
세라가 말을 걸자 무녀장이 황급히 대답했다.

아무래도 무의식중에 나온 말이었나 보군. 「신탁」 스킬을 가진 레벨이 높은 무녀는 역시 얕볼 수 없네.

"나나시라면, 공도를 구해주신 용사 나나시 님 말인가요?"

내 물음에 무녀장이 볼을 물들이더니, 소녀 같은 표정으로 대답했다.

"네, 그래요. 대단히 강하고, 대단히 겸허한, 근사한 분이었어요."

"무녀장 님은 용사 나나시 님께 사랑에 빠진 것 같네요."

"어머? 여자는 몇 살이라도 소녀의 마음을 품고 있는 법이야."

세라가 키득키득 웃으며 말하자, 무녀장이 여유로운 표정으로 대답했다.

"—세라는 누구한테 사랑을 하는 걸까?"

"저, 저는 사랑 같은 거—."

무녀장이 놀리자, 세라가 나에게 도움을 청하듯 시선을 보냈다.

도와주는 거야 괜찮지만, 그런 타이밍에 날 보면 세라가 나를 사랑한다고 주위에서 착각할 것 같은데요.

"우후후, 너무 놀리면 안 되겠어요."

무녀장이 웃으면서, 나에게 시선을 옮겼다.

"그렇지, 사토 씨. 당신이 보내준 맛있는 수프 덕분에 요즘 몸이 좋아요. 그래서 감사하는 마음으로, 오늘 의식은 내가 집행하겠어요."

무녀장이 의식을 해주는 것도 기쁘지만, 사라질 것처럼 덧없던 그녀가 조금 건강해 진 것 같아 그게 더 기쁘군.

공도에 있는 동안 미아를 설득해서 다시 한 번 정도 콘소메 수프를 보내야겠다.

그 대화를 한 다음 다른 동료들을 소개하고, 이어서 세례 의식을 받았다.

"미안하지만, 나는 차기 영주이니 신전의 세례는 받을 수 없어."

오리온 군이 그렇게 말하더니 의식장에서 조금 떨어진 장소로 이동했다.

그러고 보니 전에 아리사가 「도시 핵(시티 코어)이랑 계약하는 국왕이나 영주는 세례를 받을 수 없다」고 했었지.

하지만 영주에게 도시나 소도시 운영권을 받는 태수나 수호는 세례 유무가 상관없다고 했으니, 나랑 카리나 양이 받는 건 문제없겠지.

혹시 신전 입구에서 오리온 군이 놀란 건 내가 세례를 받으러 왔기 때문일지도 모르겠군.

"여러분, 무릎을 짚고서 마음을 평온하게 하세요."

무녀장이 모두를 둘러보며 상냥한 목소리로 말했다.

"그러면 갑니다. ■■ ■■■ ■■(이니시에이션) 세례."

무녀장의 마법이 발동하자 성당의 위쪽에서 파란 빛의 입자가 천천히 쏟아져 내렸다.

AR표시된 모두의 숨겨진 칭호에 「세례: 테니온 교」란 것이 추가됐다.

어째선지 나랑 아리사에게는 칭호가 늘지 않았다. 나는 그렇다 치고 레벨이 낮은 아리사가 레벨 높은 무녀장의 의식을 레지

스트 할 수는 없을 텐데…….

나랑 아리사의 공통점이라면 유니크 스킬밖에 없지.

다른 유니크 스킬 소유자는 어떻지? 마커 일람에서 용사의 정보를 확인했더니 숨겨진 칭호에「세례: 파리온 교」란 것이 없었다. 대신「축복: 파리온 교」가 있군.

인과관계는 잘 모르겠지만, 나랑 아리사는「소생의 비보」의 은혜를 받는 조건을 만족할 수 없나 보다. 앞으로는 아리사의 생존을 최우선 사항으로 해야겠군.

—물론 누구 한 사람 죽게 만들 생각은 없지만.

"무녀장 님, 오늘 의식과는 상관없는 이야기라 송구스럽지만—."

기왕 사토로서 무녀장을 만난 김에, 아리사와 루루에게 걸린「강제」를 푸는 방법이 없는지 물어봤다.

"참 위험한 일을 겪었군요…….『강제』는 대단히 위험한 기프트랍니다. 본래는 우리온 신이 죄인을 심판하기 위해 내리는 것이라고 들었어요."

무녀장이 거의 잊어가던 기억의 실마리를 더듬어가며 말해주었다.

푸는 방법은 세 가지.「강제」의 기프트를 가진 자가 해제하거나 덧씌우는 것, 우리온 신전에 전해지는 비보(아티팩트)를 이용하는 것, 고위 성직자가 기원 마법을 사용해서 명령을 소거하는 것이었다.

「강제」의 사용자로 이름이 알려진 것은 서방국가군에서 암약하는 어둠의 현자뿐.

아리사와 루루에게 「강제」를 건 궁정마술사는 쿠보크 왕국이 침략 당했을 때 살해당해 버렸다.

우리온 신전의 비보는 어느 나라의 우리온 신전에 있는지 알 수 없었다.

이 대륙에서는 기원 마법을 쓸 수 있는 성직자를 숨기는 탓에, 공개된 것은 파리온 신국의 자자리스 교황뿐이다. 무녀장도 옛날에는 쓸 수 있었지만, 소원을 이루기 위해서는 테니온 신을 자신의 몸에 강림시킬 필요가 있기 때문에 고령으로 몸이 약해진 지금은 기적이 발동할 때까지 몸이 버티지 못한다.

"미안해요. 내가 조금만 더 젊었다면 좋았을 텐데……."

어쩌면 미궁에서 젊음의 약을 대량으로 모으면 무녀장이 기원 마법을 써줄 수 있지 않을까?

그 생각을 하고 있는데 세라가 의자에서 벌떡 일어섰다.

"괜찮아요, 사토 씨! 제가 수행을 쌓아서 꼭 기원 마법을 사용할 수 있도록 될 테니까요!"

내 손을 잡은 세라가 진지한 표정으로 선언했다.

"고맙습니다, 세라 님."

친구하는 보람이 있는 착한 아이야.

"어머나, 사랑하는 소녀는 무적이구나."

"무, 무녀장 님!"

무녀장이 세라를 놀리자 창피한 듯 볼을 물들이면서 항의했다.

"우후우, 내가 처음 기원 마법을 쓴 것도 선대 용사님에 대한 연모 덕분이었는걸. 테니온 신이라면 응원해주실 거야."

얼마나 진심인지는 모르겠지만 무녀장의 격려에 세라가 얼굴이 새빨개져서 고개를 끄덕였다.

성역을 물러날 때「엿듣기」스킬이 무녀장의 혼잣말을 포착했다.

"마왕, 그리고 대괴어……. 왕조님이나 사가 제국의 초대 황제 시대 같은『대란의 세상』이 시작 될 거야. 나나시 씨, 당신이라면 공도를 파멸에서 구해준 것처럼 세상을 구해줄 수 있을까……?"

무녀장 님, 그런 위험한 플래그는 세우지 마세요.

◆

다음날, 동료들과 함께 공도의 서민가에 있는 양육시설을 찾았다.

위문하러 온 세라를 돕기 위해서였다.

"좋~아, 꼬맹이들 모여라! 그림자밟기 한다."

"아리사, 그림자밟기가 뭐~야?"

"나 먼지 몰라."

"나도."

"타마도~?"

"포치도 처음 듣는 거예요."

"지금부터 설명할 테니까 조용히! 그림자밟기는 말이지—."

아리사, 타마, 포치 셋이 안뜰에서 활기차게 아이들과 놀고, 리자가 그것을 지켜보았다.

나나랑 루루는 갓난아기들을 돌보고, 미아는 잠들기 좋은 곡으로 그것을 지원했다.

"사작님, 나무 싸키?"

"그래, 이렇게 쌓으면 말이지—."

"와~, 집이다! 집이 댔어."

"머시써, 나도 할래애."

나는 세라와 함께 갓난아기와 유아의 중간쯤 되는 아이들을 상대했다.

사실 위문이란 건 겉치레고, 병에 걸린 젖먹이나 근처 주민을 무료로 치유하는 게 목적이었다.

신전에서 신성 마법을 통한 치료를 받으려면 비용이 비싸다. 서민가의 주민들은 지불하기 어려우니 신전의 신관과 무녀가 정기적으로 다니고 있었다.

아이들을 보살피면서 세라와 잡담을 하고 있는데 바깥이 소란스러워졌다.

—급한 환자가 있나?

"여어, 사토. 너도 양육시설 위문이냐?"

용사 하야토와 그의 수행원 린그란데 양이 양육시설의 직원들에게 둘러싸여 나타났다.

"네, 그렇습니다."

그들도 위문을 하러 왔군.

젊은 여성 직원은 용사에게 하트마크가 날아갈 것 같은 뜨거운 시선을 보냈다.

"사토, 너 또 세라랑!"

"린 언니!"

"두 분, 아이들이 무서워합니다."

자매 싸움이 시작될 것 같아서 두 사람이 있는 장소를 상기시켜 냉정함을 찾아줬다.

불안을 느꼈는지 유아들이 괜히 나한테 달라붙었다.

"사토, 『YES! 로리타, NO! 터치』의 정신은—."

용사가 무서울 정도로 진지한 표정으로 바보 같은 말을 하기 시작했지만, 다행히 그는 일본어로 말했기 때문에 주변 사람들에게는 전해지지 않았다.

""""용사님, 저희들도 함께—.""""

그때 용사가 위문 온 것을 들은 귀족과 상가의 영애나 부인들이 차례차례 나타났다.

종자들도 함께 온 탓에, 그럭저럭 넓은 양육시설이 사람들로 가득 찼다.

결국 위문은커녕 양육시설에 폐가 된다고 판단한 용사가 영애들을 데리고 나갔다.

용사란 직업도 꽤 힘들겠군.

이세계의 일본인들

"사토입니다. 학생인 사촌 여동생에게 평행 세계(패럴렐 월드)란 단어가 통하지 않아 쇼크를 받은 적이 있습니다. 책장에 있는 명작 SF의 책등을 바라보며 노스탤지어에 빠져버렸죠.

세례를 받은 다다음날, 메네아 왕녀가 저택을 방문했다.

"사토 님이 연락 주시는 걸 기다리지 못해서 찾아와 버렸어요."

생긋 웃는 메네아 왕녀에게서 미묘하게 기분 틀어진 파동이 느껴졌다.

그러고 보니 흑룡 퇴치에서 돌아올 때 공도 구경을 같이 한다고 약속했었지.

낮의 공방 견학과 밤의 마검 주조가 너무 즐거워서 메네아 왕녀를 완전히 잊고 있었네.

"저기, 전하. 우리는 언제까지 입 다물고 있어야 돼?"

메네아 왕녀 옆에 버릇없는 자세로 앉아 있던 다갈색 머리칼 소녀가 못 견디겠다는 듯 말했다.

옆에 있는 검은 머리칼 아이가 「유이」라고 부르며 자중하기를 바라는 것 같았지만, 다갈색 머리칼 소녀는 신경 쓰지 않았다.

오늘은 메네아 왕녀의 호위기사에 더해서 조금 전 이야기한 두 사람이 동행하고 있었다.

"사토 님, 예의가 부족한 점 죄송합니다. 이 아이들은 제가 보호하고 있는 자들이에요. —두 사람 사토 님께 자기소개를 하세요."

메네아 왕녀가 다갈색 머리칼 소녀의 무례를 사과한 다음, 두 사람에게 자기소개를 하라고 지시했다.

"네~에! 저는 유이 아카사키입니다~. 아이돌입니다~. 오빠, 내 얼굴 기억 안 나?"

유이라고 소개한 소녀는 다갈색 머리칼을 어깨까지 길렀고 눈이 검었다. 키는 150센티미터쯤 되고 마른 체형.

AR표시를 통한 추가 정보에 따르면 13세, 레벨은 2, 스킬은 「연기」뿐이다.

아이돌이라고 자칭했지만, 본래 세계의 TV나 그라비아로 본 적이 없었다. 용모는 분명히 귀엽지만 학교에서 반에 한 명쯤 있는 수준이었다.

유이의 입 움직임이 발음과 맞지 않는 것을 깨닫고 「독순술」 스킬을 사용해 봤더니 그녀는 일본어로 이야기하고 있었다.

들리는 말은 시가국어니까 번역 기능을 가진 마법 도구를 장비하고 있는 거겠군.

"유이, 사토 님께 실례랍니다. 말을 똑바로 하세요."

"네~에."

메네아 왕녀가 혼을 내도 유이는 미안한 기색이 없었다.

이어서 다음 아이가 자기소개를 했다.

"아오이 하루카입니다."

"보기엔 이래도 아오이는 남자애야."

내성적으로 보이는 아오이는 남자치고 약간 긴 검은 머리칼에 제법 커다란 검은 눈이었다.

유이가 일부러 보충한 것처럼, 완전히 소녀처럼 보였다.

AR표시의 추가 정보를 보면 연령은 10세, 레벨 1에 스킬은 「산술」뿐이었다.

그리고 이 두 사람은, 이름에서부터 알 수 있듯 일본인이었다.

두 사람은 메네아 왕녀의 나라에서 소환했겠지.

용사 일행이 「신의 축복이 없는 소환」이라고 말한 것처럼, 이 두 사람은 유니크 스킬이 없었다. 게다가 아리사가 전생자나 전이자라면 반드시 가지고 있다고 말한 「자기 확인(셀프 스테이터스)」 스킬조차 없었다.

"그런데, 당신은 어느 일본에서 왔어?"

유이가 의자에서 벌떡 일어나더니 나를 가리키며 물었다.

"아오이가 있던 오오야마토토요아키츠시마 제국? 아니면 내가 있던 남일본연방? 설마 북일본인민공화국 사람은 아니지?"

—엥?

오오야마토토요아키츠시마 제국에 남일본연방?

유이가 한 말이 예상 밖이라 마음속에 의문이 휘몰아쳤다.

무심코 얼굴에 동요를 드러낼뻔했지만, 「무표정」 스킬의 도움을 빌어 억눌렀다.

—진정해라, 사토. 쓸데없이 높은 정신(MND) 수치의 효과를 보여 봐.

몇 초 지나지 않아서 일렁거리던 마음이 잔잔해졌다.

냉정해지자 방금 전 유이가 한 말에서 추측할 수 있었다.

—전기물 픽션에 흔히 나오는 IF의 세계.

두 사람이 소환된 곳은 패럴렐 월드의 일본이구나.

아리사나 용사가 평범하게 일본이라고 했으니까 모두 같은 세계에서 소환되는 걸로 생각하고 있었다.

"응? 어디야?"

"어디도 아닙니다. 저는 선조가 일본국 출신이라고 기록에 남아 있어요."

유이가 다시 묻는 말에 대답하고, 이어서 린그란데 양에게 말한 위장 줄거리를 말했다.

"뭐~야. 사토 씨가 여덟 명째일지도 모른다고 생각했는데 현지인이었구나~."

유이가 시시하다는 듯 힘이 빠져 의자에 앉았다.

내 말을 수상하게 생각하지는 않나 보네.

오늘도 「무표정」 스킬은 일을 잘한다.

"유감이네, 전하. 여덟 명째가 발견됐을지도 모른다면서 굉장히 기뻐했는데."

유이의 말에, 메네아 왕녀가 난처한 표정으로 침묵했다.

"여덟 명째라면, 전하의 나라에서 소환된 일본 분인가요?"

"그래, 요. 행방불명 됐어요."

"마족한테 납치됐어~."

"유, 유이!"

유이의 섣부른 발언을 메네아 왕녀가 황급히 막았다.

"어떻게 된 거죠?"

"시, 실은—."

메네아 왕녀는 말하기 어려운 듯 보였지만, 숨길만한 것도 아니라고 생각했는지 조용한 어조로 이야기했다.

"마지막 소환 의식을 행한 날에 검은 상급 마족이 왕성을 공격했어요. 상급 마족은 소환의식에 사용된 제단째로 성을 반파시키고 이제 막 소환된 여덟 명째를 납치했다고 해요."

그때 의식을 행하던 사람들은 성에 깔려서 모두 죽었다고 한다.

목격 정보에 따르면 여덟 명째는 검은 단발의 소년이었다. 얼굴은 보이지 않았으니 소녀일지도 모른다.

어디선가 들어본 이야기다. 기억을 더듬어 보니 아리사의 얼굴이 떠올랐다.

그러고 보니 아리사의 나라도 상급 마족이 왕성을 공격했다고 했었지.

그건 그렇고 검은 상급 마족이라…… 세류 시에 나타난 본관 군하고는 상관없나?

"그 사건은 언제쯤이었죠?"

"2개월 넘게 전이랍니다. 북쪽 하늘에 유성이 잔뜩 내린 날을 기억하나요? 그 전날입니다."

—납치된 여덟 명째, 나는 아니겠지? 그렇겠지?

그것을 따져보고 싶은 마음은 굴뚝같았지만, 물어봐도 답은 없을 것 같았다.

내가 여덟 명째랑 부합하는 점은 분명히 있지만, 용신을 쓰러뜨린 1회용 「유성우」가 상급 마족이 준 것이라면 일부러 나를 중개하는 의미를 알 수가 없었다.

그리고 용사들 이야기에 따르면, 르모크 왕국에서 소환된 다른 사람은 나랑 달리 유니크 스킬이 없을 테니까.

내가 여덟 명째일 가능성은 있지만, 완전히 그렇다고 단정하지는 말아야겠네.

어디까지나 후보 중 하나지만, 교류란 중요사항 메모에 적어둬야겠다.

"하지만, 사토 씨가 여덟 명째가 아니라니 유감이네~."

"어째서인가요?"

"그거야, 일본에서 온 보통 사람이 대국의 귀족이 됐으면 불타오르는걸? 우리도 성공할 수 있을지 모르니까, 목표가 생기잖아."

유이는 제법 출세지향적이군.

"유이라면 귀족이랑 결혼하는 게 빠르지 않아?"

"우웅, 이쪽 귀족들은 버터 얼굴이잖아. 나는 사토 씨처럼 간장 얼굴이 좋아~. 맞다! 사토 씨가 상급 귀족이 되면 내가 부인이 돼줄까?"

아오이가 한 마디 하자, 유이가 노호 같은 기세로 말했다.

모처럼 제안해줬지만, 이제 막 중학생이 된 애를 부인으로 맞을 생각은 없었다.

"—유이. 귀족에게 시집을 가려면 최소한의 예의범절을 익히지 않으면 상대해주지도 않아요."

메네아 왕녀가 차가운 목소리로 유이를 타일렀다.

"아, 그렇지. 사토 씨는 전하가 노리고 있었지?"

"유, 유이이! ―사토 님, 유이가 실례되는 발언을 해서 죄송합니다."

가능하면 나를 노리고 있다는 발언을 부정해주세요.

"하지만 전하는 전사한 약혼자 대신 시가 왕국의 상급 귀족이랑 결혼해야 하잖아?"

"유이, 조금 돌려서 말하면 안될까?"

"에~, 족제비 제국에게 멸망당한 소국의 왕자님은 잊고서 새로운 사랑을 찾아서 살아가야지! 전하도 제대로 만나본 적 없는 상대라고 했잖아."

아오이가 유이에게 태클을 걸었지만, 그녀의 발언은 멈추지 않았다.

그러나―.

"유이, 그쯤 해두세요."

"네, 네에."

메네아 왕녀가 깊고 조용한 목소리로 말하자 위험하다고 생각했는지 자세를 바로 잡고 입을 다물었다.

그건 그렇고 상급 귀족이라……. 최하급 귀족인 나는 논외일 텐데?

요전에 피로연에서 태수 부인 어쩌고 했었지만, 내가 카리나 양과 결혼하여 태수가 되는 미래는 99퍼센트 없으니까 신경 쓰지 않아도 되겠지.

연애 방면으로 빠진 대화를 소환된 일본인 이야기로 되돌렸다.

여덟 명째 말고 다른 소환자에 대해서 들었다.

첫 번째와 두 번째는 소환 직후에 기괴한 소리를 외치면서 왕족에게 달려들었기 때문에 경비하는 기사가 처형했다고 한다.

그들은 일본어로 현재 상황을 파악하려고 말을 걸었을 뿐일지도 모르는 일이니 가엾군.

세 명째는 10대 후반의 남성인데 번역 반지를 받은 그 날에 성을 빠져나가 숲 속에서 마물에게 먹혀 죽었다.

병사가 따라잡았을 때 마물이 뜯어먹은 다음이라서 반지가 달린 왼손만 남아 있었다고 한다.

소년 만화였다면 시체가 남아 있지 않으니 생존 플래그지만, 메네아 왕녀의 이야기를 들으니 출혈량을 봐서 절망적이라고 했다.

네 명째는 30대 남성으로, 전투 훈련을 하던 중 시찰하러 온 귀족에게 덤볐다가 처형됐다.

평화로운 일본에서 살던 사람이 치트도 없이 매일 토할 것 같은 군사 훈련을 받으면 자포자기가 되어도 이상할 것 없지.

그들과 나를 겹쳐보고 등줄기가 오싹해졌다.

만약 유니크 스킬도 없이 황야에 방치됐다면 나도 그들과 큰 차이 없는 말로를 걸었겠군.

다섯 명째는 20대 후반 여성인데, 번역 반지를 건네고 사정을 설명한 날 밤에 자살해 버렸다.

“왜 자살을?”

“선왕이 송환 방법이 없다는 것을 말해 버렸어요.”

“없는 건가요? 소환 술식을 송환으로 바꾸면 될 것 같은데요?”

“일본인 소환의 핵을 이루는 유리코 님의 힘이 불안정하여 족제비 수인족의 의식장치로 보조하더라도 단 한 번도 같은 세계로 이어진 적이 없어요.”

같은 세계인지 아닌지는 전생자 유리코가 사용하는 유니크 스킬 「세계를 잇는 힘(월드 커넥션)」으로 판별했다고 한다.

“그리고 여섯 명째가 아오이고, 일곱 명째가 유이였습니다.”

그녀가 거기서 말을 끊었다.

다시 말해서 눈앞에 있는 유이와 아오이 두 사람 말고 다른 일본인은 모두 죽거나 행방불명이 되었다.

용사가 르모크 왕국의 이름을 듣고 화낼 만하네.

나도 르모크 왕국에 좋은 감정은 품기 어렵지만, 직접 일본인 소환에 연관되지 않은 메네아 왕녀에게 화풀이를 할 일은 아닌 것 같군.

그보다도 거의 동향인 연장자로서 물어봐야 할 것이 있었다.

두 사람이 갈 곳이 없다면 아리사를 비롯한 우리 애들처럼 내가 보살필 수 있었다.

“그래서, 앞으로 르모크 왕국은 이 아이들을 어떻게 하실 생각인가요?”

"왕국에서는 아무 것도 없어요……. 제가 시가 왕국의 왕립학원에 유학하게 되었으니, 두 사람을 종자로 삼아 데리고 갈 생각입니다."

그러고 보니 메네아 왕녀가 보호하고 있다고 했었지.

그때 콩콩 노크 소리가 들렸다.

"사작님, 용사님께서 오셨습니다."

"정마알? 럭키, 용사한테 묻고 싶은 거 있었어~."

입실한 노집사의 말에 유이가 일어서며 기뻐했다.

"들여보내주세요."

"알겠습니다."

유이가 메네아 왕녀에게 혼나는 소리를 들으면서, 나는 노집사에게 허가했다.

"여어! 사토! 갑자기 와서 미안해—."

"우와앗! 초 훈남이잖아!"

유이가 갑자기 용사를 끌어안으려고 했지만, 린그란데 양이 인터셉트했다.

오늘 용사의 종자는 린그란데 양과 메리에스트 황녀, 신관 로레이야 세 사람이었다.

"이 예의를 모르는 애는 뭐야? 하야토나 사토 같은 생김새인데……."

"네, 그녀들은 하야토 님과는 다른 일본에서 온 일본인이라고 합니다."

"그렇군, 르모크 왕국의 희생자들인가……."

용사가 괴로운 목소리를 내더니 유이의 머리를 쓰다듬었다.

"에잇, 어린애 취급하지 마! 이래봬도 연예계에서 어엿한 아이돌이었으니까!"

"그렇군, 미안—."

"괜찮아~. 그보다 말야. 용사한테 묻고 싶은 거 있었어. 우리들이 일본으로 돌아가는 건 가능해?"

유이는 짐짓 밝고 가볍게 물었지만, 용사의 침울한 표정이 말보다 먼저 대답을 해 버렸다.

"—메리, 린, 로레이야. 이 몸이 모르는 방법 아는 거 있어?"

"아뇨, 사가 제국에는 전해지지 않아요."

"내가 아는 한, 시가 왕국에도 없을 거야. 왕성의 금서고를 조사하는 수도 있긴 하지만, 그곳은 국왕이나 『금서고의 주인』인 시스티나 제6왕녀밖에 들어가지 못해."

"사가 제국의 파리온 신전에도 전해지지 않아요. 대륙 서방의 파리온 신국이라면 무슨 정보가 있을지도 모르겠지만, 너무 기대하지 않는 편이 좋을 것 같아요."

……진짜냐.

조사하기도 전부터 귀환이 거의 절망적이라는 걸 알게 될 줄은 몰랐네.

"그렇구나~. 무리구나~."

"이제, 못 돌아가는구나……. 할아버지도, 할머니도, 반 친구들도 못 만나는 거네……."

유이는 털털한 표정으로 중얼거렸고, 울먹이는 아오이를 메네아 왕녀가 안아주며 달랬다.

잠시 아오이를 보고 있던 유이가 자기 볼을 양손으로 짝 쳤다.

“조오아! 슬퍼하는 거 끝! 이제부터는 이쪽 세계제일의 아이돌이나, 어느 나라의 왕비님이라도 되어주겠어!”

억지로 활기를 짜낸 유이가 하늘을 향해 주먹을 치켜들었다.

아리사도 그렇지만 여자애들은 긍정적이군.

“아오이 너도. 너는 머리도 좋으니까 이쪽에서 세계제일의 발명가라도 되도록 해!”

“그만해, 유이. 세계제일이 어떻게 돼?”

“시도해보기도 전에 포기하면 어떡하니? 아직 어린애니까 온 힘을 달해 달려봐서 실패하면 되는 거야.”

“……실패해서 어쩌라고?”

“바보구나. 달려보는 게 중요한 거야! 우리는 그런 생물이니까.”

“에이~. 그런 건 유이뿐이야.”

유이가 격려하자, 아오이가 조금이나마 웃었다.

아이들이 긍정적으로 행동하는데 어른인 내가 충격을 받고 있을 수만도 없군.

이쪽 생활에도 익숙해졌고, 내 지나친 치트 능력과 자산이 있으면 본래 세계보다 쾌적하게 살 수 있겠지.

다만 본래 세계에 남아 있는 가족이나 친구, 동료들에게 편지 하나 정도는 쓰고 싶은데…….

상급 공간 마법 중에는 「인접한 이계」로 통하는 게이트를 여는 마법이 있으니까, 그 마법을 기반으로 「무수히 있는 모든 세계에 메일을 동시송신 하는 마법」을 개발할 수 있을지도 모른다.

인간이 이동하는 건 무리더라도, 수백 바이트 정도의 신호라면 보낼 수 있을지도 모른다. 코스트도 적게 들겠지.

그리고 일단, 린그란데 양이 말한 금서고나 신관 로레이야가 말한 파리온 신국의 조사 정도는 언젠가 해봐야겠다.

"미안하다, 좋은 대답을 해주지 못해서."

"용사 오빠 탓이 아니잖아."

"그렇게 말해주니 고맙군. 메네아 왕녀, 미안하지만 사토를 빌려도 될까?"

"아, 네. 제 용건은 급한 것이 아니었으니 이만 실례하겠습니다."

용사가 말하자, 메네아 왕녀가 방을 나섰다. 그리고 용사의 부탁으로 아리사를 응접실로 불렀다.

어째선지, 아리사가 들어오자 용사 말고 다른 멤버가 밖으로 나갔다.

책상 위에 메리에스트 황녀가 설치해둔 이상한 형태의 마법 장치가 자리잡고 있었다. 「사가 제국 갑형 방첩 13식」이란 이름의 엿듣기 방지 장치였다.

"이제 아무도 엿들을 수 없을 거야."

시험 삼아서 「멀리 보기」나 「멀리 듣기」를 발동해 봤지만 영상이나 음성이 노이즈투성이가 되어 알 수가 없었다. 제법 성능이 좋은 장치로군.

"아리사 왕녀, 이 몸이랑 같이 갈 생각은 없어?"

어이쿠, 무슨 일인가 했더니 아리사를 꼬시려고?

"죄송해요, 용사님. 저는 사토 님과 함께 있고 싶어요."

"—진심인가?"

"네."

용사의 물음에 아리사가 지체 없이 대답했다.

"그렇군……. 차여 버렸네."

용사가 익살스레 고개를 저었다.

"그건 그렇고 아리사 왕녀도 참 짓궂어."

"무슨 소리죠?"

용사가 이해하기 어려운 말을 하자, 아리사가 고개를 기울였다.

"사토가 알려주더군."

아리사가 「무슨 말을 한 거야!」라고 말하는 시선을 보냈지만 짚이는 구석이 없었다.

"일본인이라는 건 예상하고 있었지만, 사토가 유니크 스킬을 가진 전이자였다니."

"엑, 말해 버렸—."

"—아리사."

아리사는 도중에 말을 삼켰지만 조금 늦었다.

오히려 아리사의 이름을 부른 내가 더 치명적이었을지도 모르겠군.

"정말로, 그랬었구나……. 용 퇴치를 한 날 밤에 상대해보고서 위화감을 느낀 건 착각이 아니었군."

그때부터 의심하고 있었군…….

“『모방(러닝)』 계열 유니크 스킬이지?”

―아니. 그건 보통 스킬인데.

“이 몸의 능력도 규격을 벗어났으니까 알 수 있는데, 아무리 천재라도 그런 속도로 실력이 좋아질 수 없어.”

“**용사**님. 본론으로 들어가 주시겠어요?”

나를 나나시라고 생각하는 것 같지는 않지만, 사가 제국의 첩보원으로 삼을 생각인가?

하지만, 어쩐지 위화감이 느껴졌다. 이런 교섭을 할 거라면 격정적인 용사가 아니라 메리에스트 황녀가 나설 것 같은데…….

“미안, 사토. 그렇게 경계하지 마. 이 몸은 너한테 이 몸의 기술을 전수하고 싶어.”

“무슨, 뜻이죠?”

용사의 목적을 좀처럼 이해할 수 없었다.

“사토, 너도 알고 있을 거라 생각하지만 이 세계는 난이도 조정에 실패한 망겜이야. 이 몸처럼 소환됐을 때부터 레벨 50이라면 모를까 일반인이 성곽도시 바깥에서 살아가는 건 불가능할 정도로 어렵지.”

그 말에는 전면적으로 동의.

나도 레벨 310이라는 어드밴티지가 없었다면 용의 계곡에서 세류 시에 도착하기 전에 와이번에게 먹혀 죽었을 테니까.

“그러니까 아리사 왕녀를 지키기 위해서라도, 이 몸이 배운 전투기술이나 필살기를 너한테 전수하고 싶어.

……혹시 100퍼센트 선의로 하는 말인가?

다른 누군가라면 모두 연기일 가능성도 있지만, 지금까지 본 하야토의 됨됨이와 행동 패턴을 생각해보면 그렇지 않다고 잘라 말할 수 있었다.

"**하야토** 님은 사람이 좋으시군요."

나도 자주 듣는 말이지만, 이세계에 온 뒤로 남한테 말한 건 처음이다.

"자각은 하고 있어. 그러면 받아주겠어?"

"네, 호의를 받겠습니다."

하야토랑 달리 나는 전투 계열 스킬이 적으니까.

"어디 사람들 눈에 안 띄는 장소 있을까?"

"네. 있습니다."

나는 하야토의 질문을 긍정하고 공도 지하에 있는 미궁 유적을 제안했다.

하야토의 동료들에게는 「아리사를 걸고서 승부를 한다」고 말한 뒤, 하야토 쪽 수행원 없이 유적에 가기로 했다.

공작의 첩보원이 하야토를 감시하고 있기에 지하도 입구까지는 은선을 타고 왔다.

지하도의 냄새는 연성해서 만든 소취제로 대처했다.

이동하다가 수상쩍은 그림자가 보이기에 첩보원인가 하여 조사해봤는데, 오크 여성이었다.

뭐 켕기는 거라도 있는지 나랑 눈이 마주치자 굉장한 기세로 달려가 버렸다.

전에 맵 검색으로 발견한 서민가 연금술 가게의 종업원인가?

하야토랑 싸우는 걸 목격해도 곤란하니까 마커만 달아둘까.

"일단 기본부터 가지. 마력을 발바닥에 집중해서 달리는 것과 동시에 해방한다!"

하야토가 설명과 동시에 스킬을 실천했다.

하야토는 폭발적인 가속으로 수십 미터 거리를 달렸다.

내가 모방할 수 있는 건 전투 패턴뿐이라서 스킬은 배울 수 없다는 것, 그리고 하야토와 아리사처럼 스킬 리스트에서 스킬을 고르지 못한다는 것을 말하자, 이런 식으로 스킬 습득의 지도가 시작됐다.

"이게 순동이야. 마법이나 원거리 공격이 많은 마물이나 마족을 상대로는 필수적인 스킬이지."

"축지 같은 것인가요?"

"사토, 그건 꽝 스킬이야. 분명히 축지는 이동 시간이 거의 제로다. 하지만 이동 거리가 너무 짧아."

—어라? 100미터 이상 이동할 수 있으니까 충분한 것 같은데?

나는 하야토의 설명에 내심 고개를 갸웃거렸다.

"스킬 레벨 5면 몇 미터 정도는 늘어나지만, 필요한 스킬 포인트가 장난이 아니야. 그만큼 있으면 순동을 스킬 레벨 9까지 올릴 수 있지. 그쪽이 실전에 도움이 된다구."

과연, 어떤 스킬이든 스킬 포인트 10으로 최대 스킬 레벨까지 올릴 수 있는 것이 굉장한 치트라는 것은 흔한 이야기다.

"그래서 순동을 배우는 편이 좋아. 일단 이 몸의 설명처럼 해봐, 발에 집중하는 마력량은 능력치의 기민함(DEX) 수치나 민첩(AGI) 수치 정도로 하면 성공하기 쉬워."

하야토가 조언을 해줬지만, 유감스럽게도 능력치 표시가 99에서 멈춰 있으니 정확한 수치를 알 수가 없었다.

마력량도 개인차가 있으니, 축지로 소모하는 마력량과 비슷한 정도로 시험해봤다.

마력을 발바닥에 모아서, 달린다—.

〉「비각(飛脚)」 스킬을 얻었다.

〉「순동」 스킬을 얻었다.

〉「신체 강화」 스킬을 얻었다.

〉칭호 「위타천」을 얻었다.

스킬을 여러 가지 획득했으니 15미터쯤 달리고서 속도를 떨어뜨렸다.

전력으로 달리지 않은 탓인지 속도가 바뀐 인상이 없었다.

"사토, 제법인데? 지금 그 느낌을 앞으로 매일 연습해봐. 다음에 레벨이 오를 때 『순동』 스킬을 얻을 수 있을 거야."

하야토에게 감사 인사를 하고서, 그가 가르쳐준 훈련방법을 교류란의 메모장에 적었다.

나 자신은 필요 없지만, 물리 공격수인 아인 소녀들에게는 유용한 훈련방법이겠다.

"신체 강화는 온몸의 굵은 혈관에 마력을 순환시키는 느낌으로 하면 돼."

하야토가 설명하면서 실연해서 보여줬다. 마법사가 있는 덕분인지 하야토의 몸을 순환하는 마력의 흐름이 희미하게 느껴졌다.

〉「마력시」 스킬을 얻었다.

"지금 이건 마력을 근육이나 골격 강화에 쓴 거야. 하위 스킬로 『강력(剛力)』이나 『내구 강화』 같은 것도 있지만 신체 강화가 더 편리하지. 마력을 피부에 모으는 『금강각(金鋼殼)』이나 『철피(鐵皮)』 같은 스킬도 있지만, 움직임이 둔해지니까 경장 전사인 사토에겐 안 맞겠군. 뭐, 일단 마력 순환부터 해봐."

나는 하야토의 말에 따라 시도해봤다. 신체 강화 스킬은 얻었지만 다른 스킬에도 흥미가 있었다.

흐르는 마력을 최소한으로 억제하여 흘리는 법을 바꾸면서 여러모로 강화를 시도해봤다.

〉「강력」 스킬을 얻었다.
〉「지구 강화」 스킬을 얻었다.
〉「순발 강화」 스킬을 얻었다.
〉「철피」 스킬을 얻었다.
〉「금강각」 스킬을 얻었다.
〉「마력 갑옷」 스킬을 얻었다.

강화 계열 스킬을 더 얻을 수도 있을 것 같지만 이번에는 이쯤 하면 되겠지.

"위이가 마력 조작을 잘한다고 할만하군. 어려운 마력 순환을 한 번에 성공하다니. 아까 가르쳐준 순동과 신체 강화는 궁합이 좋으니까 함께 훈련하면 좋을 거야."

"네, 고맙습니다."

신체 강화는 전위들뿐 아니라 후위에도 편리해 보이는 스킬이니 우리 애들 일과에 넣어두면 좋겠다.

"검을 뽑아. 일단 마력을 주입해봐."

"네."

요정검이 상하는 게 싫어서, 자작한 주조 마검을 쓰기로 했다.

"마검인가? 마력 흐름이 상당히 빠른데……. 뭐 좋아. 다음은 마력을 칼날의 연장선상에 뻗는 느낌으로 날카롭게 다듬어봐. 반복하다 보면『마인』스킬을 쓸 수 있을 거야."

이건 고맙군. 포치랑 타마한테 가르칠 때 지금 그 설명을 써야겠어.

"그러면 이제 그만 본격적으로 가자. 이 몸과 실전으로 싸우는 법을 익혀. 맞기 직전에 멈추겠지만, 정신 똑바로 안 차리면 죽는다?"

하야토가 진지한 표정으로 성검 아론다이트를 뽑았다.

"간다—."

"—네."

내가 고개를 끄덕인 순간에 하야토의 모습이 흐릿해지더니, 다음 순간 눈앞에 나타났다.

나는 용사가 휘두르는 성검을 주조 마검에 마력을 주입해 받아 흘렸다.

파랗고 붉은 불꽃이 유적의 벽을 비추고 새된 금속음이 반향했다.

이어서 오른쪽 왼쪽으로 성검이 춤추었다.

성검에 너무 집중하면 이번에는 성방패 공격이 날아왔다.

요전의 모의전에서 배운 건데, 하야토의 참격은 언제나 표시하고 있는 레이더나 로그 윈도우 그림자에서 공격해온다.

나는 그것을 막아내면서 사고 조작으로 표시를 껐다.

—시야가 넓다.

시선의 움직임.

몸의 중심과 위치.

근육의 움직임을 반영한 미약한 실루엣의 변화.

그리고 호흡—.

하야토의 성검이 움직이기도 전에 그 궤적의 미래위치를 예측할 수 있었다.

흐르는 듯 움직이는 자세에서 섬광 같은 6연속 찌르기. 나는 그것을 주조 마검으로 가볍게 비껴냈다.

"놀랐어! 정말로 레벨 30의 움직임이야?"

하야토보다 나 자신이 더 놀라고 있었다.

평소보다 몸이 가볍다. 무슨 스위치라도 켜진 것처럼 정보가 놀랄 정도로 선명하게 들어오는 느낌이었다.

하야토의 성검 연속 공격도, 궤도와 타이밍이 예상한 그대로였다.

노란 피부 마족전이나 모의전을 통해서 하야토의 버릇은 알고 있었지만, 그 이전에 마치 미래를 읽는 듯 움직임을 예측할 수 있었다.

그 감각을 확인하기 위해서 하야토와 검을 섞었다.

옆으로 베기를 최소한의 스웨이 백으로 회피.

이상하게 빠른 속도로 돌아온 하야토의 성검을, 검을 가진 손과 반대 방향 장갑으로 튕겨 올렸다.

미약한 틈이 생긴 내 옆구리를 하야토의 차기가 공격했다.

예측하고, 비껴내고, 때로는 일부러 공격을 받아내어 상대의 밸런스를 무너뜨린다.

격투 게임에서 강한 플레이어와 싸우는 기분이었다. 다시 한 번 드워프 마을의 도하루 노인과 싸워보고 싶었다. 지금이라면 조금 더 놀아나지 않고 싸울 수 있어.

—좀더, 좀더.

검을 휘두르기 전 미약하게 떨리는 칼 끝, 검의 자루를 쥐는 미묘한 힘, 정보는 어디든지 존재한다.

공기의 흐름이나 지면에서 전해지는 진동까지 느껴지는 것 같았다.

살기를 페인트로 쓰는 참격이나 기척을 미끼로 쓰면서 몸을 움직인다. 모든 것을 간파하여 모방해주지.

나는 하야토와 싸움을 몸의 구석구석으로 맛보고 자신의 양식으로 삼았다.

그리고—.

즐거운 시간은 순식간에 끝난다.

〉「앞날 읽기: 대인전」 스킬을 얻었다.

〉「공간 장악」 스킬을 얻었다.

〉「섬광 6연격」 스킬을 얻었다.

〉「허격(虛擊)」 스킬을 얻었다.

〉「허신(虛身)」 스킬을 얻었다.

〉「사가 제국 신황류 검술」 스킬을 얻었다.

〉칭호 「검의 무용수」를 얻었다.

◆

"—설마, 이 몸이 클린 히트를 받을 줄은 몰랐어."

하야토가 유적 벽에 처박힌 몸을 떼어내면서 털털한 목소리로 말했다.

"주인니이이이이이이이이이이이이이임."

아리사가 넓은 공간 구석에 공간 마법으로 만든 결계를 풀고서 넘어질 듯한 기세로 달려왔다.

"아아아, 상처! 상처 없어? 옷이 너덜너덜하잖아! 아이참! 그렇게 유치하게 진심으로 공격해서 주인님이 크게 다치면 어떻게 책임질 거야! 결혼하기도 전에 과부가 되는 건 싫어!"

아리사가 하야토에게 불평하면서 내 몸을 더듬거리며 검사했다.

당황한 기색이 귀엽기에 좋을 대로 하라고 내버려뒀는데 안심하는 것과 동시에 성희롱을 시작하기에 제지했다.

"미안, 아리사 왕녀. 사토가 이 몸의 기술을 너무나 잘 흡수하는 것이 재미있어서—."

하야토가 뒤통수를 긁적거리며 아리사에게 사과했다.

확실히 하야토가 흑룡의 브레스를 날려버린「섬광나선 찌르기」를 사용하기에 놀랐다.

성검에 마력을 공급하거나 공격 계열 유니크 스킬을 안 썼으니 위력은 훨씬 낮았지만, 그래도 내가 아니었으면 크게 다쳤겠지.

"사토, 말하기 싫으면 안 해도 되는데, 넌 역시 르모크 왕국에서 소환한 여덟 명째인 거야?"

"모르겠어요."

나는 하야토의 질문에 사실대로 대답했다.

"—무슨 뜻이지?"

"제가 어떻게 이 세계로 오게 되었는지 알 수가 없어요—."

이쪽에 오게 된 전말을, 유성우나 유니크 스킬 정보를 숨긴 채 전했다.

물론 용사 나나시가 나라는 것도 비밀이었다.

겉과 속이 같은 하야토라면 모를까, 그의 배경에 있는 사가 제국에는 그 정보로 귀찮은 일을 떠넘기려는 귀족이 있을 지도 모르니까.

"자다가 눈을 떴더니 황야에 있었단, 말이지. 게다가 눈을 뜨는 것과 동시에 도마뱀 수인족에게 쫓기다니, 상당히 하드한 인생인데……."

하야토가 나를 동정하며 위로하듯 어깨를 두드렸다.

"그런데 사토. 너는 용사 나나시를 알고 있어?"

"네, 알고 있습니다. 요전에 카리나 님을 구해주셨죠."

이 질문은 예상하고 있었기 때문에 무표정 스킬의 도움을 빌리지 않고 대답할 수 있었다.

"그 녀석은 시가 왕국이 소환한 용사지? 용사 야마토— 아니, 왕조 야마토가 용사소환 술식을 후세에 남겼어도 신기할 것 없어."

그건 분명히 있을 법 하네.

린그란데 양이 말했던 금서고 같은 곳에 그런 정보가 은닉돼 있을지도 모르겠다.

"그러나, 용사 나나시는 그 노란 피부 마족을 가지고 놀 정도로 규격이 다른 녀석이야. 혹시 그 녀석이 진짜 왕조 야마토 아닌가?"

하야토가 진지한 표정으로 진실에서 동떨어진 추리를 말했다.

"저도 정체는 조금……."

모른다고는 안 했다.

"린이 말했던 왕조 야마토의 전설에 있는 몽정영묘 이야기가 사실이라면 마술적인 콜드 슬립으로 잠들어 있던 왕조 야마토가 현대에 되살아날 가능성도—."

어쩐지 하야토의 이야기가 터무니없는 방향으로 빠져버렸다.

그는 나랑 마찬가지로 이런 추리를 못하나 보군.

어쩐지 친근감이 생기네.

"보라색 머리칼이라면, 저랑 같은 전생자가 아닐까요?"

"그렇군, 그것도 있을 수 있겠어……."

아리사가 하야토의 망언에 다른 시점을 던졌다.

나는 이야기가 샛길로 빠진 것을 기회 삼아서 그에게 어떤 것을 제공했다.

"그보다도, 하야토 님. 이것을—."

"청강 탄환?"

내가 하야토에게 건넨 것은 나사 구멍이 달린 성탄 10발이었다. 유감이지만 화살대는 없었다.

성시까지 건네지 않은 이유는 촉의 소재가 「유성우」로 떨어진 운석이었기 때문이다.

"마력을 주입해 보세요."

"그래—. ……이건?! 설마 성스러운 무기!"

"네, 트리스메기스토스라는 가면의 연금술사에게 받은 겁니다. 화살대를 준비하면 화살로 쓸 수도 있다고 하더군요."

하야토가 손바닥의 성탄을 가만히 바라보았다.

아마도 「감정」 스킬로 확인하고 있겠지.

"—그렇군, 그렇게 된 건가? 사토, 그 연금술사랑 만날 방법 있나?"

나는 하야토의 질문에 고개를 옆으로 저었다. 가공의 인물을 만날 방법 따위 없거든.

아마도 그는 제작자 이름이 공란인 것을 보고 나나시를 연상했을 것이다.

"그건 그렇고, 1회용 성스러운 무기라니……."

나는 성탄을 돌려주려는 하야토의 손을 막았다.

"그건 하야토 님이 쓰세요. 제가 가지는 것보다는 좋을 거라 생각합니다."

"괜찮을까?"

다시 확인하는 하야토에게 수긍했다.

재료가 대량으로 생겼으니까 10발 정도는 하야토에게 제공해도 문제없었다.

내 희망은 다음 「마왕의 계절」까지 마왕이 나오지 말았으면 하는 거지만, 무녀장의 어수선한 발언도 있다. 그것 말고도 노란 피부 마족 같은 강한 녀석과 마주쳤을 때 도움이 될지도 모르잖아.

"고맙게 받을게."

하야토가 성탄을 소중하게 「무한수납」에 넣었다.

지상으로 돌아와서 하야토가 「신이 내린 부적(탈리스만)」을 꺼내 동료들에게 연락하자, 아공간에 대기하고 있던 은선— 차원 잠행선 쥘베른이 통상 공간으로 부상했다.

"이 몸들은 다른 마왕 부활의 예언이 있던 장소로 간다."

"벌써, 출발하는 건가요?"

"그래. 시가 왕국의 미궁도시 세리빌라나 요워크 왕국을 확인한 다음에 파리온 신국에 갈 예정이야."

게임과 달라서 현실의 용사는 꽤 힘든 모양이군.
"아리사 왕녀, 또 만나는 날까지 무사해."
"하야토 님의 무운을 빌겠어요."
아리사가 하야토의 손을 잡고 웃자, 하야토의 얼굴이 새빨개졌다.
과연, 그는 진성 로리콤이었군.
쑥스러움을 숨기며 은선의 트랩을 올라가던 하야토가 나를 돌아보며 외쳤다.
"웃지마, 사토! 잘 들어, 절대로 아리사 왕녀의 가련함에 자신을 잊지 마라! 『YES! 로리타, NO! 터치』의 정신을 엄수해라!"
내가 그의 필사적인 말에 웃는 표정으로 긍정하자 아리사가 내 엉덩이를 꼬집었다.
은선 입구에서 손을 흔들어 작별인사를 하는 하야토의 동료들에게 커다랗게 손을 흔들어 답했다.
둥실 떠오른 은선이 서쪽으로 진로를 잡아서 저녁 어둠 속으로 날아갔다.
"가 버렸네."
"아아, 그렇네."
하야토를 배웅한 아리사가 말했다.
다음에 만나는 게 언제가 될지는 알 수 없지만, 그때 그가 내 힘을 필요로 한다면 가능한 한 도와야겠다.
스킬 습득의 은혜도 있고, 무엇보다 하야토는 친구니까.

어둠의 옥션

"사토입니다. 숙제 때문에 증조부에게 전쟁 체험을 물어봤더니, 개구리 튀김이나 삶은 가재 따위의 어린아이의 호기심을 끌어내는 창작 이야기를 들었습니다. 이야기는 재미있었지만 숙제는 다시 제출했어요.

"옥션의 에스코트 말인가요?"

"네, 『신의 다리』 너머에 있는 검은 거리에서 열린다고 해요."

하야토가 여행을 떠난 다음날, 메네아 왕녀가 다시 방문했다.

수행원은 유이와 아오이, 그리고 늘 보던 호위기사 세 사람이었다.

메네아 왕녀가 말하는 「신의 다리」는 공도 근처에 있는 대하 본류에 놓인 커다란 다리였다. AR표시를 보니 「대교」라는 표시밖에 없었지만, 제법 근사한 통칭이 있군.

"사작님—."

"무슨 일이죠? 세바흐 씨."

노집사 세바흐가 염려스런 표정으로 말을 걸기에 이야기를 들어봤다.

예의 바른 그가 손님과 대화를 나누는데 끼어들 정도니까 분명히 필요한 일일 거다.

"검은 거리 무라아스는 다소 치안이 나쁜 장소입니다. 전하께서 말씀히시는 옥선도 공식이 아니라, 비합법인 상품도 취급하는 어둠의 옥션이라 불리는 것입니다."

노집사의 설명을 듣고 메네아 왕녀가 입가에 손을 대며 놀란 표정을 감추었다.

"사작님의 무용이라면 악한 따위 문제가 되지 않으리라 압니다만, 검은 거리 무라아스에는 입에 올리기도 저어되는 가게가 늘어서 있습니다. 혹여 가실 거라면 인식 저해의 마법 도구를 가지고 가시도록 권장 드립니다."

"고마워요, 세바흐 씨."

노집사는 필요한 말을 하더니, 그것을 뽐내지도 않고 인사를 한 번 한 뒤 본래 장소로 돌아갔다.

과연 대대로 상급 귀족을 모시는 사람이라 우수하군.

"전하, 어찌하실는지요?"

옥션에 어떤 용건이 있는지는 모르지만, 치안이 나쁜 장소에 가야 할 정도인가?

내 물음에 망설이는 메네아 왕녀에게 유이가 가볍게 제안했다.

"사토 씨한테 사 줄만한 사람을 소개 받으면 되지 않아?"

"유이!"

처음에는 유이의 말에 화를 내던 메네아 왕녀는, 어쩔 수 없다고 생각했는지 옥션에 가고 싶은 이유를 말해주었다.

"자금이 딱히 부족한 것은 아니지만, 대국인 시가 왕국에 유학하게 되면 다소 불안한 면이 있는 것도 사실입니다—."

요컨대 돈이 필요하단 거군.

그녀가 팔려는 물건들은 요전의 흑룡 퇴치에서 얻은 시든 영초, 고향에서 가져온 커다란 어둠 광석 덩어리와 향목(香木), 다기와 미술품, 그리고 메모 2장이었다.

"이건 일본어인가요?"

"네. 세 명째 소환된 분이 저에게 주신 거랍니다."

틀림없다. 내가 가진 「도예 메모」랑 같은 거다.

"이걸 보시죠."

나는 주머니를 거쳐 스토리지에서 꺼낸 메모를 보여주었다.

"같은 글자네?"

"응, 필적 감정 같은 건 못하지만 같은 사람 글자 같아."

유이와 아오이가 두 메모를 비교하고 평했다.

"사토 님, 이 메모를 어디에서……?"

"쥐 수인족 친구에게 받았습니다. 메모를 쓴 분을 만나지는 못했습니다만—."

나는 거기서 말문이 막혔다.

메모를 쥔 메네아 왕녀가 눈물을 뚝뚝 흘리며 울었기 때문이다.

"다행이야……."

메네아 왕녀가 말하자 아오이와 유이가 양쪽에서 달랬다.

연기인가 했지만, 진심으로 세 명째 소환자의 생존을 기뻐하는 모양이다.

그 동안 메네아 왕녀가 가져온 메모를 훑어 봤다. 「조개의 번식과 양식 진주」에 대해서 한 장, 또 한 장은 「합금의 이름과 배

합비율만 나열된 표」였다.

시세 스킬로 본 가치는 금화 1닢 정도였지만, 둘 다 위정자에게 보여주면 비싸게 팔릴 것 같군.

내가 대신 사들여도 되겠지만, 어둠의 옥션이란 것에 흥미가 생겨서 동행하기로 했다.

"인식 저해의 마법 도구는 등급별로 가격이 다릅니다. 저희 가게에서 다루고 있는 것은 1급부터 6급까지의 물건이며, 등급의 숫자가 높을수록 저해율이 높아집니다. 4급 이상은 공도의 귀족들밖에 살 수 없으니 주의해 주십시오."

나는 메네아 왕녀와 호위기사를 데리고 귀족 거리의 마법 도구 가게에 인식 저해의 마법 도구를 사러 왔다. 유이와 아오이는 저택에 두고 왔다. 지금쯤 아리사랑 우리 애들이 환대해주고 있겠지.

이 등급은 같은 레벨의 인물감정 스킬을 막을 수 있었다.

1급의 도구는 인물감정 스킬 레벨 1인 인물이 감정하는 것을 막아준다.

오리지널 야마토 석의 감정이 10급에 상당하며, 레플리카 야마토석의 감정이 7급이란 것을 나중에 알았다.

로이드 후작의 서고에서 읽은 마법 도구의 레시피집에 「인식 저해의 마법 도구」 만드는 법이 몇 종류 실려 있었지만, 필요한 소재를 모으는 게 귀찮았고 가게에서 파는 물건의 성능도 알고 싶었다.

스토리지의 마왕전 전리품 속에는 마왕신봉자 「자유의 날개」 녀석들 유품으로 추정되는 4~9급의 인식 저해 마법 도구가 잔뜩 있지만, 마찬가지 이유로 이번에 쓸 예정은 없었다.

"3급 정도면 인물감정 스킬이 없는 사람이 보기에는 누군지 파악하기 어려워지기 때문에—."

나나가 가진 「사람의 부적(아뮬렛 오브 휴먼)」하고는 조금 타입이 다른가 보네.

"—검은 거리에 놀러가기에는 충분합니다."

"용케 알았군요."

"하하핫, 무술대회 구경을 온 타국이나 다른 영지의 귀족이 검은 거리에 가는 것은 이 시기의 풍물 같은 것이니까요."

과연, 그래서 묘하게 상품이 많았군.

나랑 호위기사는 얼굴의 절반을 가리는 가면 타입을, 메네아 왕녀는 베일 형태를 골랐다.

"3급은 하나에 금화 3닢이니, 세 개를 구입하시면 금화 7닢으로 드리겠습니다."

"마법 도구치고는 꽤 저렴하군요."

"3급 이하는 몇 년 지나면 효과가 떨어지고, 어느 정도 시간마다 직접 마력 공급을 해야 하니까요."

그렇게 잡담을 나누면서 세 사람 분량의 요금을 꺼냈다.

"기다려 주세요, 사토 님. 우리는 역시 1급을 사기로 하겠어요. 1급은 조금 더 싼 거겠죠?"

"네, 하나에 금화 1닢입니다."

그래도 메네아 왕녀는 비싸게 느끼는 모양이었다.

왕궁에서 자란 것치고는 경제관념이 높은가 보다.

최종적으로 내가 3급을 세 개 사서, 두 사람에게 빌려주는 걸로 이야기가 마무리 되었다.

인식 저해의 마법 도구라면 이래저래 사용할 길이 있을 법 하거든.

일단 저택으로 돌아온 우리는 노집사가 준비해준 수수한 소형 마차를 타고 검은 거리로 출발했다.

"생각보다 높이가 높아요."

"네, 배의 마스트 높이쯤 될까요?"

대하에 걸린 장대한 다리 중간 부근에서 창문 바깥을 바라본 메네아 왕녀가 몸을 떨더니 나에게 몸을 기댔다.

바람이 기분 좋았지만, 고소공포증이 있는 사람에게는 괴로울지도 모르겠다.

유료도로라서 편리한 것치고 통행인이 적었다.

창밖의 경치에 질리기 시작했을 무렵, 드디어 다리를 다 건너고 공도의 맞은편에 있는 검은 거리 무라아스로 들어섰다.

이 거리의 주민은 수인이 많고, 마물의 부위를 사용한 갑옷이나 무기를 장비한 사람을 흔히 볼 수 있었다.

그들은 마사냥꾼이란 강해 보이는 이름의 직업이었다.

맵 검색을 해보니 몇 명 단위로 동쪽에 펼쳐진 숲이나 산에 분포해 있었다. 아마 마물을 전문으로 노리는 사냥꾼이겠지.

"북적거리는군요."

"전하, 창으로 얼굴을 내밀지 마십시오."

마부 옆에 앉아 있던 호위 기사가 메네아 왕녀를 타일렀다.

이윽고 마차가 창고들이 늘어선 곳에 멈춰 섰다. 눈앞의 창고가 옥션 회장인가 보군.

인간족 중년 남성이 한데 뭉쳐 안으로 들어갔다.

—어라?

남자들의 모습에 위화감이 있었다.

그들의 모습이 흐릿하게 비치고, 안쪽에 하얀 털의 호랑이 수인족 얼굴이 보였다.

AR표시를 보니 무슨 환영을 쓰고 있나 보다.

입구에서 체크하는 직원이 아무 말 안 하는 걸 보니, 환영을 눈치 못 챘거나 인식 저해의 마법 도구로 얼버무리고 있는 거겠군.

남자들의 모습을 눈으로 쫓고 있는데 입구의 직원이 우리를 발견했다.

"이야, 귀하신 분들이 오셨군요—."

내 귀족복을 보더니 화려한 의상의 통통한 직원이 다가왔다.

"—귀빈석을 준비할 수 있습니다만 어찌하실는지요?"

"부탁하지. 여기 오는 것이 처음이니 옥션 출품이나 입찰을 설명해주면 좋겠어."

"알겠습니다. 자네, 이 분들을 귀빈석으로 안내해 드리게. 설명도 부탁하지."

"네~에, 알겠습니다."

통통한 직원이 노출도 높은 컴패니언풍 여성에게 말하자, 그녀가 우리를 지하에 있는 옥션 회장으로 안내해 주었다.

대학의 강당 같은 분지형 회장은 지하라고 생각하기 어려울 정도로 넓었고, 한 단 높은 무대도 농구시합이 가능할 정도로 넓었다.

무대 정면에서 오른쪽 방향에 있는 가림막으로 구분된 자리에 안내 받았다. 4명 정도 앉을 수 있는 소파와 작은 테이블이 있었다.

가림막은 다른 자리에서 보이지 않도록 하는 배려인가 보군.

"그러면 설명하겠습니다. 옥션에서 입찰할 때는 이 팻말을 저쪽 무대에 있는 사회자에게 보이도록 들어주세요. 하얀 팻말이 은화를, 구리거울의 팻말이 금화를 가리키며 최후에 사회자가 말한 가격에서 얼마나 더 올릴 수 있는가 전하는 것입니다."

그녀가 말하면서 하얀 팻말 4장과 구리거울 팻말 5장을 건네주었다.

모든 팻말은 3이란 숫자가 쓰여 있었다. 이 숫자가 이 자리의 번호겠지.

설명해주는 건 좋은데— 가깝다. 나한테 가슴골을 보여주는 앵글이었다.

혹시 이건 팁을 재촉하는 건가?

가슴골에 접은 지폐를 끼우는 플레이에는 흥미가 있었지만, 메네아 왕녀가 보고 있는 앞이라 자중했다.

"출품은 어떻게 하면 되는 거죠?"

그것을 불만스레 보고 있던 메네아 왕녀가 차가운 목소리로 물었다.

“금화 1닢의 출품료를 지불하면 누구든지 출품이 가능합니다. 낙찰 가격의 7분의 1이 수수료와 공작 각하에 대한 세금으로 징수됩니다. 또한 은화 1닢 미만의 화폐에 대해서는 가난한 자들에 대한 기부로 처리하게 됩니다.”

14퍼센트 정도면 꽤 큰 금액인데. 게다가 잔돈은 잘라내는구나.

“미감정품이라도 문제없습니다만, 감정서가 있는 물건이 고액으로 거래됩니다. 금화 2닢으로 5급 이상의 감정사가 감정서를 써서 첨부할 수 있습니다만, 어떻게 하실는지요?”

“감정서는 국가에서 발행한 것이 있으니 괜찮아요. 이 물건들을 출품하고 싶어요.”

“알겠습니다.”

귀빈석 끝에 있던 벨을 울리자, 근처에서 대기하던 직원이 나타나 인수증을 주고 출품물을 가져갔다.

옥션 개시까지 1시간 가까이 기다렸지만, 무대 위에서 미녀들의 춤이나 수인들의 아크로바틱한 쇼가 펼쳐지고 있어서 질리지 않았다.

오히려 이 쇼만 가지고 돈을 받아도 꽤 벌이가 좋을 것 같은데?

“신사숙녀 여러분, 기다리셨습니다. 지금부터 옥션을 개최합니다!”

70퍼센트 정도 좌석이 찼을 무렵에 사회자가 나타나 옥션이 시작되었다.

출품된 물건은 마법약이나 수상쩍은 고문서, 미술품, 무구나 천 따위 실로 다양했다.

물품들뿐 아니라 희귀한 작은 새나 가축 따위의 생물, 와이번, 나가, 라미아 같은 **아룡의 알**도 무대 위에서 가격이 붙었다.

고문서는 「해저 도시 네네리에의 비밀」이란 재미있는 타이틀이기에 금화 7닢으로 내가 낙찰 받았다.

완전히 읽을 수 없는 문자로 쓰여 있지만 토르마에게 고문서에 정통한 학자를 소개 받으면 되겠지.

그 밖에도 사령(死靈) 마법의 마법서나 마법약을 물로 희석해 만드는 악덕 연금술사의 입문서 같은 것도 얻었다.

출품된 일각수(유니콘)의 뿔이나 하급룡의 비늘에도 흥미는 있었지만, 입찰자가 살기를 뿜는데다가 시세의 몇 배나 되는 가격이기에 중간에 낙찰을 포기했다. 젊음의 약 같은 건 금화 300닢을 넘겼다.

자금은 충분했지만 그렇게까지 가지고 싶은 건 아니었다.

진짜 용의 비늘은 하급룡 것 한 장뿐이고, 감정서가 없는 가짜가 대단히 많았다. 비늘 거북이나 비늘 상어, 나가 등의 비늘이었다.

엿듣기 스킬로 들어본 대화에 따르면 이 가짜 러쉬는 평소보다 많았다. 메네아 왕녀가 말했던 흑룡의 소문이 동방 국가군 쪽에서 흘러 들어온 영향이었다.

"―다음은 용사님의 나라, 신비로운 일본의 글로 쓰인 2장의 종잇조각입니다. 어떤 왕족의 보물전에 잠들어 있던 물건의 등장입니다! 금화 1닢부터 가보지요!"

드디어 메네아 왕녀가 가져온 물건들의 입찰이 시작됐다.

"15번, 백 2장— 금화 1닢 은화 2닢."

유감이지만 팻말이 적게 올랐다.

"43번, 백 1장— 금화 1닢 은화 3닢."

추가로 백색 팻말이 두 번 올라가자 나도 입찰해봤다.

"3번, 거울 1장— 금화 3닢! 그밖에 없습니까!? 3번 낙찰입니다!"

옥션의 분위기를 끌어올려보려고 했는데, 가격을 너무 올려서 끝내 버렸다.

"사토 님, 저를 위해서?"

"아뇨, 본래 흥미가 있었습니다."

내가 메네아 왕녀와 그런 이야기를 나누고 있는데 아까 전 노출도 높은 여성 컴패니언이 귀빈석에 낙찰품의 교환증을 가지고 왔다.

현금과 바꾸는 것은 30분마다 있는 휴식 시간에 한다.

메네아 왕녀가 출품한 나머지 물건 중에서 어둠 광석 덩어리는 내가 금화 43닢으로 낙찰 받았다. 시세가 금화 60닢이니 이득이었다.

다른 물건들은 향목이랑 다기가 비싼 가격에 거래됐지만, 시든 영초 다발이나 미술품은 헐값에 팔렸다.

최종적으로 금화 102닢이 됐지만, 여기서 수수료가 빠지니까 메네아 왕녀 손에 들어오는 건 금화 87닢과 은화 2닢 정도였다.

휴식 시간까지 여유가 있기에 만족스런 표정의 메네아 왕녀 옆에서 옥션을 지켜보았다.

"이어서 미궁도시 세리빌라의 장인이 만든 마검『개미날개의 은검』입니다. 놀랍게도 금화 10닢부터입니다!"

무대 위에 등장한 것은 이름만 은검이지 회색 검이었다.

사회자는 마검이라고 했지만 마법 회로를 짜 넣은 내 주조 마검과 달리 마물의 부위를 연성 가공한 물건이었다. 검신이 벌레의 날개 같은 형태인 것은 그 탓이었다.

스토리지 안의 책을 검색해 보니, 같은 이름의 검을 만드는 방법이「요람」사건으로 구한 토라자유야 씨의 저서 안에 있었다. 만들려면 거창한 설비가 필요하군.

흥미는 있었지만 마사냥꾼들이 필사적으로 입찰하기에 방해가 되지 않도록 관두었다.

그 밖에도 마물의 소재를 사용한 사마귀 대검이나 강철 가오리 도끼가 출품되자, 마찬가지로 마사냥꾼들이 경쟁하여 낙찰했다.

미궁도시 세리빌라에서 만들어진 마물 소재의 무기는 마사냥꾼들에게 인기가 높군.

용병들도 입찰했지만, 신기하게도 귀족이나 기사는 흥미가 없어 보였다. 그들은 드워프들이 만드는 미스릴 합금제 검이 더 좋은 거겠지.

또한 마물 소재의 무기는 평균적으로 금화 40닢 정도쯤 된다. 미스릴 합금제 무기의 3분의 1 수준이군.

"그러면, 휴식 시간 전의 마지막 출품입니다!"

사회자가 신호하자 무대 옆에서 나온 것은 하얀 새끼 호랑이 — 아니다. 털이 하얀 호랑이 수인족 아이였다.

"출품자에 따르면 족제비 수인족의 제국에게 멸망당한 백호 왕국의 예전 왕녀님이라고 합니다!"

사회자가 설명하자 회장의 분위기가 달아올랐다.

"백호 공주, 뭔가 한 마디!"

"●●●? 라우냐●●."

회장의 열기에 겁을 먹은 백호 공주에게 동정을 금할 수 없군.

〉「백호 수인족어」 스킬을 얻었다.

일단 알아들을 수 있는 스킬 레벨 3까지 올리고 유효화했다.

—응? 레이더에 비치는 사람의 움직임이 이상하군.

나는 맵을 열어서 세부적으로 확인했다.

옥션 회장 근처에 호랑이 수인족을 비롯한 수인들이 모이고 있었다.

멤버들 중에 백호 공주와 같은 종족의 젊은이가 있는 걸 보니 구출 부대일지도 모르겠군.

처음에 본 몇 명의 백호 수인 말고도 몇 명이 회장 안에 잠입해 있었다. 무대의 천정 부근에 있는 다 드러난 대들보 위를 다람쥐 수인족 소녀들이 건너는 게 보였다.

발이 미끄러져서 떨어질 뻔한 다람쥐 수인족 소녀를 「이력의 손」으로 몰래 밀어 올려주었다.

지금은 나밖에 눈치 못 챘지만, 누군가가 주의를 기울이면 금세 발각될 것 같았다.

백호 공주의 입찰이 열기를 띠면서 금화 29닢까지 올랐다.

입찰하는 것은 모두 인간족이었다. 한쪽은 공도의 귀족이었지만, 또 하나는 마키와 왕국이라는 들어본 적 없는 나라의 귀족이었다. 새빨간 망토가 화려하군.

전자는 알기 쉬운 욕망에 가득한 표정이었지만, 후자의 눈은 충혈 돼 있어서 무서웠다. 무슨 원한이라도 있는 느낌인데?

"메네아 님, 마키와 왕국이란 나라를 아시나요?"

"네? 네에. 동방 국가군 중에서는 비교적 커다란 나라입니다. 요전에 국왕이 죽고 왕태자가 뒤를 이었을 거예요. 수인에게 관대한 나라였지만, 새로운 국왕이 이은 뒤부터 조금 방침이 바뀌었다고 해요."

메네아 왕녀는 조금 말을 흐렸지만, 대가 바뀌면서 수인에게 엄격한 나라로 변한 거겠지.

"저 백호 공주의 조국에 대해서는 아시나요?"

"백호 왕국과는 국교가 없었으니 별로 자세히는 모르지만—."

그녀의 말에 따르면, 족제비 수인족의 제국이 대두되기 전까지 동쪽의 홍사자 왕국, 북쪽의 비늘 종족 수장국 연방, 남쪽의 백호왕국을 합쳐 3대 아인 국가가 대륙의 동단을 다스리고 있었다고 한다.

사자 수인족 지상주의로 인간족과 수인을 평등하게 노예로 취급하던 홍사자 왕국. 푸른 도마뱀 수인을 주체로, 리자의 종족인 주황 비늘 종족을 포함한 잡다한 비늘 종족이 모인 비늘 종족 수장국 연방. 백호 수인족을 정점으로 휘하 수인들을 어질게 다스리던 백호 왕국. 각자 차이가 있었다.

"백호 수인들은 치열하고 용맹과감하여 적으로 돌리면 안 된다고 해요. 다만 의리가 두텁고, 한 번 한 식구로 인정한 자에게는 혈족과 동등한 비호를 내리며, 은혜를 입은 상대에게는 반드시 보답하는 의로운 자들이라고 하죠."

흠, 그러면 백호 왕국과 마키와 왕국 사이에서 전쟁이라도 있었나?

그건 그렇고…… 무슨 트러블이 있었는지 몰라도 다 큰 어른이 작은 여자애에게 분풀이를 하려는 건 마음에 안 드네.

차라리 내가 낙찰해서 구출반에게 백호 공주의 신변을 건넬까 생각마저 했지만, 그럴 필요는 없겠다.

무대 옆에서 마법의 기척이 느껴지기에 그쪽을 보았다.

검은 구슬을 만드는 청년이 보였다. 저 구슬로 이 방의 조명을 끌 모양이군.

회장 출구에서 「불이야아~!」라는 약속된 말과 동시에 하얀 연기가 흘러들었다.

적당히 패닉에 빠지자 조명이 사라지고 통기구로 침입한 탈환 팀이 백호 공주를 구하러 뛰어들었다.

대검을 짊어진 하얀 털의 호랑이 수인족 검사가 선두에서 달렸다.

어스름한 실내에서 일어서는 실루엣이 보였다.

"역시 나타났느냐! 가르가오론!"

"켁. 후작님이 직접 이런 곳까지 오다니, 엉뚱한 원한도 정도가 있어야지."

아무래도 마키와 왕국의 귀족과 백호 검사는 아는 사이인가 보군. 알아듣기 어려운 백호 검사의 시가국어는 머릿속에서 보정했다.

귀족의 종자가 아이템 박스에서 검을 꺼내 백호 검사에게 덤벼들었다.

상당히 살벌한 상황인데도 무대 위의 일 같아서 무슨 활극이라도 보는 기분이었다.

나도 이 야만스런 세계에 순응하기 시작했군.

『족제비 놈들 장단에 놀아나서는.』

백호 검사가 모국어로 내뱉으며 무대에 올라온 종자를 대검으로 베어 버렸다.

으엑— 그로테스크 영상은 관두시죠.

아까 한 말 취소……. 내 일본인 감성은 아직 건재했다.

"꺅, 사토 님!"

메네아 왕녀가 비명을 지르며 품에 안겼다.

그녀의 호위기사가 귀빈석 앞에 섰지만, 백호측도 귀족들도 이쪽을 끌어들일 생각은 없어 보였다.

"전하, 여기는 위험합니다."

"사, 사토 님, 저희도 얼른 도망쳐요."

호위기사가 메네아 왕녀를 재촉하자, 내 품 안에 몸을 맡긴 채 탄원했다.

"기다려 주세요. 계단에서도 발소리가 들립니다. 지금 계단으로 가면 지상에서 오는 원군과 도적들 사이에 끼어 오히려 위험합니다."

내가 메네아 왕녀를 달래는 동안에도 경비원들이 계단에서 쏟아져 들어왔다.

구출반을 지원하기 위해서 어둠을 틈타 「이력의 손」으로 경비원들 발치에 장애물을 두어서 구출을 도왔다.

어둠 속에 불꽃이 떠올랐다—.

아까 전 마키와 왕국의 귀족이 거대한 루비 같은 보옥이 달린 지팡이를 들었다.

불꽃은 그 보석에서 뿜어져 나왔다.

"저건 홍련 지팡이……. 불꽃의 마물을 끌어들이는 저주 받은 지팡이……."

메네아 왕녀가 옆에서 해설해줬지만 귀를 기울이기 전에 할 일이 있었다.

"가르가오론이여, 여기서 죽어라."

『치잇, 이런 곳에서!』

귀족의 지팡이가 붉게 빛나자, 횃불 크기였던 불꽃이 캠프 파이어급으로 변했다.

저 녀석은 지하에서 범위 화염공격을 할 생각인가?

—뭐 저런 비상식적인 놈이 있어?

나는 「이력의 손」으로 중량감 있는 꽃병을 방화마 귀족의 얼굴에 던져 혼절시켰다.

레벨도 어느 정도 높았으니까 이 정도라면 죽지야 않겠지.

"누군지는 모르겠지만 고맙다!"

백호 검사는 회장을 향해 외치더니 종자를 처리하러 돌아갔다.

홍련 지팡이는 방화마 귀족의 손에서 떨어지자 불의 기세가 줄어들더니 이윽고 꺼졌다. 그의 새빨간 망토에 불이 붙었지만 종자 한 명이 황급히 불을 끄고 있으니 화상 걱정은 없겠지.

무대 위에서는 종자들 처리를 끝낸 백호 수인 검사가 백호 공주 앞에 무릎을 짚고 앉았다.

『루냐 공주, 마중 나왔습니다.』

『가르가오론 님, 반드시 저를 구해주러 오실 거라고 믿었어요.』

『가르 형님, 얼른 도망치십시다.』

『그렇습니다. 경비원들이라면 모를까 공도의 정규병이 오면 절대 못 도망칩니다.』

『좋아, 철수한다!』

『『『예에!』』』

백호 공주를 안아 든 검사가 선도하자, 수인들이 경비원들을 때려눕히며 도주했다.

또한 그들은 무사히 도시 바깥으로 탈출했는지, 대하를 따라 도망가는 걸 맵으로 확인했다.

기절에서 회복한 방화마 귀족 일행도 마법약으로 상처를 치료하고 쫓아갔다.

어지간히 백호 공주에게 집착하는군.

그 다음 조금 정신이 없긴 했지만, 무사히 낙찰품을 살 수 있었다.

백호 공주 소동에 휘말렸는지 들것에 실린 마사냥꾼들이 신전으로 실려가는 게 돌아가는 마차 안에서 보였다.

어둠의 옥션은 다소 바이올런스하긴 했지만, 상당히 재미있는 장소였으니 개최하는 동안 틈을 봐서 혼자 구경하러 와야겠어.

◆

"우와아, 일식이네!"

"두부가 든 미소 된장국에 낫토까지 있어!"

유이와 아오이가 진부한 일식을 보고 기뻐서 소리쳤다.

어둠의 옥션 다음날, 왕도로 가는 카리나 양의 송별회에 메네아 왕녀 일행을 초대했다.

대역이라지만 국왕이 공도에 있으니까 공도에서 알현하고 끝날 거라고 생각했는데, 영주 대리가 왕도까지 가서 보고하는 것에 의미가 있는지 카리나 양이 왕도로 가는 건 어쩔 수 없었다.

왕도까지 공도에서 출발하는 대형 비공정으로 간다고 하니, 길을 가면서 안전은 걱정하지 않아도 괜찮겠지.

그리고 낫토는 커피콩을 찾으러 시장에 갔을 때 아리사가 우연히 발견했다.

"저희도 카리나 언니와 함께 내일 모레 비공정에 타는 것을 알고 계셨군요."

메네아 왕녀가 기뻐하며 말했다.

차마 몰랐다고 할 수는 없어서 미소로 얼버무렸다.

"어허, 떨어지세요~."

"응, 가까워."

기쁨을 표현하며 몸을 기대는 메네아 왕녀를 아리사와 미아 철벽 페어가 떨어뜨렸다.

본래는 상당히 무례한 행위지만, 예전 왕녀와 엘프의 조합이라 메네아 왕녀도 불평하기 어려워 보였다.

"펜드래건 경, 설마 왕녀 전하와 수인 따위를 동석시키는 건가?"

"네, 메네아 님의 허가를 받았습니다."

카리나 양의 동생인 오리온 군이 불평을 하기에 문제없다고 전했다.

만약 메네아 왕녀가 동석을 거부한다면 초대 멤버만 다른 자리를 준비할 생각이었지만, 그녀가 흔쾌히 승낙하여 모두 한 자리에 앉았다.

이것은 카리나 양이 타마랑 포치가 같이 있어야 좋다고 주장했기 때문에 실현됐다.

지금도 셋이 함께 햄버그의 산 앞에 진을 치고 앉아서 연회의 시작을 고대하며 기다리고 있었다.

"오늘은 카리나 님과 메네아 전하의 송별회에 모여주셔서—."

회사의 뒤풀이 파티 같은 개회 인사를 하면서 연회를 시작했다.

오늘은 격식을 차리지 않고 요리와 대화를 즐기기 위해서 안

뜰을 사용해 뷔페 형식으로 송별회를 열었다.
우리도 6일 뒤에 마지막 두루마리를 받은 뒤 공도를 출발할 생각이지만, 그때는 로이드 후작과 호엔 백작 두 사람이 합동으로 송별회를 열어준다고 했다.
"이 다시마 말이 맛있어."
"그렇지~. 우리 주인님 요리는 일품이야!"
"두 사람은 애늙은이 같애. 이 치킨이나 포테토가 맛있잖아!"
아오이와 아리사는 다시마 말이나 낫토 밥에 혀를 내두르고, 유이는 튀김이나 꼬치 고기를 깨물고 있었다.
"정크 좋아하네~. 그러면 저쪽에 포테토 칩이랑 소다수도 있는데?"
"정말!"
"저, 정말?"
유이와 아오이가 포테토 칩스와 달콤한 탄산수를 맛보고 눈물을 흘렸다.
고향을 떠올린 거겠지.
"이 햄버그가 마지막이군요."
카리나 양이 산처럼 쌓여 있던 햄버그의 마지막 하나를 먹으면서 우울한 목소리를 흘렸다.
"카리나도 와~?"
"그런 거예요! 왕도는 메이드 언니들한테 맡기고 카리나는 주인님이랑 같이 여행을 하는 거예요."
"—괜찮은가요?"

타마랑 포치가 말하자 카리나 양이 기대감이 가득한 표정으로 돌아보았지만, 그걸 승낙할 수는 없었다.

그녀는 귀족의 고귀한 의무를 다해줘야 하거든.

오리온 군이 성인이 되면 그에게 왕도에 가는 일을 떠넘길 수 있겠지만, 미성년인 그를 대리로 삼는 것은 다소 문제가 있었다.

나랑 메이드 피나가 고개를 옆으로 젓자 카리나 양이 절망에 빠졌다.

그때 저택에 딸린 메이드가 새로운 햄버그가 담긴 접시를 가져왔다.

"이제 마지막이랍니다! 타마와 포치도 오늘은 전력으로 가세요."

"아이아이 서(Aye aye, Sir)~."

"포치는 언제나 전력인 거예요!"

미묘하게 멋있는 대사지만 요컨대 스트레스 해소다.

나중에 위장약을 선물해야겠군.

카리나 양의 호위 메이드 두 사람도 주인을 보살피면서 요리를 먹고 있었다. 오늘은 그녀들의 송별회도 겸하고 있으니 문제없었다.

"두부 햄버그도 맛있다고 수긍합니다."

"응, 맛있어."

미아는 두부 햄버그를 열심히 포교하고 있었다.

오늘의 타깃은 나나로군.

"다들 맛있니?"

"네, 팥소를 뿌려서 참 맛있어요."

"과연 주인님이십니다."

루루와 리자가 자기 접시를 이쪽으로 보여주며 찬사를 보냈다.

고래 튀김만 먹으면 질릴 것 같아서 오늘은 매콤하고 달콤한 팥소도 만들어봤다.

"펜드래건 경, 잠깐 괜찮겠나?"

"네, 물론입니다. 복잡한 이야기라면 저쪽으로 가서 하시죠."

오리온 군이 진지한 눈빛으로 나에게 말을 걸기에 안뜰의 정자로 가서 이야기를 들었다.

"펜드래건 경, 귀공의 진의를 알고 싶다."

"—진의 말인가요?"

어라? 영지를 장악하려는 계획이라도 세우는 줄 아는 건가?

"그래. 경의 무용과 공적이라면 태수의 자리를 목표로 삼는 것도 이해가 된다. 입이 험한 벗들은 경이 그 이상의 지위를 노리고 있다고 말했지만, 요전의 세례를 보고 경에게 그럴 의지가 없음을 확인했다."

거기서 말을 끊은 오리온 군이 내 눈을 보았다.

진지한 장면인데 좀처럼 진지해질 수가 없었다.

"그러나, 카리나 누님을 태수가 되기 위한 도구로 삼는다면, 나는 자네를 용서하지 않아."

과연, 오리온 군은 시스콤이구나.

이쪽 귀족들은 정략결혼이 보통일 텐데……. 현대 일본처럼 연애결혼을 하는 건 이쪽 귀족들에게는 꿈같은 이야기일 뿐이다.

혼인은 가문 사이의 인연을 강화하기 위한 수단일 뿐이다. 무노 남작령에서 니나 집정관이 신참 귀족 강의를 하며 가르쳐 주었다.

"오리온 님은 카리나 님이 소중하시군요."

"당연하지. 가족이 소중하지 않은 자는 없다."

단언할 수 있는 오리온 군이 눈부시군.

"걱정할 필요 없습니다. 저는 영달의 야심 따위 없습니다. 남작님이나 니나 집정관께서 카리나 님과 혼인하지 않겠느냐고 하시긴 했습니다만, 이미 거절했습니다."

"뭣이? 카리나 누님에게 무슨 불만이 있나!"

반사적으로 불평하지 마세요.

"불만이 있는 게 아니라, 카리나 님의 상대로 저 같은 평민 출신의 최하급 귀족은 걸맞지 않으니까요."

"으, 으음. 그렇긴 하군."

"그래서, 제가 카리나 님께 수작을 부리는 일은 없을 테니 안심하세요."

"그렇군, 펜드래건 경과 같은 분수를 아는 가신을 가진 아버님도 마음이 든든하실 테지."

"황송합니다."

오리온 군의 의심이 풀린 모양이다.

다음날은 카리나 양의 여행 출발 준비로 바빠서 눈 깜빡 할 사이에 출발 당일이 되었다.

"카리나~?"

"포치는 쓸쓸한 거예요."

"타마, 포치……."

타마랑 포치가 카리나 양과 얼싸 안고 작별을 아쉬워했다.

이 둘은 정말로 카리나 양과 사이가 좋다. 아마도 파장이 맞는 거겠지.

카리나 양의 마유에 파묻힌 두 사람이 버둥거리기 시작하기에 카리나 양의 어깨를 두들겨 두 사람을 놔주도록 재촉했다.

"이건 내가 작성한 대화 패턴집이야. 이걸로 아싸(Outsider)에서 탈출해."

"—아싸?"

카리나 양은 모르는 단어에 고개를 갸웃거리면서 아리사가 내민 사교 단어장을 받았다.

"봉제인형을 양도한다고 전합니다."

"응, 풍령."

"소중하게 간직할게요."

나나와 미아는 귀여운 선물을 건넸다.

"이건 저랑 리자 씨가 드리는 거예요. 간식용 과자입니다."

"땅콩이 들었군요. 소중히 간직할게요."

"아, 아뇨, 상하기 전에 드세요."

카리나 양이 자연스럽게 엉뚱한 소리를 하자 루루가 보기 드물게 태클을 걸었다.

그것을 흐뭇하게 지켜보면서, 승선을 기다리는 유이와 아오이에게 다가갔다.

"이건 두 사람에게."

"와~ 포테토 칩이네! 이 물통은 소다수? 센스 좋네!"

"유이, 감사 인사를 제대로 해야지. 고맙습니다, 사토 님."

과자랑 같이 부적도 건넸다.

이 부적에는 금화를 1닢 숨겨놨으니 미아가 되었을 때에도 도움이 될 거다.

"이건?"

"일본인은 이런 부적을 가진다고 들은 적이 있어서 준비했습니다."

"고맙습니다. 기뻐요."

아오이가 부적을 소중하게 주머니에 넣었다.

"헤~? 어쩐지 그립네. 하지만 받아둘게. 고마워."

아오이에 이어서 유이도 부적을 받아 포치에 넣었다.

두 사람하고도 여기서 헤어지겠지만 왕도 관광을 갈 때 어떤지 보러 가야겠다.

메네아 왕녀란 보호자가 있지만, 거의 동향이니까.

"사토 님!"

그때 메네아 왕녀가 카리나 양의 손을 끌고서 다가왔다.

"자, 카리나 언니. 사토 님과 작별의 포옹을 하세요."

"저, 저기— 꺄악!"

우물쭈물하던 카리나 양의 등을 메네아 왕녀가 밀었다.

카리나 양의 매혹적인 마유가 내 가슴에 닿았다.

—부드러워라.

"에잇!"

메네아 왕녀가 들뜬 목소리로 나랑 카리나 양 두 사람을 끌어안았다.

카리나 양에게는 미치지 못해도 메네아 왕녀의 그 나이치고 커다란 가슴이 팔에 닿았다.

이 장면만 잘라내면 하렘 계열의 주인공 같았다.

"사토 님, 카리나 님을 아내로 맞아 태수가 되면 저도 제2부인으로 삼아주세요."

메네아 왕녀가 내 귓가에 농담처럼 속삭였다.

얼마나 진심인지는 모르겠지만, 장래의 지위가 목표라도 좋으니 카리나 양과 사이좋게 지내주면 좋겠다.

"잠깐! 작별 장면이라도 너무 붙었어!"

"응. 길티."

"우후후, 미안해요."

아리사와 미아가 두 사람에게 불평하자, 메네아 왕녀가 가볍게 몸을 떼고 두 사람에게 가벼운 어조로 사과했다.

한편 카리나 양은 지금 상황으로 패닉에 빠졌는지 새빨간 얼굴로 눈이 빙글빙글 돌면서 쓰러지기 직전이었다.

남성공포증 기색인데다가 커뮤니케이션 장애가 있는 그녀에게는 자극이 너무 강했나 보군.

재빨리 달려온 호위 메이드 두 사람에게 카리나 양을 맡겼다.

"그러면, 가는 길 조심하세요."

"사토 님, 고맙습니다. 미궁도시의 거처가 정해지면 왕립학원에 있는 저에게 편지를 보내주세요. 저도 답장을 할 테니까요."

"네, 약속드릴게요."

유이와 아오이도 신경 쓰이니까 메네아 왕녀의 요청을 흔쾌히 수락했다.

그러자 나와 메네아 왕녀의 대화를 듣고서 재기동한 카리나 양이 날아왔다.

"저, 저에게도 편지를— 무노 성으로 보내세요. 절대로 보내세요!"

"네, 알겠습니다."

미궁도시에 도착하면 무노 남작이나 니나 집정관에게 편지를 보낼 예정이니 함께 보내면 되겠지.

"그, 그러면 이만 가보겠어요. 사토도 미궁도시의 수행을 끝낸 뒤에 무노 시로 돌아오세— 아뇨! 저도 아버님의 허가를 받아서 미궁도시에 수행하러 가겠어요!"

"네, 남작님의 허가를 받으신다면 환영하겠습니다."

카리나 양의 갑작스런 선언에 놀라면서도 대답했다.

자식 걱정이 많은 무노 남작이 카리나 양을 위험한 미궁도시로 보낼 것 같지는 않지만, 지금 말할 필요는 없겠지.

비공정 갑판에서 손을 흔드는 카리나 양과 메네아 왕녀 일행을 웃으며 배웅했다.

◆

"—마창은 금화 201닢에 17번 분이 낙찰했습니다!"

카리나 양 일행을 배웅한 다음 나는 다시 검은 거리 어둠의 옥션을 찾았다.

오늘은 지난번과 달리 변장을 하고서 스토리지 안에 있던 9급 인식 저해의 가면을 장비했다.

펑퍼짐하게 취향이 안 좋은 후드가 달린 로브에서 보이는 피부도 도료를 발라 갈색으로 위장했다.

"—마미늘창은 금화 217닢으로 17번 분이 낙찰했습니다!"

아까부터 말도 안 되게 비싼 가격으로 팔리는 것들은 내가 가져온 마법 무기들이었다.

이번에는 마검 두 자루를 포함해 네 종류만 팔았다.

검은 둘 다 마력을 흘리기 쉬울 뿐이고, 창과 도끼창은 마력을 흘리면 칼날 부분이 전기를 띠며 공격한 상대를 전기 쇼크로 기절시키는 기능이 있었다.

린그란데 양의 「벼락의 대검」처럼 화려한 방전현상은 안 보이지만, 스턴 기능이 달린 무기로 비싼 값이 붙었다.

마검도 금화 156닢과 152닢에 팔렸다.

전부 합쳐서 금화 726닢이라……. 여기서 세금과 수수료를 빼게 되지만, 마검을 팔기만 해도 사치스런 생활이 가능하겠군.

"오~빠앙, 멋져!"

"다음 휴식시간도 춤출 테니까 봐야 돼!"

“꼭이야~.”

휴식 시간에 보여주는 반라의 누님들이 추는 다이나믹한 춤에 감동하여 팁을 살짝 분발했더니 열렬한 키스의 소나기가 내렸다.

키스가 인식 저해용 가면 너머란 것이 아쉽군.

어제처럼 얼굴 아래 절반이 노출되는 녀석이었다면 좋았을 것을…….

미녀들과 교대하여 화려한 차림의 사회자가 무대로 올라왔다.

“그러면 기다리셨습니다! 『축복의 보주(기프트 오브)』 출품입니다!”

사회가 선언하자 객석에서 환성이 솟았다.

“오늘 오신 분들께선 아시는 분도 계실 겁니다만, 제가 다시 한 번 설명 드리겠습니다.”

사회자가 객석에서 날아오는 야유에 지지 않고 말한 설명의 요점을 픽업해보면—.

축복의 보주를 사용하면 보주에 담긴 스킬을 배울 수 있다.

축복의 보주는 1회용이다.

쓰지 않고 내버려두면 십수 년 만에 축복이 사라져버린다.

아주 드물게 미궁의 보물상자에서 나타난다.

—였다.

이번 축복의 보주는 「경작」, 「원예」, 「불 마법」 3개였다.

뭐야……. 「영창」의 보주는 없구나.

맵 검색으로 기존의 구역을 검색해봤지만, 「축복의 보주」는 여기 있는 세 개뿐이었다.

아무래도 희귀한 물품인가 보네.

"—『불 마법』의 보주는 금화 205닢으로 3번 분께 낙찰됐습니다!"

제법 가격이 비싸군. 나도 입찰할까 했지만 입찰자들이 너무 필사적이라 사양하고 말았다.

인기에 따라서 액수가 바뀌는 거야 당연하지만 「경작」은 금화 1닢, 「원예」는 금화 13닢으로 낙찰됐다.

누님들의 댄스를 보고자 그 다음에도 옥션을 구경했더니 드디어 마지막 몇 개가 남았다.

"그러면, 지금까지 수많은 물품을 보았습니다만, 다음 물품은 감정사도 정체를 알 수 없는 고대 마법제국의 비보를 보여 드리겠습니다."

—스마트폰?

분명히 감정으로 정보가 표시되지 않았다. AR표시로 보이는 건 모델 번호뿐이었다.

호사가들과 함께 나도 입찰했다.

아마 암호로 잠겨 있겠지만.

"고대 마법제국의 비보는 금화 85닢으로 9번분께 낙찰됐습니다!"

격렬한 입찰 경쟁 끝에 낙찰에 성공했다.

3번의 귀빈석에서 호사가인 남작이 분노한 표정으로 노려보았다.

그도 인식 저해 마스크를 쓰고 있었지만 내 감정 스킬과 AR 표시 앞에서는 장애가 되지 않았다.

"—다음 물건은 어제와 마찬가지로 용사님의 나라, 신비로운 일본어로 쓰인 문서입니다. 어떤 대상인이 가져온 비밀의 문서에 무엇이 쓰여 있을 것인가! 그것을 아는 것은 낙찰한 분뿐입니다! 금화 1닢부터 시작합니다!"

사회자가 손에 든 것은 문고본 절반 정도 사이즈의 수첩이었다.

손 사이로 보이는 문자가 내가 가진 「도예 메모」랑 같았다.

그렇다면 저건 틀림없이 지식의 보고다.

무슨 일이 있어도 낙찰 받겠어.

"비밀의 서는 금화 37닢으로 9번 분께 낙찰됐습니다!"

이렇게 비싼 이유는 3번 탓이었다.

저 녀석이 없었으면 금화 3닢으로 낙찰할 수 있었을 테지만, 설령 금화 1천닢이라도 낙찰할 생각이었으니 문제없다.

"—『마법의 가방(매직 백)』은 금화 135닢으로 3번 분이 낙찰했습니다!"

"해냈다아아아아아아아아아아아아아!"

가장 마지막 출품물인 「마법의 가방」은 가격을 올린 다음에 3번에게 지는 연기를 했다. 3번도 만족스러워 보이고 비싸게 낙찰됐으니 출품자도 만족하겠지.

"조금 아깝네……."

댄서 누님들이 밤놀이를 권했지만 변장하고 있어서 거절하는 수밖에 없었다. 괴롭군.

공도에는 어둠에 섞여 천구로 날아 돌아갈 생각이라서, 검은 거리의 동쪽에 있는 출구까지 걸어서 갔다.

그런데, 목제 외벽의 한 구석이 화려하게 부서져 있었다.

"거기 당신. 왜 저런 식으로 부서졌는지 알아?"

"뭐야? 그것도 몰라? 어제 바보 같은 마사냥꾼을 쫓아온 검은 용이 부쉈어. 봐, 저쪽은「용의 숨결」으로 그을렸잖아? 낮에 기사님이 와서 이것저것 조사하고 갔지."

나는 친절한 청년에게 동화 몇 닢을 정보료로 건네고 검게 그을린 건물로 향했다.

하야토랑 같이 싸운 흑룡이 뇌리를 스쳤지만 그 흑룡은 범인이 아닐 거야.

만약 그 흑룡이 범인이라면 검은 거리가 재도 남기지 않고 사라졌을 테니까.

다른 하급룡이나 어린 용, 혹은 아룡 짓이겠지. 맵 검색을 해봤지만 이 부근에 위험한 레벨의 마물은 없었다.

◆

그리고 며칠은 공방 견학과 공도 귀족들과 교류하는데 썼다.

주문해둔 두루마리도 받고 공도의 모든 용건을 끝냈으니, 내일 모레 공도를 떠날 예정이었다.

그「성검과 성구」란 책도 키키누 점장의 마법 가게에서 구했다.

공작성의 지하감옥에 수감된 마왕신봉자 집단「자유의 날개」공개 처형도 집행됐지만, 그런 야만스런 행사에는 참가하지 않았다.

공작 3남과 보비노 전 백작 같은 상급 귀족의 경우 겉으로는 병사 취급하고 남몰래 처형됐다.

선대 당주가 「자유의 날개」를 후원하는 입장이었던 보비노 백작은 가까운 시일 안에 작위를 다음 대로 넘기게 된다.

그러나 불행이 이어지는지 작위를 이을 예정이었던 적자가 태수로 부임했던 수트안델에서 돌아오는 길에 마물의 습격을 받아 죽어 버렸다.

더욱이 차남, 삼남도 연속으로 변사해 버렸다. 최종적으로 4남인 신전기사 케온 경이 차기 백작으로 내정됐다.

케온 경은 세라의 호위로 무노 남작령까지 왔을 때 조금 대화를 한 것뿐이라 별로 인상이 남아있지 않았다.

소문에는 그가 작위 계승을 위해 형들을 죽였다는 소리도 있었다.

정말이지, 이런 살벌한 이야기는 서스펜스 드라마 속에서만 했으면 좋겠어.

"사토 공! 마시러 가지!"

토르마의 제안에 따라서 키키누 점장과 오리온 군, 오리온 군의 친구인 청년 귀족 몇 명을 데리고 공도의 서민가에 있는 번화가로 나섰다.

백작 저택 별채에 남겨둔 동료들은 저택에 딸린 메이드들과 함께 여자들 모임 겸 파자마 파티를 한다고 했다.

꽤 카오스한 상황이 될 법하지만, 알코올을 금지했으니 괜찮겠지.

이번에는 미성년도 있기 때문에 소프트 코스를 골랐다. 토르마는 분명히 그렇게 말했지만 충분히 하드했다.

"토르마 님, 여성점원이 옷을 입지 않았습니다!"

"그야, 스트립이니 그렇지."

청년 귀족들이 충혈된 눈으로 무대 위의 미녀를 뚫어져라 보고 있었다.

스트립 아가씨는 적절하게 몸을 단련했는지 에로스와 건강미를 어엿하게 조화시킨 실로 근사한 바디라인을 뽐냈다. 참으로 눈보신이 되는군.

"키, 키키누 공! 이 가게의 여성들은 어째서, 가, 가슴을 갖다 대는 겁니까?"

"그야 그런 가게이니 그렇지. 은화 1닢 정도 팁으로 줘라."

다음 가게에서는 거유 여성들이 맞이해 주었다. 상당히 말랑말랑하여 실로 근사했다.

세 번째는 토르마가 자주 가는 가게라는데, 여기는 조금 양상이 달랐다.

"페, 펜드래건 경, 이 가게의 여성은 뭔가 이상하지 않나?"

"그건 말이죠—."

가게의 컴패니언이 모두 뉴하프들이라 그런가?

언뜻 보기에는 여성인데 목젖이나 골격이 남성이었다.

AR표시나 감정 스킬을 쓸 필요도 없었다.

대학 시절에 자칭 부녀자였던 여자애들에게 구별하는 법을 배웠다.

그 다음에도 토르마가 권하는 가게를 몇 군데 돌아다닌 덕분에, 오리온 군과 조금 가까워졌다. 친한 친구까지는 아니라도 격식 없이 평범하게 대화를 나누는 정도의 사이는 된 것 같군.

취해서 쓰러진 토르마와 키키누 점장을 가게에 남겨두고, 마차를 잡아 오리온 군 일행을 밀어 넣었다.

어디, 이제는 가게 안의 두 사람을 데리러 돌아가야겠군.

"키아아아아아아아아아아."

"확 조져버린다아아아."

소란스런 소리가 들려 돌아보니 복수의 남자들이 무기를 들고 싸우기 시작했다.

범죄 길드의 항쟁인가 보군.

"히에에엑!"

"영감! 방해된다!"

미처 도망 못간 노숙자로 보이는 할아버지에게 범죄 길드의 남자가 곤봉을 휘둘렀다.

곤봉을 저격하려고 스토리지에서 자갈을 꺼냈는데 검은 그림자가 남자를 차서 날려 버렸다.

"노인, 다친 곳은 없나?"

AR표시를 보니 그 그림자— 검은 후드 달린 로브의 남자는 전에 맵 검색으로 발견한 오크 연금술사였다.

오크라면 야만스런 몬스터란 선입견이 있었는데 제법 신사로군.

"위병이다! 위병이 온다!"

범죄 길드 한 사람이 길 너머에서 오는 위병집단을 보고 황급히 도망쳤다.

오크 연금술사도 어느샌가 사라져 있었다.

토르마와 키키누 점장을 마차에 태워 보내고 공도의 지하도로 왔다.

아까 본 오크 연금술사와 이야기를 해보고 싶었다.

오크들이 있을 광장으로 이어진 하수도에는 어째선지 악어가 잔뜩 서식하고 있었다.

가끔 보이는 하얀 악어는 오크들의 사역동물인지 내가 다가가자 꼬리로 물을 철퍽철퍽 쳐서 신호 같은 것을 보냈다.

분명히 그들은 알림 장치 같은 역할을 맡고 있는 거겠지.

그 증거로 연금술사가 아닌 오크가 광장에서 튀어나와 이쪽으로 왔다.

은폐 계열 스킬을 사용하면 하얀 악어에게 발견되지 않을 수도 있었지만 잠입 미션도 아니라 안 썼다.

그대로 광장으로 가는데 전방에 오크가 나타났다.

어쩐지 흐릿한 윤곽이다 싶더라니 저쪽이 은폐 계열 스킬이나 마법 도구를 전력으로 쓰고 있다는 것을 AR표시가 알려주었다.

물론 레이더에도 선명하게 비쳤다.

"야아, 안녕하세요."

『마싯테!』

나는 우호적으로 말을 걸었는데 오크가 황급히 광장으로 도망쳐 버렸다.

자신의 은폐 스킬이 간단히 간파되었으니 무리도 아니겠군.

〉「오크어」 스킬을 얻었다.

대화를 위해서도 스킬을 유효화했다.

오크어는 엘프어의 아종 같았지만, 말의 의미를 모르겠으니 상당히 옛날에 분기된 언어겠지.

광장으로 통하는 숨겨진 문의 함정을 풀고 있는데 「위기감지」 스킬이 문 너머의 위험을 알렸다.

숨겨진 문에서 안쪽을 엿보자, 방 중앙에 있는 도리이[#1] 모양의 거대한 마법 장치가 붉게 빛나고 있었다.

『여기를 인간족에게 노출시킬 수는 없다. 작별이다. 로 한과리 후우.』

마법 장치 앞에 선 오크 연금술사가 뭐라고 중얼거렸다.

AR표시를 보니 마법 장치가 「마력 과잉충전」이란 대단히 위험한 상태였다.

이대로 방치하면 이 광장뿐 아니라 바로 위의 공도가 위험했다.

나는 「빨리 갈아입기」 스킬의 도움을 빌어 한 순간에 용사 나나시가 되어 방에 뛰어들었다.

『루 헤우와 함께, 먼저 윤회의 저편으로 떠나는 것을 용서해

#1 **도리이** 일본 신사 입구에 있는 문 같은 구조물.

주기 바란다.』

그런 말은 다음에 합시다.

나는 축지로 마법 장치 앞까지 순식간에 도착하여 따질 틈도 없이 마력을 모두 빨아 올렸다.

성검 엑스칼리버는 마력 충전량이 한계라서 빨아 올린 마력은 성검 칼리번에 충전했다.

마력을 뽑자 마법 장치가 붉은 색에서 회색으로 바뀌었다.

전에 세류 백작령에서 본 도리이 모양의 부서진 전이문과 똑같군.

『죽음이란, 참으로 덧없는 것이군.』

『분위기 잡고 있는데 미안하지만, 위험하니 마법 장치의 마력은 뽑아냈어. 자칫 폭주라도 하면 이 광장뿐 아니라 공도까지 영향이 나올 테니까.』

순교자처럼 산뜻한 표정의 오크 연금술사에게 말했다.

『……말도 안돼. 과잉 구동광까지 나던 폭주상태의 전이문을 막았다는 건가?』

오크 연금술사가 마법 장치— 전이문과 나 사이를 빠르게 번갈아 보았다.

그리고 작게 숨을 내쉰 오크 연금술사가 오크어에서 시가국어로 바꿔 말을 걸었다.

"그 정도 마력을 순식간에 흩어버리다니, 인간의 기술이 아니군. 귀공은 신이나 신의 사도인가?"

"둘 다 아냐. 그냥 사람이지."

흘어버린 것도 아니고 빨아 올린 거지만 괜히 이야기가 성가셔질 것 같아 정정하지 않았다.

"그저 사람이 이런 기술을— 용사? 귀공은 용사인가?"

감정 스킬로 내 공개 칭호를 봤나 보군.

또 「진정한 용사」가 아니라 「용사」로 해 버렸지만, 마왕 토벌 보고를 하는 것도 아니니까 괜찮겠지.

"그래. 용사 나나시라고 해."

"우리들 오크를 멸하러 온 것인가?"

오크 연금술사가 몸집이 작은 오크를 등 뒤로 감췄다.

"아니야. 너희들 오크와 이야기를 하고 싶었어. 이 전이문은 아무에게도 말하지 않을 테니 안심해."

그렇게 말해도 입으로만 말해서는 못 믿겠지…….

"맹세할 수 있어?"

작은 오크가 높은 목소리로 물었다.

"물론이지. —파리온 신과 용사의 이름을 걸고 맹세해."

딱히 파리온 신에 대한 신앙은 없지만 「용사」 칭호에 맹세하는 것만 가지고는 약해 보일 것 같아서 용사와 관련 있는 신의 이름을 덧붙였다.

"거짓말. 신에게 걸고 맹세하다니……."

작은 오크가 뒤집어질 정도로 놀랐다.

그렇게 거창한 일인가? 라고 생각했지만 내가 신에게 맹세하자 그들의 태도가 명백하게 부드러워졌다.

"괜찮겠나?"

오크 연금술사가 의문스런 어조로 물었다.

깊숙하게 눌러쓴 로브 탓에 입가밖에 안 보여서 그의 표정을 알 수 없었다.

“물론이지. 그리고 비밀 아니었어?”

“음. 악용되면 안 된다. 우리 종족의 유산이니까.”

“그렇구나. 전에 본 부서진 녀석도 너희들이 만든 거였구나.”

세류 시에서 본 전이문의 유적은 여기랑 이어져 있었나 보군.

비공정 다음은 전이문을 사용해서 세계를 이동— 마음이 설레는구나.

“어디로 이어지는지 물어봐도 될까?”

“미안하지만 말할 수 없다. 이 전이문 너머에는 몇 안 되는 동포가 있다. 그들의 안전을 위해서도 말할 수가 없다.”

“그렇구나. 그러면 그냥 흥미로 물으면 안 되겠네.”

정말로 알고 싶다면 억지로 캐묻지 않아도, 이 두 사람의 오크에게 마커를 달아 두면 이동하는 곳에 전이문이 있는 걸 알 수 있다.

물론 그런 스토커 같은 짓을 할 생각은 없었다.

“다시 한 번 자기소개를 하지. 나는 오크 연금술사 가 호우다.”

“나는 오크 제일의 미녀, 마물 사역자(몬스터 테이머) 루 헤우야.”

가 호우는 1천살을 넘었고, 루 헤우는 670세니까 제법 오래 사는 종족인가 보군.

오크는 이름에서 연상되는 것처럼 돼지 머리가 아니라 요정족처럼 뾰족한 귀와 조금 위쪽을 향한 낮은 콧대가 특징인 종족이었다.

멧돼지 같은 머리를 하고 있던 「황금의 저왕」과 동족으로 보이지는 않았다.

아마도 마왕화 했을 때 용모가 변해 버린 거겠지.

루 헤우에게 놀라게 한 것을 사과한 다음, 서서 이야기하기도 뭣하다며 가 호우의 권유로 그들의 거주구에 안내 받았다.

좁지만 청결하고 생활감이 넘치는 장소였다.

루 헤우가 악어 요리와 「악귀 죽이기」란 이름의 술을 꺼냈기에 나도 아껴둔 벌꿀주와 고래 고기 튀김을 꺼냈다.

“이 튀김이란 것은 맛있군. 무슨 고기인지는 모르겠지만 참으로 맛있다.”

“그건 대괴어의 고기야. 무즙이 미움 받지만 않았으면 파즙과 함께 뿌려서 먹는 것도 맛있을 텐데.”

“대괴어라고?!”

“무가 있다고!”

내 말에 가 호우와 루 헤우가 다른 포인트에 달려들었다.

“응. 요전에 노란 상급 마족이 대괴어를 공도에 소환했으니까 마음껏 먹어도 돼. 길쭉한 무는 다 떨어졌지만 둥근 무라면 있어.”

“마, 마음껏 먹을 수 있다면 쓰러뜨린 건가? 그 천룡조차 고전한 공중 요새를?”

“둥근 무가 좋아! 응? 먹어도 돼? 되지?”

스테레오로 다른 이야기를 듣는 게 성가시기에 루 헤우에게 둥근 무를 넘겨서 식욕을 채워줬다.

"혹시 천룡과 대괴어가 싸우는 걸 본 적 있어?"

"—그래, 있다. 그 울보였던 야마토가 천룡을 거느리고 황금왕 폐하를 타도해 이기는 순간을 분명히 봤지."

"물어봐도 돼?"

가 호우는 알코올 도수가 높은 「악귀 죽이기」를 물처럼 들이키더니 과거를 이야기했다.

"내가 야마토와 만난 곳은 황금왕 폐하의 거성이었다. 전선에서 포로가 되어 붙잡힌 야마토는 우리들 오크를 보고 대단히 겁먹고 있었다."

역사의 증인에게 옛날이야기를 들을 셈이었지만 이야기가 좀 묵직했다.

황금왕 폐하란 것은 아마도 마왕 「황금의 저왕」이겠지.

"『절대로 큭 죽여라, 같은 말은 안 해줄 거야』라는 영문 모를 말을 했었다고 기억한다."

방금 전까지 진지한 이야기의 분위기를 다 망치는군.

아무래도 야마토 씨는 제법 유쾌한 사람이었나 보다.

"처음에는 폐하의 시중을 들었지만 인간족인 주제에 우리들 오크나 다른 아인들에게 편견이 없었고, 차츰 사용인도 무관도 문관도 상관없이 우호 관계를 구축했다. 최종적으로 성격이 까다로운 고고한 폐하조차 친구가 되어, 조금만 지나면 사가 제국과 평화를 실현할 수 있었다……."

제법 굉장한 사람이었군. 임금님이 되어서 대국을 건설할만하네.

"그러나, 플루 제국의 아인 대학살과 족제비들의 배신으로 평화의 길이 닫히고, 우리들 오크를 비롯한 아인 연합과 인간족의 대전이 시작되어 버렸다……."

가 호우가 악어 고기를 씹으며 분노를 발산했다.

족제비 수인족은 그 당시부터 곤란한 종족이었군.

"야마토는 포기하지 않고 사가 제국이나 플루 제국을 비롯하여 국가들의 황제와 임금님에게 평화를 설득하러 갔다. 그러나 그 소원은 이루어지지 않고 대전은 격렬의 극치에 이르렀다. 플루 제국을 멸하는 것에는 성공했지만, 폐하가 기어이 한계를 넘어 마왕의 힘에 삼켜지고 말았다……."

가 호우가 눈물을 삼키듯 천정의 양각을 올려다보았다.

그곳에는 갖가지 종족이 손을 잡고 있는 평화적인 조각이 새겨져 있었다.

"다음으로 야마토와 만난 것은 사가 제국의 수도 포위전이었다. 다섯 상급 마족에게 조종당한 동포들이 죽음의 진군을 하자, 야마토가 이를 막으러 나타났다."

사가 제국도 멸망 직전이었군…….

"나는 그 때를 잊지 못한다……. ―피눈물을 흘리고 상처 입으면서도 우리들을 제정신으로 되돌리고자 힘을 다한 야마토의 모습을……. 울먹이고 표정이 일그러지면서, 천룡에게 빛의 브레스를 명할 때 떨리던 목소리를……."

가 호우의 움켜쥔 주먹에서 피가 흘렀다.

흥미 때문에 그에게 혹독한 이야기를 묻고 말았다.

"나는 만티코어를 타고 있었던 덕분에 살아남을 수 있었지만, 내가 수도로 돌아갔을 때는 모든 것이 끝나 있었다. 내가 본 것은 상처 입은 채 땅에 떨어진 천룡과, 성검을 폐하의 가슴에 꽂은 야마토가 눈물을 흘리는 모습이었다."

루 헤우가 가 호우의 움켜쥔 손을 풀어서 물 마법으로 치유했다.

"폐하는 검은 먼지가 되어 사라지고, 야마토 또한 힘이 다해 그 자리에 쓰러졌다. 다음으로 눈을 떴을 때 상처를 보살펴주던 나를 보고서 『다행이야. 살아 있어줬구나, 가 호우』라면서 기쁜 표정으로 중얼거렸다. 눈을 뜬 뒤에 폐하의 원수를 갚고자 결투를 청할 셈이었지만, 그 말을 듣고서 나는 더 이상 전사일 수 없었다."

뭐랄까, 야마토 씨가 너무 거물이군.

"나는 살아남은 동포를 미개척지나 다른 대륙의 땅으로 보내고, 나 자신은 몇 명의 동료와 함께 전이문이 악용되지 않도록 남았다. 그것도 모두 야마토의 조력이 있었던 덕분이다."

야마토 씨가 그들이 쫓기거나 배척되지 않도록 힘을 다해줬다고 한다.

"물론, 도움을 받기만 하지는 않았다만—."

가 호우는 연금술 가게를 운영하면서 공도의 정수 설비나 하수도 처리 시설의 점검을 자원봉사로 했다고 한다.

어쩐지 대하의 물이 생활하수로 더럽지 않더라니.

"지상에서 살아가려는 생각은 안 했어?"

"450년 전에 왕령의 끄트머리에 자치령을 받은 적이 있었다.

30년 정도 평화롭게 살았지만……. 족제비 수인족의 점술사에게 물든 소년왕 가르타프트가 자치령에서 살고 있던 800명이 넘는 오크들 모든 주민을 학살해 버렸다. 그것을 마지막으로 우리가 모습을 드러낸 채 생활하는 일은 없었다."

전에 박물관에서 알게 된 아인전쟁 말이군.

그건 그렇고 비전투원까지 포함한 도시 하나의 주민을 학살하다니…….

"그런 표정을 짓지 마라. 다행히 결계 마법이 특기인 소귀 공주랑 아는 사이다. 그녀의 도움을 받아 바깥과 접촉이 적은 숨겨진 마을을 만들었다. 지금은 그곳에서 살아남은 자들이 평화롭게 살고 있다."

가 호우는 슬픔을 술과 함께 들이켜고, 온화한 표정으로 술잔에 벌꿀주를 따랐다.

"조금 달콤하지만 맛있군……."

"입에 맞지 않는다면, 이건 어때?"

"이, 이 풍부한 향은— 용천주인가! 500년 만이지만 틀림없다!"

괜한 것을 물어본 속죄를 겸하여 아껴둔 용천주를 모두 두 사람에게 제공했다.

동료들에게 마시게 해주고 싶었지만, 또 다른 기회에 구하면 되겠지.

나는 화제를 오크의 풍습이나 좋아하는 것으로 바꾸어, 이야기의 흐름을 밝은 쪽으로 틀었다.

그 덕분에 오크의 마법서나 연금술을 보여줄 정도로 가까워졌다.

“나나시, 귀공에게 이걸 맡기고 싶다. 이 나라의 왕이 현인이라면, 이걸 건네라. 우자라면 화산이나 바다에 버려라.”

가 호우가 내민 것은 사람을 마족으로 바꾸는 「짧은 뿔(숏혼)」이었다.

그는 서민가에 나타난 하급 마족을 고생 끝에 쓰러뜨리고 그때 이 뿔을 주웠다고 한다.

“그거라면 괜찮아. 왕도 공작도 『짧은 뿔』은 알고 있으니까.”

“그렇군, 그럼 됐다.”

가 호우가 방 구석에 있는 마력로 뚜껑을 열고 「짧은 뿔」을 던져 넣었다.

이 방의 네 구석에 있는 커다란 마력로는 전이문에 마력을 공급하기 위한 것이었다.

“가 호우, 괜찮다면 이걸 써. 마족을 상대할 때 도움이 될 거야.”

나는 자작 주조 성검을 그에게 건넸다. 물론 미스릴 코팅판이었다.

그라면 이 주조 성검을 공도를 지키기 위해서 유용하게 쓰겠지.

“—이것은 성검이 아닌가!”

마력을 흘려본 가 호우가 놀랐다.

“응, 무명이라 미안하지만.”

“그러면, 내가 이름을 붙이지.”

가 호우가 붙인 검의 이름은—.

성검 「나나시」였다.

마사냥꾼의 도시 전편

"사토입니다. 무법자가 주역인 이야기는 끈질긴 인기를 자랑합니다만, 굳이 따지자면 골든타임에 방송되는 대중적인 권선징악물을 좋아합니다. 보고 있으면 속 시원하잖아요!

"사토 씨, 편지 기다릴게요."

"네, 미궁 도시에 정착하면 보내겠습니다."

"사토 씨도 참……. 짤막해도 괜찮으니 큰 도시에 도착할 때마다 부탁드릴게요."

세라가 조금 화난 표정으로 나에게 졸랐다.

"세라 님 말씀에 따르죠."

제나 씨한테 보낼 때 같이 보내면 큰 수고도 없으니 그녀의 청을 흔쾌히 수락했다.

"공도에도 놀러 오세요."

"네, 반드시."

세라가 내 손을 잡고 눈동자를 바라보았다.

이대로 작별 키스라도 할 법한 분위기였지만 주위에 배웅하는 사람들이 잔뜩 있으니 무리겠지.

"세라 님, 이제 괜찮겠습니까?"

"죄송합니다, 에므린 자작님."

세라가 한 걸음 물러나고 커크 에므린 자작과 그의 차녀 리나 양이 내 앞에 섰다.

"펜드래건 경, 자네 덕분에 우리 집안은 위기를 벗어났다네."

로이드 후작과 호엔 백작을 비롯한 공도의 귀족들뿐 아니라 왕도나 근처 영지의 상인들에게도 「루루 열매」 거래 신청이 쇄도했다.

게다가 옛날 머스크 멜론처럼 고급 과실이 되어 가격이 급상승했다.

"이게 모두, 자네의 요리 실력과 홍보력, 그리고 연구자료 공개를 흔쾌히 허락해준 덕분이야."

"아뇨, 이쪽이야말로 무노 남작령에 과수원을 만들어주신다 하니 더할 나위 없이 기쁩니다."

에므린 자작이 먼저 꺼낸 말이다. 고급 과실인 「루루 열매」 과수원이 무노 남작령에 생기게 됐다.

게다가 묘목만 제공하는 게 아니라, 에므린 자작의 과수원에서 베테랑 지도원이 출장을 가서 궤도에 오를 때까지 지원해준다고 하는 엄청나게 좋은 조건이었다.

"사, 사토 님……. 사토 님은 수행을 끝낸 뒤에 무노 남작령으로 돌아가시게 되죠?"

"네, 그럴 예정입니다."

리나 양의 질문에 수긍했다.

무노 남작령에 들른 다음 이번에는 시가 왕국을 나서서 세계

일주 여행이라도 할 셈이었다.

"아, 알겠어요! 저도 노력할게요."

"—힘내세요. 응원하겠습니다."

"네!"

뭘 노력하는지는 모르겠지만 열심히 노력하는 소녀를 응원하고 싶어서 격려해줬다.

"사토 공은 죄가 많은 사람이군."

"토르마, 조금 더 의연한 자세를 보여라."

에므린 자작 일가와 교대하여 토르마와 호사리스 시멘 자작이 인사하러 왔다.

그들 뒤에는 두루마리 공방의 쟝 씨와 나탈리나 씨도 있었다.

"사토 공, 여행지에서 재미있는 이야기를 듣거든 편지 보내야 하네? 이건 추가정보야."

토르마가 말하면서 끈에 묶인 종이 다발을 건넸다.

왕도의 문벌 귀족들이나 미궁도시까지 가는 길에 있는 영지의 주요 귀족들 정보가 쓰여 있었다.

"펜드래건 경, 미궁도시에서는 부디 신중하게 행동하게. 길드장에게 소개장을 썼으니 받게. 그녀는 조금 문제가 있는 인물이니 난처할 때는 그녀의 상담역을 맡고 있는 세베르케아 여사를 의지하게나."

친절하게 충고해주는 호사리스 씨와 어쩐지 미워할 수 없는 토르마 두 사람에게 인사와 작별을 고했다.

물론 다른 사람들도 작별인사를 하고 있었다.

"미아, 고향의 모두와 아제 님께 안부 전해줘."

"응, 알았어."

일부러 배웅을 나온 가희 실리르토아 씨에게 미아가 고개를 끄덕였다.

미아의 고향인 보르에난 숲은 시가 왕국의 남동쪽 방향에 있는 엘프의 마을이었다. 미아를 바래다주는 여행도 이제 목적지가 가까웠다.

"나나, 또 와?"

"나나랑 나나네 마시타, 또 와?"

"유생체들이여, 저는 마스터와 함께 이 땅에 다시 찾아올 것을 선언합니다."

나나가 끌어안자 버둥거리는 바다사자 수인족 아이들의 모습이 귀여웠다.

"루루, 일자리가 필요하면 언제든지 와라."

"……고, 고맙습니다. 요리장님."

공작성의 요리장은 루루를 포기하지 않았었군.

"아리사! 배웅하러 왔어!"

"아리사, 건강해야 돼."

"아리샤랑 그림자밥기 하꺼야!"

"너희들도 왔구나!"

아리사를 둘러싼 떠들썩한 목소리는 세라의 봉사활동에서 사이가 좋아진 양육시설 아이들이었다.

나랑 나나에게도 손을 붕붕 흔들었다.

"리자, 타마, 포치, 너희들이라면 더 강해질 수 있다. 마물을 쓰러뜨리고 경험을 쌓아라."

"네, 카지로 공의 가르침은 잊지 않겠습니다."

"다들 건강해야 돼."

"아야우메도~?"

"네! 인 거예요!"

아인 소녀들이 임시 스승이었던 사가 제국의 사무라이 카지로 씨와 제자인 여자 사무라이 아야우메에게 작별 인사를 했다.

그들 덕분에 전위진은 더욱 강해질 수 있었다.

감사하는 마음을 담아 보수는 시세의 3배 금액을 건넸다.

"사토 공! 지금이라도 늦지 않았네. 우리 로이드 가문의 요리장이 되게!"

"아니, 사토 공은 우리 호엔 백작 가문의 손녀딸을 처로 맞아 요리장 겸 일족으로 맞는 것이 걸맞아!"

사이좋은 먹보 귀족 로이드 후작과 호엔 백작도 배웅하러 왔다.

두 사람은 중간에 문제가 생겼을 때 쓰라면서 각각의 가문 문장이 들어간 단검을 선물로 주었다. 남용은 삼가야겠지만, 자력으로 해결이 곤란할 때는 쓰도록 할까.

그 밖에도 머무르던 저택의 월고크 선대 백작부처와 차차기 공작 티스라드 군을 비롯한 공도에서 알게 된 귀족들도 있었다.

"펜드래건 경, 조금이라도 위험한 장소는 피하게. 무리라고 생각하면 돌아서고. ……절대로 죽지 말게."

"네, 무모한 짓은 않겠습니다."

내 손을 잡은 근위기사 이파사 로이드 경이 진지한 표정으로 충고했다.

거창하게 생각되기도 하지만, 이 세계에서 여행은 대단히 위험한 것이라서 단순한 송별이 이번 생의 이별이 되는 경우도 많았다. 실제로 크하노우 백작령이나 무노 남작령에서는 가도에서 히드라와 마주쳤으니까.

배웅하러 온 사람이 너무 많아서, 승선 예정인 배의 출발이 늦어질 정도였다. 선장과 다른 승객들에게 나중에 사과해야겠는걸.

이윽고 배가 출항하자, 우리는 항구 사람들이 보이지 않을 때까지 계속 손을 흔들었다.

배가 대하 본류를 따라가기 시작하자, 아리사가 말을 걸었다.

"그러면 미아의 고향은 육로로 산맥을 넘을 거야? 아니면 해로?"

"해로는 에므린 자작이 말리더라."

"그렇네. 해룡제도에서 선단이 전멸했었지."

"해상에서 보르에난 숲으로 가려면 해룡제도 근처를 지나가는 수밖에 없거든."

나는 대처가 가능하지만 애당초 배를 내어주는 선주가 없었다.

"그러면 육로로 산맥을 넘어?"

"그래, 실리르토아 양도 육로였다고 했어."

모두 함께 손님으로 음악당에 갔을 때 미아랑 동향의 엘프인 그녀에게 이야기를 들었다.

"하지만, 가도 같은 거 있어?"

"없다고 생각하는 편이 좋을 거야."

커피콩을 사러 갔을 때 덤으로 상회에 물어봤는데, 흑룡산맥을 넘어 보르에난 마을에 간 자는 지난 백 년 동안 한 명도 없었다.

"산을 넘어야 한다니……. 일본에서는 하이킹 코스도 항복했었는데~."

"아무리 그래도 걸어서는 무리겠지. 생각이 있으니까 괜찮아."

그래서 요즘 얼마 동안 공도 지하의 유적에서 비행 수단에 대한 연구를 시행착오 했다.

유감스럽게도 공력기관을 탑재한 비공정은 출력 조정이 잘 안 돼서 실용화하지 못했다. 그러나 「전기 조작(일렉트로닉 컨트롤)」과 「벼락(라이트닝 볼트)」 마법으로 수소를 확보했기 때문에 연식(軟式) 소형 비행선을 만들었다.

연식이라지만 대괴어의 외피로 기구를 감쌌으니 미스릴 합금제 검이나 창이 아닌 한 상처내기도 힘들 거다.

안전하고 쾌적한 여행을 위해 자중을 조금 봉인했다.

물론 동료들의 장비도 신소재와 신기술로 개선했다.

방어구는 주소재를 대괴어 외피로 변경했다.

미스릴 합금 흉갑조차 상대가 안 되는 방검 성능, 히드라의 외피에 뒤지지 않는 불 내성과 충격 내성을 발휘하니까 다소 격이 높은 적이라도 안심하고 싸우러 보낼 수 있었다.

누가 감정하면 성가시니까 갑옷 도롱뇽(하드 뉴트)의 하얗고 얇은 가죽을 덧대어 위장했다.

무기는 각각 다르지만, 포치, 타마, 나나의 무기는 심플한 청강검으로 위장한 마검으로 바꿨다.

이 마검은 대인제압용 「부드러운 타격(소프트 스턴)」과 대마물 퇴치용 「날카로운 참격(샤프니스)」 두 종류의 효과를 바꿀 수 있는 범용 타입이었다.

아리사와 미아에게는 산수 가지를 사용한 새로운 지팡이를 주었다. 이건 내가 자작한 게 아니라 공도 제일의 지팡이 공방 장인에게 주문해서 만들었다.

루루에겐 「탄체 사출 2식」을 짜 넣은 전장식 머스킷 총을 주었다.

총 자체는 일본도와 마찬가지로 「옛날 무기」 취급이라서, 드물기는 하지만 부자연스런 것은 아니었다.

불 지팡이와 벼락 지팡이가 너무 편리해서 도태되어 버린 거겠지.

우리가 박물관에 갔을 때는 눈치 못 챘지만 평범하게 전시돼 있었다고 한다.

◆

"뭐지?"

승선 사흘째, 호우로 발이 붙들린 다음날 아침에 동남동 쪽에서 그것을 발견했다.

"구름 한 점 없는데, 뭔가 있어?"

"거미 줄~?"

"가는 게 위로 뻗어 있는 거예요."

아리사에게는 안 보이나 본데, 나는 타마랑 포치와 마찬가지로 하얀 선 같은 것 하나가 보였다.

"세계수."

미아가 조용히 말했다.

"저게?"

"그래."

내가 짧게 확인하자 미아가 고개를 끄덕였다.

미아가 하는 말이니 거짓말은 아니겠지만, 저 가는 선이 수목이라는 걸 납득하기 어렵군.

오히려 SF에 나오는 궤도 엘리베이터를 멀리서 보는 느낌인데…….

―여기는 판타지가 아니라 SF 세계였단 말인가?

그 의문이 뇌리에 떠올랐지만, 보르에난 숲에 도착하면 알 수 있는 일이니 마음속에 수납장을 만들어 보류해뒀다.

그날 점심 지나서, 강변 도시 수트안델을 빼면 최남단에 있는 코우커란 도시에서 지류를 거슬러 올라가는 배로 갈아탔다.

마차를 실을 수 있는 사이즈의 배는 코우커의 상류에 있는 쿠체란 도시까지밖에 운항하지 않아서 거기서부터는 육로로 나아갔다.

이 가도는 풀이 마구 돋아나서 다니는 사람이 적었다. 근처 주민의 교통수단은 카누 같은 나룻배가 주류였다.

그리고 코우커랑 쿠체 모두 인구는 적지만 활기가 넘치는 즐거운 곳이었다.

아리사가 창 밖 풍경을 바라보며 물었다.

"주인님, 아까 전 도시에서 말했던 검은 용이란 거 이 근처에 있을까?"

아까 통과한 쿠체란 도시에서 검은 용이 도시를 공격했다는 이야기를 듣고 불안을 느낀 거겠지.

외벽이 그을린 정도의 피해였으니 진짜 용이 아니라 아룡 계열 마물이 공격한 모양이다.

맵 검색을 해보니 레벨 30이하의 아룡으로 분류되는 마물은 흑룡산맥 방면에 있는 대량의 와이번을 빼면 공작령 북동 방향의 라미아와 최서단의 히드라, 남쪽 바다 아래 있는 해룡들 정도였다.

물론 진짜 용도 영내에는 없었다.

흑룡에 붙인 마커는 저 멀리 남쪽 방향 다른 맵에 있었다.

"아룡은 가까이 없으니까, 와이번이나 커다란 뱀 마물을 용으로 착각한 거 아닐까?"

"와이번은 무서워……. 마부석의 루루나 말 탄 두 사람 괜찮을까?"

"언제나 탐색하고 있으니까 괜찮아."

내가 그렇게 말하며 아리사의 머리를 쓰다듬자, 그제야 안심하고 웃었다.

“주인님, 전방에 있는 마을의 분위기가 이상합니다.”

“마스터, 임전태세를 추천합니다.”

완전무장하고 주룡을 탄 리자와 나나가 보고했다.

공도에 머무를 때 남는 말을 팔았기 때문에 마차를 끄는 네 마리 말고는 두 사람이 탄 주룡뿐이었다.

그래서 나랑 연소자 팀 네 사람은 루루가 모는 마차를 타고 있었다.

“리자, 따라와.”

“알겠습니다.

나는 나나를 불러 그녀의 주룡을 빌려 타고 리자와 함께 마을로 갔다.

이 마을은 지류와 가도에 끼인 장소인데, 농업과 어업을 하고 있었다.

“당신들은 마을에 무슨 용건인가? 주룡을 타고 있지만 차림새를 보니 동쪽 야만인도 도적도 아닌 것 같구먼.”

마을로 이어지는 길의 분기점에 촌장으로 보이는 노인과 10명 정도 무장한 마을 사람들이 있었다.

그들이 가진 무기는 즉석이라고 하기도 민망한 잡스런 완성도였다. 끝부분을 깎아내기만 해서 만든 나무창이나 흑요석을 부숴 창날을 만든 돌 창 등이다. 그들의 눈에는 증오와 공포가 어려 있었다.

“아니, 딱히 들를 생각은 없어.”

내가 그렇게 말해도 그들은 경계를 풀지 않았다.

그들의 등 뒤에 있는 마을을 보고 그들이 경계하는 이유를 알았다.

"건물 몇 채가 탄 것 같은데 도적의 습격이라도 받았어?"

무장한 마을 사람들의 절반이 손이나 발에 화상을 입었고, 나머지 사람들도 여기저기 다쳤다. 붕대가 넝마 같은 천이라 처음엔 몰랐다.

"도, 도적들보다 훨씬 질이 안 좋아. 귀족님이시지."

촌장 옆에 있던 젊은이가 내뱉듯이 말했다.

멀리 보이는 집 안에서는 이쪽을 살피는 시선이 느껴졌다.

환대해주지 않을 것 같으니 정보만 얻고 물러나는 편이 좋겠다.

"이 주변 귀족이었어?"

"아니, 본 적 없는 녀석들이었지."

"그래, 그런 문장은 처음 봤어."

"수인을 숨겨주고 있는 게 아니냐고 묻기에 『모른다』고 대답했더니 마법으로 집을 태웠어."

"나한테는 눈앞에 불덩어리를 들이밀면서 자백하라고 협박을 했지."

내 질문에 청년들이 입을 모아 말했다.

수인을 쫓으면서 불 마법을 쓰는 귀족이란 말이지…….

이 무모한 방식은 낯이 익었다.

검은 거리 무라아스 어둠의 옥션 회장에서 불 마법을 쓰려던 마키와 왕국의 방화마 귀족이 수상하군.

맵을 가볍게 검색해 보니 우리가 가고 있는 푸타란 도시에 있었다.

그들이 쫓던 호랑이 수인족들은 같은 도시 한 구석에 숨어 있었다.

—트러블의 예감이 드는군.

위험을 피하려고 도시에 들르지 않는 선택지도 있지만, 흑룡 산맥에 가장 가까운 도시라서 산을 넘기 위한 정보를 수집하고 싶었다.

일단 트러블 회피를 위해 양쪽 모두 마커를 달아둬야겠어.

"그거 힘들었겠군. 우리도 엮이지 않도록 주의할게. 이건 정보료 대신 주는 거야. 받아줘."

마차에서 화상에 잘 듣는 연고와 마법약 5개를 꺼내 청년에게 주었다.

"화상에 잘 듣는 마법약이니까 시집 안 간 아가씨들한테 써줘."

의문스런 표정을 지었지만 「화상에 좋다」는 말을 듣고 엎드려 절을 할 정도로 기뻐했다. 「화상: 가벼움」인 여성이 5명이라 5병이었다.

마침 마차가 왔기에 나나랑 교대하여 내가 마차에 탔다.

"인심도 좋으셔~."

"저건 특수한 레시피로 만든 거니까 정말로 싸구려야. 원가는 개당 동화 1닢도 안될걸?"

"우와~ 싸다."

어둠의 옥션에서 산 「악덕 연금술사의 입문서」를 보면서 만든 희석 마법약이었다. 마법약용 작은 병도 시판되는 싸구려라 보존 기간도 짧았다.

자작한 하급 마법약을 희석액으로 20배 희석한 것이지만, 시판되는 하급 포션에 손색없는 효과가 있었다.

희석액의 제조에 마핵이 필요 없을 뿐이지, 들어가는 수고를 생각하면 평범하게 마법약을 양산하는 편이 손쉽다.

다만 이 방법으로 만든 「희석된 마법약」은 코스트가 싸고 효과가 낮아서 가벼운 마음으로 매각하거나 남에게 줄 수 있어서 앞으로 애용할 것 같다.

이번 마법약에는 흑룡 퇴치를 할 때 얻은 「빙결화」 분말을 배합했으니 화상 자국도 안 남을 거다.

다음으로 또 다른 마을을 방문했지만, 그곳도 방화마 귀족의 불 마법에 피해를 입었다.

게다가 몇몇 도시에서는 방화마 귀족이 간 직후에 검은 용이 나타나서 살아있는 기분이 안 들었다는 이야기도 들렸다.

문득 메네아 왕녀가 방화마 귀족이 가진 홍련 지팡이를 보고서 「불꽃의 마물을 끌어들이는 저주받은 지팡이」라고 했던 것이 떠올랐다.

어쩌면 검은 용은 방화마 귀족을 쫓아다니는 걸지도 모르겠군.

"싹둑싹둑~?"

"주인님의 마검이 굉장한 거에요!"

"마스터, 통상의 세 배 잘 베인다고 보고합니다."

새로운 무장을 시험할 겸 산중에 숨어 있던 레벨 20쯤 되는 나가와 싸워봤는데, 생각한 것 보다도 훨씬 편하게 이겼다.

이 나가는 거대한 뱀에 박쥐 날개와 4개의 다리가 붙은 마물이었다.

이번에는 근접 무기 테스트가 주체라서 날개를 잘라낸 다음 모두 함께 도전했다.

"제가 나설 차례가 없었습니다."

"낙승~?"

"본관은 무적인 거예요."

리자의 말이 심금을 울렸는지, 타마랑 포치가 포즈를 취하며 승리를 뽐냈다.

"두 사람, 거기 앉으세요—."

내가 쓴 소리를 하는 것보다 빨리 리자가 두 사람의 방심에 주의를 주었으니 나는 아무 말 안 해도 되겠지.

밤중에 몰래 나가서 동료들의 위협이 될 법한 레벨 30이상의 마물과 독이나 석화 따위를 가진 위험한 마물은 처리해뒀는데, 조금 만만찮은 마물을 남겨두는 게 좋았을지도 모르겠다.

"있잖아, 아까 그 나가. 소문에 들은 그 검은 용 아냐?"

"갈색."

아리사의 추측을 미아가 부정했다.

나도 나가를 오인했을 가능성이 있다고 생각했지만, 미아가 말한 것처럼 나가는 비늘이 갈색이었고, 무엇보다 불을 안 뿜었다.

중간의 마을은 모를까, 쿠체 같은 곳은 그을린 자국이 있으니 아닐 거야.

그런데—.

"발견~?"

"저쪽 산꼭대기를 날고 있는 거예요."

마부석에 올라가 남쪽 하늘을 보던 타마랑 포치가 말했다.

근처에 있는 낮은 산들 너머로 흑룡산맥의 웅장한 모습이 보였다.

그 하얗게 물든 산꼭대기 부근에서 검은 실 같은 것이 움직였다.

맵이 달라서 확실하진 않지만, 흑룡에게 붙인 마커가 그쪽 방향에 있으니 그 검은 실 같은 것은 흑룡이 맞을 거다.

"두 사람 굉장하네."

원거리에서 발견한 타마와 포치의 머리를 쓰다듬어줬다.

진짜 흑룡을 목격해 버렸지만, 저 거체가 난동을 피웠다면 이 근처 지형이 훨씬 막대한 피해를 입었을 테니까 분명히 저 용은 상관없을 거다.

걱정하는 아리사에게 그에 대해 말하고, 중단된 새로운 장비 평가로 돌아갔다.

"머스킷 총탄은 효과가 없었나 보네."

"응, 그다지."

"죄송해요. 제 실력이 안 좋아서……."

"루루 탓이 아냐. 무기의 성능이 부족했던 거지."

그냥 청강탄을 사용한 탓도 있지만, 단순히 사출의 마법 회로가 약한 것 같다.

그리고 활과 달라서 총은 사용자의 능력치가 별로 반영되지 않나 보군.

루루를 위로하면서 방패 역할을 맡은 나나를 불렀다.

"나나, 방패 보여줘."

"예스, 마스터."

"상처 하나 없군."

이 대형 방패는 산수로 만든 나무 틀에 대괴어의 가죽을 둘러 만들었다.

전에 만든「견갑과실」껍데기 방패보다 훨씬 튼튼했다.

안전한 건 좋은 일이야.

또한 나가 고기는 장어구이처럼 먹으니 맛있었다. 다음에 보이면 또 잡아야겠다.

그 다음, 푸타 근처에서 마침 도적들이 공격해오기에 주조 마검의「연타」효과도 실전으로 확인했다.

나르는 게 귀찮아서 적당한 나무에 묶어 놨다.

도시 근처니까 도적들의 회수는 도시의 위병들에게 맡겨둘까.

◆

푸타가 나무들 너머로 보였다.

두 개의 산 사이에 끼인 것처럼 도시가 펼쳐져 있고, 서쪽 산의 사면에 수호의 성이 있었다.

동쪽 산에는 미스릴 광산 터가 있고, 현재는 소량의 주석이나 납을 채굴하고 있었다.

인구는 이 지방의 평균보다 적은 편이고, 인간족보다 도마뱀 수인족이나 쥐 수인족 등의 수인이 약간 많다.

지금 이 도시에 있는 귀족은 수호(守護)인 포튼 준남작 일가와 방화마 귀족인 마키와 왕국의 다자레스 후작 일행뿐이다.

중간 마을에서 가르쳐줬는데, 이 푸타는 마사냥꾼이 모이는 도시로 유명하여 마을 주변에 데미 고블린 등의 마물이 배회하기 시작하면 구제를 부탁한다.

도시의 수호에게 진정해도 실질적인 피해가 나올 때까지는 좀처럼 움직이질 않기 때문에 중용한다고 했다.

그 이야기를 떠올리고서 맵 검색을 해보니 근처 산림에 데미 고블린의 둥지가 몇 킬로미터 간격으로 수십 곳에 존재하는 것을 알 수 있었다. 대부분이 10마리 미만의 소규모 둥지였다.

수가 늘어날 때마다 다른 마물에게 포식되거나, 마사냥꾼들이 구제를 하는지 무노 남작령 때처럼 거대한 집단은 존재하지 않았다.

지금도 십수 개의 마사냥꾼 파티가 데미 고블린을 찾아 숲 속을 배회하고 있었다.

그 중에서 한 팀이 마침 푸타로 귀환한 모양인지, 우리가 볼 수 있는 장소에서 뭔가 다투고 있었다.

정말이지, 이 세계는 트러블이 많다니까—.

문 앞에서 다투고 있는 것은 남녀 5명이었다.

"그러니까 입시세를 못 내니까 보수를 먼저 달라고 하잖아!"

"왜 우리가 그런 수고를 해야 하는데?"

"그러게~ 꼭 도움이 될 테니 데리고 가달라고 했으면서 아무 도움이 안 됐잖아."

"짐꾼을 시켜도 금세 뻗어버리고, 혼자서 물도 다 마셔 버리고."

"결정적으로, 기껏 쓰러뜨린 불여우 시체를 베어서 모피를 망쳐 버렸지."

외팔이 소년이 항의하자, 여성들 넷이 조소하면서 기각했다.

괜한 걸림돌이었을 소년도 필사적인지 계속 매달렸다.

기죽지 않는 소년의 근성에는 호감이 가는군.

"어이, 케나, 잠깐 기다려."

"뭔데?"

나랑은 상관없다는 식이던 위병 리더가 여성에게 말을 걸었다.

"불여우라니, 메마른 계곡까지 갔었나?"

"그럴 리 없잖아? 그런 데까지 갔다간 오히려 사냥을 당할 거야."

"그러면—."

"언제나 가는 쌍둥이 산에서 발견했어."

"뭐라고?"

고유명사는 모르겠지만 마물의 분포에 이변이 생겼나 보군.

"그러고 보니 불 마법을 사용하는 고블린이 있어서 깜짝 놀랐어."

"그것도, 쌍둥이 산인가?"

"아아, 그래."

지나친 생각일지도 모르지만, 이야기를 들어보니 방화마 귀족이 가진 홍련 지팡이의 「불의 마물을 끌어들이는 저주」 탓인 것 같군.

저주의 발동 조건이나 효과 범위에 따라 다르지만, 적국의 수도에서 테러에 쓰면 위험할 법한 아이템이군.

물론 현시점에서는 나 말고 그 생각을 하는 사람이 없는지, 위병들은 평소와 다른 마물의 행동을 신기하게 생각하고 있는 것뿐인가 보다.

마사냥꾼 여성들이 위병들에게 손을 흔들며 문을 통과하려고 하자, 소년이 황급히 말렸다.

"잠깐, 이쪽 이야기가 안 끝났어!"

"그럼 오늘 해질녘까지 매매소 옆 주점으로 와. 올 수 있으면 처음에 약속한 것처럼 엿새 분량 보수인 동화 3닢을 줄게."

"기다려! 나도 고블린을 네 마리 쓰러뜨렸어. 그 분량의 동화 4닢을 잊었잖아!"

"너 말이야……. 우리가 빈사로 만든 고블린을 옆에서 가로챈 것뿐이잖아?"

"용케 그러고서도 보수를 청구할 수 있구나. 정말 뻔뻔하네."

"그래도, 나는 쓰러뜨렸어!"

매달리는 소년을 깔아보면서, 리더인 장신의 여성이 어깨를 으쓱거리고 절충안을 고했다.

"알았어, 알았어. 그렇지만 그 네 마리도 너 혼자 쓰러뜨린

게 아니니까, 반이야. 절반인 동화 2닢을 추가로 줄게. 저녁까지 열심히 주점에 도착해봐라."

주변의 여성들이 안도하는 소년을 비웃는 것처럼 심술궂게 웃으며 부추겼다.

"헤헷, 얼른 안 오면 전부 술값으로 변해버린다."

"좋~았어, 꼬맹이가 오기 전에 다 마실 수 있을지 내기하자."

"좋네~. 다 마시는데 대동화 1닢."

"나도 다 마시는데 동화 5닢."

"꺄하하하하, 그러면 내기가 안 되잖아~."

농담으로 말하는 거겠지만 시간이 걸리면 진심으로 다 마실 분위기인데…….

그건 소년도 동감인지 황급히 문지기와 교섭하러 갔다.

"그러니까 아까도 말했잖아? 여기만 통과시켜주면 다시 지불하러 돌아온다니까."

"헹. 너희들 마사냥꾼이 입으로 약속하는 걸 들어주면 문지기 같은 거 못한다. 저녁때까지 현물로 납부할 수 있는 짐승이라도 사냥해 오는 건 어때?"

"함정을 설치할 도구도 없이 짐승을 잡을 수 있을 것 같냐고."

"그럼 포기해."

호오? 현물로 납부도 되는구나. 몰랐네.

우리 마차가 근처까지 온 것을 깨달은 문지기가 소년을 옆으로 밀어냈다. 소년은 그 틈에 도시 안으로 뛰어들려고 했지만 또 한 사람의 문지기가 다리를 걸어서 땅에 넘어뜨린 뒤 짓밟았다.

"야아, 푸타에 잘 왔소. 못 보던 얼굴인데 행상인인가?"

"아니, 여행하는 도중에 들렀을 뿐이야."

신분증명서인 은제 플레이트를 문지기A에게 보였다.

공도에 있을 때처럼 귀족복이 아니라 로브를 입고 있어서 구분이 안 되나 보군.

"이거 실례했습니다. 귀족님이셨군요."

"실례하는 김에 귀족님, 여행하는 도중이라고 하셨는데 여기는 땅 끝자락 푸타 아니우? 대체 어디로 가는 도중이시우? 설마 산을 넘어 와이번의 둥지에 알이라도 가지러 가시우?"

"어이, 짓츠."

문지기B가 말한 것은 흑룡산맥의 군생지가 아니라 산 3개쯤 너머에 소수의 와이번이 만든 둥지를 말하는 거겠지.

그 둥지는 동료의 안전을 위해서 어젯밤에 섬멸했지만, 와이번의 알은 없었다.

"와이번의 알은, 맛이라도 있나?"

"엄~청 맛있는지는 모르겠습니다. 그래도 비싸게 팔립죠. 왕도나 산 너머의 스이루가 왕국까지 가져가면 같은 무게의 금화랑 교환해준다는 소문이 있습니다."

"실물은 본 적이 없지만 비룡 기사(와이번 라이더)의 기룡으로 삼는다고 하죠."

알이 500그램이라 치면 금화 140닢 정도 된다. 알 하나가 마검 한 자루라고 생각하면 제법 비싸군.

검은 거리 무라아스 어둠의 옥션에서는 더 쌌으니까 같은 무게의 금이라는 건 과장된 소문이겠지.

메네아 왕녀의 르모크 왕국은 그 나라들보다 소국 둘 정도를 끼고 북쪽에 있었다.

참고로 우리가 가고 있는 보르에난의 숲은 남쪽 흑룡산맥을 넘은 곳에 있었다.

그렇게 머릿속으로 지리를 정리하고 있는데 방금 전 소년이 말을 걸었다.

"있지, 귀족님!"

"넌 입 다물어."

문지기B가 손에 든 창 자루 끝으로 소년을 재빨리 때렸다.

그렇게까지 안 해도 되지 않나 싶었지만, 평민이 귀족에게 불경을 저지르면 처벌 대상이 되기 때문에 소년을 지키는 의미에서 엄격하게 대하는 거겠지.

"괜찮아. 뭐지? 소년."

전반은 문지기B에게, 후반은 짓밟혀 있는 소년에게 말했다.

"귀족님, 도시에 들어가는데 필요해서 그래. 동화 1닢만 빌려줘! 꼭 갚을 테니까."

"존댓말 제대로 못 쓰냐!"

"존댓말 같은 거 몰라. 『님』만 붙이면 존댓말 아냐?"

그러나, 나한테 동화 1닢을 빌려 무이자로 갚는다고 해도 동화 4닢밖에 안 남지 않나?

"좋아, 빌려주지."

"정말이야?!"

"사작님, 이 녀석은 마사냥꾼입니다. 돈을 하루 이상 가지고 있지 않는 녀석들이죠. 절대로 안 돌아옵니다."

"기껏 빌려줄 생각이 들었으니까 괜한 밀은 하지마! 꼭 갚을 테니까!"

나는 문지기B의 발치에서 기어 나온 소년에게 동화를 건넸다.

어지간히 오래 목욕을 안 했는지 숨이 막힐 정도의 악취가 코를 찔렀다.

아니, 이건 고블린들의 피나 고기조각이 부패한 냄새랑 섞인 거군.

소년은 한쪽밖에 없는 손으로 가로채듯 동화를 받더니, 문지기B에게 내던지듯 건넸다.

"그렇지, 귀족님! 숙소 안 정했으면 저기 보이는 문전 여관에 가봐. 꽤 비싸지만 요리가 맛있다더라!"

소년은 손을 붕붕 휘두르면서 말하더니 중앙로를 달려갔다.

어허, 이 미지근한 문지기들의 시선은 어쩐다.

"사작님, 사람이 좋은 건 미덕이지만 세상에는 사람의 선의를 뜯어먹기만 하고 감사를 모르는 놈들이 잔뜩 있수, 입니다."

"어이, 그쯤 해둬. 사작님이 난처하시다."

"아니, 걱정해준 거니 감사할게."

이쪽을 진심으로 걱정하는 것 같기에 인사를 해뒀다.

루루가 마차를 발진시키려고 하는데 문지기A가 문득 떠올린 듯 충고를 했다.

"수호인 포튼 준남작 저택에 좀 문제가 있는 다른 귀족이 머물고 있습니다. 조심하세요."

아무래도 방화마 귀족은 푸타에서도 이미 무슨 일을 저지른 다음인가 보군.

친절한 문지기A에게 답례로 대동화 2닢을 쥐어주고서 조금 더 자세한 이야기를 들었다.

"마키와 왕국의 후작님이고 다자레스 님이라고 하는 분이신데—."

"찾는 방식이 잡스럽수. 느닷없이 불태우고서 심문 같은 건 말도 안 되지."

설명하는 중간에 문지기B가 끼어들어 대답했다.

수인들 있는 곳에 가서 탐문하는 와중에 불 마법으로 협박을 했다고 한다.

"영주가 용케 방치하고 있군."

"보비노 백작이 소개했다고 하니 무리도 아닙니다."

위병이 말하는 보비노 백작은 선대 당주가 마왕신봉 집단인 「자유의 날개」를 지원하던 일 때문에 실각한 귀족이었다. 강등은 없었다고 하지만, 공직을 잃고 현 당주도 이제 곧 대가 바뀐다는 이야기를 들었다.

그러나 토르마 정보에 따르면 포튼 준남작은 로이드 후작의 파벌이던데…….

그래서 그것을 조금 물어봤다.

"뇌물입니다, 뇌물."

"어이! 짓츠!"

문지기A가 문지기B에게 소리쳤다.

"죄송합니다, 사작님. 그런 소문이 도는 것뿐이지—."

"그래도 말이야, 반년 정도 전부터 갑자기 준남작의 씀씀이가 좋아지고, 보비노 백작가문의 문장이 들어간 짐은 점검도 없이 그냥 통과시키잖아. 밀수를 돕고 있는 거 아니야~?"

위병들의 정보가 신경 쓰여서 다시 체크해봤지만 포튼 준남작이나 방화마 귀족은 「자유의 날개」는 아니었다.

구성원이 아니라 금전이나 편의를 대가로 받는 협력자의 위치일까?

평화가 제일이지만 방화마 귀족이나 포튼 준남작과 다투게 되더라도, 이 뇌물 이야기나 로이드 후작에게 받은 문장이 들어간 단검을 보여주면 어떻게든 되겠지.

그리고 반년 전부터인 이유는 하야토와 같이 퇴치한 흑룡이 북쪽 주요가도를 막아버린 탓인 것 같았다.

"고마워, 포튼 준남작이나 다자레스 경과 연관되지 않도록 주의하지."

나는 두 사람에게 인사를 하고서 추가 사례로 은화를 건넸다.

그렇지만 나도 귀족인 이상 이 땅의 귀족에게 인사도 안 하면 실례가 된다. 최소한의 인사만 나누고 의무를 다한 다음, 되도록 거리를 두는 스탠스를 취해야겠다.

방화마 귀족을 두둔하고 있는 모양이니, 포튼 준남작한테도 마커를 달아두는 편이 좋겠다.

문을 떠나기 전에 묶어서 방치해둔 도적에 대한 것과, 방화마 귀족이 가진 홍련 지팡이의 저주에 대해서 보고를 해뒀다.

나는 루루에게 지시하여 마차를 문전 여관으로 몰았다.

"문전 여관에 어서 오세요!"

마차를 문전 여관 안뜰에 세우자 시종으로 보이는 소녀가 달려왔다.

아이들에게 마차를 맡기고, 소녀의 안내를 받아 여관으로 들어가자 아리사만 같이 따라왔다.

안내 받아 간 곳에서 기다리던 여관 주인은 나를 보자마자 돈줄을 발견한 표정을 지었다.

이상하네. 오늘은 그렇게 비싸 보이는 옷을 안 입었는데.

"이거이거 젊은 나리. 마침 좋은 방이 있습니다."

털이 무성하게 난 두꺼운 팔로 손을 비비면서 비싼 방을 권했다.

방이라기보다 건물인데, 목조 3층짜리 별장 같은 것이었다. 1층에는 마차째로 들어갈 수 있고 창고로 쓸 수도 있었다.

1층에는 욕실이 있지만, 한 사람 사이즈의 욕조만 덩그러니 놓였고 온수 설비는 없었다.

물을 데우는 데 시간이 걸리니까 되도록 식사할 때 말고 다른 때에 사용해 달라고 부탁을 받았다.

음료수 말고 다른 물은 용수로에서 마음대로 퍼도 된다고 하는데, 하수와 공용인 것 같아서 걱정이었다.

쓰기 전에 「정수(퓨어 워터)」 마법으로 정화하면 되겠지.

"이 도시는 변경이라 치안이 그다지 좋지 않습니다—."

주인이 말하기로는 요금을 따로 내고 강도 방지를 위한 야간 보초를 붙이는 게 좋다고 한다.

숙박요금은 1박에 은화 1닢, 야간 보초는 플러스 동화 2닢인 것 같으니 안면을 위해 야간 보초 붙이는 코스를 골랐다.

5일 이상 머물면 보초가 무료지만, 오래 머물 생각이 없으니 2박만 요금을 냈다.

여관 주인에게 포튼 준남작에게 보내는 면회의뢰 편지를 전해달라고 부탁했다.

로이드 후작에게 받은 편지도 같이 보냈다.

"여어, 귀족님이 여기 머물고 있는 거 맞나?"

편지를 부탁하고 나니 갑자기 산적 두목 같은 사냥꾼 남자가 커다란 짐을 지고서 여관 안뜰로 들어왔다.

그가 바닥에 펼친 천의 내용물은 해체한 사슴 고기였다.

"허어, 너치고는 상당히 큰 사냥감이구나."

"그래, 오랜만이야. 그쪽 젊은 나리가 귀족님이지? 어때, 마침 먹기 좋을 때라우. 내장은 잡은 날에 먹어 버려서 없지만 말이우."

그렇게 말하고는 으하하하, 하고 웃는다. 아무래도 사슴 고기를 팔러 왔나 보군.

가격은 공도의 절반 이하인 은화 2닢이었다. 갑자기 시세 이하의 가격을 부르는 걸 보니 장사를 잘 못하는 남자였다.

정보가 너무 빠른 느낌이지만, 아마도 도시로 돌아온 참에 문지기가 나에 대해 알려줬겠지.

우리가 머무는 동에는 주방이 없으니 조리는 여관의 요리사에게 맡겼다.

어디 보자. 편지 답장은 빨라도 몇 시간 뒤에나 올 테니까 다 함께 도시 탐험을 하기로 했다.

귀중품은 스토리지와 격납 가방으로 옮겼으니 모두 함께 행동해도 문제없었다.

수수한 차림으로 갈아입을까 생각했지만, 귀족다운 차림을 해야 시비를 거는 사람이 없을 것 같기에 그대로 나갔다.

"어디 가~?"

"는 거예요?"

손을 잡은 타마랑 포치가 나를 올려다보며 물었다.

"선착장이야. 보기 드문 과일을 이것저것 판다고 하더라."

"기대돼."

미아가 풀피리에서 입을 떼고 말했다.

작은 도시라 여관에서 선착장까지는 걸어서 10분쯤 걸렸다.

여관 주인 이야기를 들으니 시장이 있는 건 아니지만 뱃사람이나 인부들에게 음식물을 파는 매대나 노점이 나온다고 했다.

흙이 드러난 길을 걸으며 지나가는 길에 드문드문 서 있는 민가를 보았다.

온도가 높고 초여름에 가까운 기온 탓인지 통기성 좋은 1층집이 많았다.

고상식이라고 할 정도는 아니지만, 모든 집이 30센티미터 정도 땅에서 높은 설계였다.

거리를 걷는 사람들도 전체적으로 얇은 옷에 스커트 자락도 짧았다.

20대 이상 연령의 여성은 스커트가 길었지만, 그래도 발목이 보이는 길이였다. 미성년 소녀는 무릎 위 정도의 짧은 것이 주류였다.

남성은 — 딱히 아무래도 좋지만 — 상반신을 드러냈거나 대담하게 앞섶을 푼 사람이 많았다.

초등학생 고학년쯤 되는 아이들은 남녀 모두 배꼽이 드러난 딱 맞는 셔츠를 입은 애가 대부분이었다.

보아하니 패션이 아니고 오래 입은 옷이라 몸에 안 맞는 것뿐이었다.

취학연령이 안 된 아이들은 절반 정도가 펑퍼짐한 셔츠를 입고 있었지만, 나머지는 거의 발가벗고 다니는 애가 많았다. 일단 허리에 천은 두르고 있고, 맨발로 활기차게 뛰어다녔다.

편견일지도 모르지만 남국 같아서 좋군.

"마스터, 유생체가 잔뜩 있습니다. 보호해야 한다고 주장합니다."

"안~돼."

무표정하게 열심히 호소하는 나나의 의견을 가볍게 흘렸다.

이 도시는 작은 쥐 수인이나 도마뱀 수인 아이들이 천진난만하게 뛰놀고 있어서 나나의 보호욕구를 부채질하는군.

"주인님. 보입니다."

선두를 걷고 있던 리자가 이쪽을 돌아보며 보고했다.

장사치들은 창고의 입구나 길거리에 돗자리를 깔고 장사를 하고 있었다.

"역시 시골이니까 파는 사람이 많지 않네."

"아리사, 그렇게 말하면 안 돼."

아리사의 실례되는 말을 타이르고 가까운 곳으로 걸어갔다.

돗자리 위에 과일이 담긴 바구니가 놓여 있고, 바구니 안에는 작은 참외나 감귤계, 분홍색 배 같은 과일도 팔고 있었다.

맵 검색으로 찾은 정보에 따르면, 이 과일은 도시 근처의 숲 속에 자생하고 있었다.

"어때, 모두 천화 1닢이야. 숲에서 갓 따온 거니까 맛있어."

—싸다.

좋은 기회라 왕창 사서 다 함께 나눠 먹었다.

조금 설익은 과일도 있었지만, 참외는 단 맛이 약간 수박 같아서 제법 맛있었다.

"맛있어~?"

"사각사각한 거예요."

"응, 맛있어."

타마, 포치, 미아도 마음에 들었나 보군.

"조금 더 달면 좋겠다."

"어머? 아리사가 좋아했던 쿠보크 참외보다 달잖아."

"아~. 그 나라는 단 음식이 너무 적었으니까."

아리사랑 루루가 참외를 먹으면서 옛날이야기로 꽃을 피웠다.

"이 과일은 씹는 맛이 있어 좋습니다."

"자, 잠깐 거기 아가씨. 그건 갈라서 먹는 거야. 이 나가도 모른다?"

리자가 먹고 있던 것은 야구공 크기의 야자 열매 같은 과일이었다.

냄새가 좋기에 나도 으직 갈라서 먹어봤다.

안에서 유백색 과즙이 흘러나오기에 황급히 입에 대고서 들이켰다.

살짝 걸쭉한 식감이지만 약간 옮은 요구르트 같은 맛이 뒷맛을 산뜻하게 만들었다.

"그쪽 젊은 나리도 굉장하네. 나이프도 없이 꼬마야자를 깨다니 기사님이야?"

점주가 기가 막힌다며 내민 나무 숟가락으로 과육을 파서 먹었다.

이건 방금 전의 과즙과 달리 끈적하고 농후한 맛이었다.

"맛있어~ 인 거예요?"

"먹을래?"

"아~앙, 인 거예요."

포치부터 순서대로 모두 먹여줬다.

한 차례 순서가 돌아간 다음에는 혼자 다른 것에 흥미를 보이는 나나에게 말을 걸었다.

"나나는 필요 없니?"

"마스터, 유생체에게 폭행을 가한 범죄 유닛을 발견했습니다."

나나가 내 물음을 무시하고 선착장을 가리켰다.

그곳에 하얀 호랑이 수인 남자가 있었는데 어째서인지 교역소에서 상인과 다투고 있었다.

주변에 아이는 없다. 나나의 태도로 추측해보니 공도에서 바다사자 수인족 아이들을 걷어찬 호랑이 수인 남자인 것 같았다.

"즉시 섬멸 허가를!"

"안돼."

그건 불행한 사고였고, 그 다음에 곧장 날뛰는 말과 격돌했으니 충분히 벌을 받았다.

여기서 일방적으로 섬멸하는 건 지나치다.

"부탁한다!"

"그러니까, 재고가 없다고 했잖아?"

엿듣기 스킬이 백호 남자와 상인의 대화를 포착했다.

백호 남자는 발음을 알아듣기 어려웠다. 적당하게 머릿속으로 보정을 해야겠군.

"마법약이 아니라도 좋으니 화상에 잘 듣는 약을 팔아줘."

"어제 판 연고가 마지막 하나야."

"그, 그러면, 그 연고 파는 녀석을 가르쳐줘, 그 녀석한테 나눠달라고 하지."

"안 돼. 단골에게 폐를 끼칠 수는 없어."

매정하게 거절하는 상인에게 백호 남자가 필사적으로 매달렸다.

이 도시에는 연금술 가게나 마법 가게가 없었다.

백호 남자의 필사적인 기색이 신경 쓰여서 맵으로 백호 수인을 검색해봤다.

—백호 수인 두 사람이 화상을 입었다.

검은 거리 무라아스 어둠의 옥션에서 만난 백호공주 루냐와 백호기사 가르가오론 두 사람이었다. 전자는 보통「화상」상태였지만, 후자는「화상: 무거움」상태였다.

"젠장— 어이! 구경거리 아니야!"

나랑 눈이 마주친 백호 남자가 위협하듯 큰 소리로 외쳤다.

"마스터, 대상이 적대행동을 취했습니다. 섬멸을 개시합니다."

"그러니까 안돼요."

내 앞으로 나선 나나의 어깨를 붙잡아 말렸다.

"재고를! 바다사자 아이들의 원수를 갚고 싶다고 애원합니다."

아니아니, 안 죽었잖니.

건강하게 공도의 서민가를 뛰어다니고 있으니까.

"—바다사자?"

백호 남자가 고개를 갸웃거린 다음 퍼뜩 고개를 들며 나나를 보았다.

"혹시, 그때 그 아이들이 죽은 건가?"

"아뇨, 처치가 빨라서 목숨을 건졌습니다."

"그, 그렇군……. 나도 그 다음 말에 치어서 뻗어버렸으니, 그 아이들이 신경 쓰였어."

내 말을 들은 백호 남자가 안도의 한숨을 흘렸다.

험상궂게 생겼지만 근본은 좋은 사람이군.

"당신들은 그 애들이랑 아는 사이지? 미안한 짓을 했어. 직접 사과하러 가는 게 맞지만, 그럴 수 없는 상황이야. 용서해 줘."

백호 남자가 나랑 나나 앞에서 땅에 드러눕는 복종의 포즈를 취했다.

—짐승이냐! 태클을 걸고 싶었지만, 그가 나름대로 최상급의 사죄를 한 걸 테니까 놀리지 말아야겠다.

"용서한다고, 고합니다."

나나가 고개를 끄덕이기에 백호 남자에게 손을 뻗어 일어서는 걸 도왔다.

이렇게까지 할 생각은 없었기 때문에 은근히 마법약 이야기를 해봤다.

"우리 식구가 화상으로 죽을 것 같아."

"화상인가요?"

"그래, 불에 휘말린 사람들을 구하려다가 누님과 가르 형님이……."

백호 일행은 루냐 공주 말고 여성이 없으니까 누님이란 건 루냐 공주겠지.

"하급 마법약이라도 괜찮다면 나눠드릴까요?"

"저, 정말인가?!"

"네. 화상 연고도 있으니 같이 드리죠."

"고마워, 은혜는 꼭 갚지!"

화상 특화판 희석 마법약 5개와 화상용 연고를 건넸다.

길을 오면서 마을에 뿌린 걸로 효과도 확인했다.

백호 남자는 약 대금으로 금화 3닢을 나에게 건네고 전속력으로 광산터가 있는 산을 향해 달렸다.

백호 남자 뒤를「밀정」스킬을 가진 범죄 길드 남자가 쫓아갔다.

하지만 마사냥꾼 남자들이 싸우기 시작하며 그 앞을 막아 버렸다.

"노마는 내 색시라고 말했지!"

"너한테는 곤조로 충분해!"

"그 녀석은 남자잖아!"

—아니, 일부러 그러는 것 같은데?

범죄 길드 남자의 진로를 막으며 날뛰고 있었다.

백호 남자가 달려서 사라질 무렵이 되어서야 범죄 길드 남자가 마사냥꾼들 틈을 찔러 쫓아갔다.

얼마 지나자, 마사냥꾼 두 사람이 얼굴을 마주보고 씨익 웃은 뒤 어깨동무를 하고 주점으로 돌아갔다.

백호 수인들은 이 도시의 마사냥꾼들에게 지지를 얻고 있나 보군.

"사토."

미아가 꾹꾹 내 옷자락을 당겼다.

"뭐니?"

"사줘."

미아가 가리킨 것은 교역장 뒤편에 묶인 하얀 말이었다.

"말?"

"일각수."

자세히 보니 백마의 이마에 뿔을 잘라낸 흔적이 남아 있었다.

그러고 보니 검은 거리 무라아스 어둠의 옥션에서「일각수의 뿔」이 팔렸었지.

그 뿔이 이 유니콘 것이 아닌가 싶은데, 뿔이 잘린 희생마겠군.

"뿔 없는 녀석을 사려고? 이 녀석은 성질이 거칠어서 다루기 어려운데?"

상인이 제시한 금액이 당나귀와 마찬가지로 싸기에 그대로 사들였다.

"탈 수 있니?"

"응, 괜찮아."

미아가 마구도 없는 말에 훌쩍 올라탔다.

뿔 없는 일각수도 미아를 태우는데 이견이 없어 보였다.

"이거 놀랍군! 이 녀석이 사람을 태울 줄은 몰랐어."

놀라는 상인이 대단히 손해 본 표정을 짓기에, 그의 교역소에서 과일과 파프리카 같은 야채를 잔뜩 사주고 문전 여관까지 배달을 부탁했다.

수속을 끝내고 교역소를 나오자, 동료들 곁에 낯선 청년이 있었다. 햇살에 그을린 육체노동자풍 인간족 청년이었다.

"주인님, 이 사람이 마법약을 팔아달라고 하는데—."

"부탁해, 대금은 어떻게든 낼 테니까 화상에 듣는 약을 나눠주지 않겠어?"

화상이란 것을 보니 방화마 귀족 때문에 피해를 본 사람의 가족이겠군.

청년에게 자세한 사정을 들어보니 그의 누나가 수인 아이들을 구하려다가 큰 화상을 입어 중태라고 한다.

또한 도시의 치안을 지키는 포튼 준남작이 방화마 귀족의 무법을 호소하는 사람들을 감옥에 넣어 도시 사람들의 불만이 한계에 가까웠다.

내가 포튼 준남작과 방화마 귀족의 뒤처리를 할 의리는 없었지만, 타마랑 포치가 「부탁해요, 도와주세요」라고 말하는 시선을 보내는 것에 져서 청년의 부탁을 들어주기로 했다.

피해자의 수만큼 희석 마법약을 주어도 되겠지만, 「화상의 수준에 따라 약이나 처방이 다르다」고 말한 뒤 청년과 함께 그의 집으로 갔다.

마법약은 저소득자층에게는 비싼 물건이라 필요한 사람에게 가게 될지 걱정이 됐거든.

"누나, 약사님을 데리고 왔어."

청년의 말에 웅얼거리는 노인 같은 목소리가 대답했다.

맵으로 사전에 조사한 정보는 22세의 독신여성이었는데…….

아, 독신은 상관없군. 암. 상관없지.

동료들을 입구 쪽 방에서 기다리도록 하고, 청년의 뒤를 따라 안쪽 방으로 갔다.

—이거 심하군.

범위는 넓지 않지만, 오른쪽 어깨부터 얼굴 아래 절반에 걸쳐서 타 들어갔다.

청년은 누나가 누워 있는 침대 곁에 있던 조카들을 우리 애들 있는 방으로 보내고 나한테 장소를 내줬다.

화상이 좀 심하지만, 화상 특화판 희석 마법약이라면 흔적도 남기지 않고 치유해줄 거다.

마시기 어려워 보이기에 주둥이가 긴 주전자로 목 안쪽에 흘려 넣었다.

마법란에서 「액체 조작」과 「투시」를 순서대로 발동하여 마법약이 기관에 들어가지 않도록 조절했다.

"—오옷."

내 옆에서 청년이 숨을 삼켰다.

기분은 이해한다. 몇 번을 봐도 이 마법약의 즉효성 효과는 기분이 나쁘다. 근섬유가 보이던 부분에는 벌써 새로운 분홍색 피부가 생겼다.

체력 회복약으로는 피로가 회복되지 않으니, 무노 성에서 중환자용으로 조합한 고칼로리 영양 보급약을 여성에게 먹였다. 이걸로 아침이면 완전히 나을 거다.

영양 보급약이라면 가보 열매와 산수의 황등과실로 만들었으니 원가는 대단히 싸고, 무노 성에서 양산하여 커다란 술통 몇 개 분량 재고가 있으니 가벼운 기분으로 쓸 수 있다.

"약사님, 고마워! 약값은 어떻게든 모아올게!"

"아아, 잠깐만—."

당장에 집을 뛰쳐나갈 법한 청년을 불러 세우고, 보수 대신 방화마 귀족이 날뛴 장소로 안내 받았다.

"이거 심하네……."

"응, 큰일."

눈앞에는 판자촌 세 동 정도가 타서 무너져 있었다.

판자촌의 잔해가 만든 그림자에는 수인들 몇 명이 돗자리를 깔고 누워 있었다.

“인간족, 무슨 용건이냐?”

우리가 접근하자, 간병하던 수인들 사이에 긴장이 높아졌다.

청년 앞을 마사냥꾼으로 보이는 원숭이 수인족 남자가 막아섰다.

“기다려! 나는 현아 동생이야. 약사님을 데리고 왔어.”

“그러고 보니 낯이 익군. 우리보다 현아를 치료해줘라. 여기 있는 녀석들은 이미 무리다. 약을 사고 싶지만, 몸을 팔아도 부족해.”

요즘은 거의 자작이지만, 분명히 가게에서 마법약을 사면 비싸지.

높은 원인 대부분은 마핵의 가격이었다. 연성 스킬이 낮으면 등급이 높은 마핵을 써야 마법약을 만들 수 있으니 어쩔 수 없지.

이 도시의 마사냥꾼 레벨을 생각해 보면 사냥감은 주로 데미고블린일 테니까, 마법약에 필요한 마핵을 자급할 수가 없는 거겠지.

“잠시 실례—.”

누워 있는 수인들 상태를 눈으로 체크했다.

그들의 화상은 아까 치료한 현아 씨보다 심했다.

열을 식히는 효과가 있는 커다란 나뭇잎을 상처에 감아뒀을 뿐이다.

“어이! 구경거리 아니다.”

"약사님한테 실례하지마!"

원숭이 수인족 남자와 청년 사이에 다소 실랑이가 있었지만, 안쪽에 숨어 있던 노인들과 아이들의 중재로 치료를 할 수 있었다.

나로서는 치료를 거부해도 상관없었지만, 청년의 필사적인 모습에 감화되어 사람 좋은 약사 행세를 해버렸다.

"약사님, 고마워."

"손이 다시 움직이다니! 약사님 덕분이야."

"고마워, 오빠."

치료한 사람들과 그 친족들뿐 아니라 상관없어 보이는 사람들까지 와서 감사를 했다.

입의 구조 때문에 혀의 움직임이 안 좋은 수인이 있기에 백호 남자 때처럼 머릿속에서 보정을 했다.

"약사님, 아까는 의심해서 미안해. 가난한 사람들의 음식이라 미안하지만 받아줘."

어느샌가 사라졌던 원숭이 수인족 남자가 바구니에 든 붉은 과일을 내밀었다.

"으엑, 빨간 열매네."

"우리들 부족에는『빨간 열매를 먹으면 병이 없다』는 말이 있다! 약사님이라면 약의 재료로 삼을지도 모르잖아?"

청년과 원숭이 수인족 남자가 말다툼을 했다. 이 두 사람은 죽이 잘 안 맞나 보군.

그러나, 이 빨간 열매를 약의 재료로 쓰다니 말도 안 되지.

"고맙게 받을게."

나는 두 사람에게 보이도록 빨간 열매를 하나 꺼내 깨물어 먹었다.

조금 많이 익었지만, 싱싱하고 맛있었다. **오랜만**에 맛보는군.

"나도 먹고 싶어!"

"좋아."

바람 가르는 소리가 들릴 정도로 빠르게 손을 뻗은 아리사에게 하나 건넸다.

"두 사람도 맛볼래?"

"네잉!"

"물론인 거에요!"

먹고 싶은 기색의 타마와 포치에게도 **토마토**를 건넸다.

"물컹컹~?"

"포치는 고기가 좋은 거예요."

흥미진진한 두 사람이 기세 좋게 토마토를 먹었지만, 한입 씹어보더니 미묘한 표정으로 바뀌었다.

안의 젤리질 부분 식감이 안 맞나 보군.

"조금 많이 익었지만, 그리운 맛이야."

아리사는 그러면서 나머지를 먹어 치웠다.

"완식~?"

"먹을 거를 남기면 안 되는 거예요."

"잘했다."

그래도 마지막까지 토마토를 다 먹었기에, 두 사람 머리를 쓰다듬으며 칭찬해줬다.

다른 애들도 흥미는 있어 보였지만, 타마와 포치를 보고 머뭇거렸다.

루루는 결심을 굳히고 먹어봤지만, 입에 안 맞는지 미묘한 표정이었다.

"그런데, 이 토마토는 푸타의 특산물인가?"

"토마토? 빨간 열매라면 우리 부족과 새 수인족 마을에서나 재배하지."

맵 검색으로 확인하니, 재배하는 마을은 셋 정도였지만 남쪽 산자락에 대량으로 자생하는 것을 발견했다.

아까 치료한 사람들 중에 있던 원숭이 수인 여성이 그쪽 마을에서 시집온 그의 누나였다고 한다.

"이 빨간 열매는 이것밖에 없어? 괜찮다면 더 팔아주면 좋겠는데."

"돈 같은 건 필요 없어. 이런 걸로 답례가 된다면 얼마든지 가져—."

거기까지 말한 원숭이 수인족 남자의 표정이 어두워졌다.

"다만, 먹을 때가 된 건 이것뿐이야. 나머지는 조금 더 익어야지……."

오히려 이렇게 익기 전의 것이 필요하니까 그걸 문전 여관에 가져다 달라고 부탁했다.

"그래! 전부 따올게!"

원숭이 수인족 남자가 말하며 달려갔다.

아무리 그래도 전부는 미안하니까 남자랑 같은 부족의 소녀에게 「절반이면 된다」고 전해달라고 했다.

그는 무료라도 괜찮다고 했지만, 마을 사람들도 앞으로 생활해야 하니까 시세 수준의 대금을 지불할 생각이었다.

케첩에 토마토 소스, 연소자 팀에게는 왕도적인 오므라이스, 고래 고기 오로라니[#2]도 만들고 싶군.

그러나! 그것보다도 먼저 피자다!

피자를 만들어야 돼!

치즈는 공도에서 귀족들에게 받은 것이 20종류 정도 있고, 양도 충분하다.

토핑할 야채와 고기류, 어패류도 잔뜩 재고가 있었다.

도시 안에서 피자 가마를 만들면 눈에 띌 테니까 여행을 떠난 뒤에 만들어야겠다.

머무르는 동안 토마토 소스를 연구해야겠군.

"니헤헤~?"

"주인님이 즐거워 보여서 포치도 기쁜 거예요."

타마랑 포치가 내 다리에 찰싹 달라붙어서 머리를 대고 부비적댔다.

아차, 토마토 요리가 너무 기대되어 무표정 스킬이 깨져버렸군.

과연 토마토야—.

어흠 헛기침을 하여 풀어진 얼굴을 긴장시키고는, 거창할 정도로 감사를 하는 수인들과 작별해 여관으로 돌아왔다.

#2 오로라니 토마토와 베샤멜 소스를 섞어 만든 오로라 소스를 넣고 졸인 요리.

◆

“귀공이 펜드래건 경인가?”

“네, 포튼 준남작님.”

나는 우리 애들을 가까운 공터에서 기다리라고 한 뒤 혼자 여관으로 돌아왔다.

지금 눈앞에서 한껏 거물처럼 행세하는 포튼 준남작이 방금 전에 10명쯤 되는 위병을 데리고 여관에 와 있는 것을 레이더로 발견했기 때문이다.

그는 벗어진 머리가 번들거리는 통통한 중년 남자였는데, 안절부절못하고 두리번거리며 내 등 뒤를 살피고 있었다.

마치 여관 입구에서 적이 쳐들어올 것을 경계하는 것 같았다.

“로이드 후작의 편지에 귀공에게 로이드 후작과 동등한 편의를 제공하라고 쓰여 있더군. 그러나 내가 아는 한 로이드 후작에게 귀공 같은 친인척은 없었을 텐데…….”

그는 로이드 후작의 편지가 위조된 것이 아닌지 의심하는 것 같았다.

물론 만에 하나 진짜일 경우 로이드 후작에게 체면이 안 서기 때문에 본인이 일부러 찾아와 진위를 확인하려고 한 거겠지.

“네, 로이드 후작과 지기가 된 것은 불과 보름 전이니까요.”

품에서 로이드 후작이 선물로 준 단검을 꺼내 그에게 내밀었다.

“로이드 후작의 문장이 들어간 단검…….”

단검을 받은 포튼 준남작이 마력을 주입하자, 단검의 문장에

희미한 고어(古語) 같은 문자가 떠올랐다.

로이드 후작의 저택 출입구에 같은 문장이 새겨진 플레이트를 본 기억이 있었다.

"—지, 진짜로군."

포튼 준남작의 혈색 좋은 얼굴이 새파랗게 물들었다.

아무래도 방금 전 행동은 진품인지 확인하는 거였나 보군.

"시, 실례했네. 펜드래건 경. 이런 볼품없는 곳이 아니라 내 성으로 초청하지. 부디 초대를 받아주시게."

그의 실례되는 말에 여관 주인의 표정이 기분 틀어진 듯 일그러졌다.

그래도 위병들 앞에서 귀족에게 불평을 할 수는 없나보군.

그런데, 아무래도 방화마 귀족이랑 같은 지붕 아래 묵기는 싫었다.

—아, 그렇지.

거절하는 김에 포튼 준남작을 겁줘서 방화마 귀족을 어떻게든 해볼까?

"모처럼 초대해 주셨지만, 각하의 성에 가는 것은 사양하는 편이 좋지 않겠습니까?"

나는 여기서 보이는 주방의 화롯불을 의미심장한 시선으로 보았다.

사슴 통구이가 참 맛있어 보였다.

"호, 혹시 펜드래건 경은 로이드 후작에게 무슨 비밀 임무를 받고서……."

포튼 준남작이 나를 올려다보면서 서툴기 짝이 없는 말투로 떠보았다.

좋아, 딱 좋게 오해해 주네.

"로이드 후작께서는 아무 것도—."

포튼 준남작이 안도의 한숨을 내쉬었다.

"—다만, 이국의 귀족이 신민들을 해치는 것은 좋지 않다고 생각합니다. 각하는 자비로운 분이시니까요."

내가 말을 잇자, 포튼 준남작이 갑자기 녹슨 것처럼 굳어 버렸다.

그야말로 호랑이의 위엄을 빌리는 여우!

연줄을 이런 식으로 쓰게 될 줄은 몰랐지만 이대로 밀어붙여 보자.

"포튼 준남작 각하께선—."

일단 말을 끊고서 그의 눈을 보았다.

"—우수한 분이라고 들었으니, 이국의 귀족이 부리는 횡포를 용서하지 않으시리라 압니다."

"무, 물론이지. 물론이고말고! 포로로 포튼이 눈을 시퍼렇게 뜨고 있는 한, 푸타의 치안은 견고하다고 로이드 후작께 전해 주게."

포튼 준남작이 비지땀을 주르르륵 흘렸다.

"과연 포튼 각하. 로이드 후작께 보내는 편지는 내일 당장이라도 쓰겠습니다. 그것에 각하의 활약을 쓰게 될 것이 기대되는군요."

"그, 그래. 팬드래곤 경의 배려에 감사하네."

포튼 준남작은 자리에서 일어났지만 걸음이 위태로웠다. 그래도 비틀거리면서도 자기 다리로 걸어 바깥에서 기다리던 마차를 타고 돌아갔다.

조금 노골적이었지만 「내일 아침까지 방화마 귀족을 제대로 처벌하면, 로이드 후작에게 공적만 전하겠다」고 암시했는데, 제대로 이해를 한 모양이군.

이제 그가 잘 해주기를 기대해야겠는걸.

더 이상 괜히 참견하면 포튼 준남작의 체면을 구기게 되기도 하고, 이게 더 편하니까.

"귀족님 굉장하다! 언제나 잘난척하는 수호 아저씨가 저렇게 굽실대는 거 처음 봤어!"

뒷문에서 고개를 내민 외팔이 소년이 신난 기색으로 들어왔다.

도시문에서 다투던 마사냥꾼 소년이었다.

"어이, 적선이라면 뒤쪽으로 돌아가."

"오, 오늘은 아냐. 귀족님한테 빌린 돈을 갚으러 왔어."

여관 주인이 말하자 소년이 조바심을 내면서 부정했다.

"귀족님, 아까는 고마워. 이거 빌린 동화. 정말 덕분에 살았어."

그가 내민 동화를 받았다. 보수를 받는데도 한바탕 했나 보군. 입가는 찢어져 있고, 오른쪽 볼에 파란 멍이 들어 있었다.

제법 거친 인생을 걷고 있구나.

"아저씨, 나도 돈 들어왔으니까 그 맛있어 보이는 사슴 고기

요리 줘."

"바보 같은 소리 마라. 풋내기 마사냥꾼이 손댈 수 있는 음식이 아냐."

"체에~."

"우리 가게 명물인 『하얀 소스 뿌린 생선구이 정식』을 먹어."

"응, 그거 줘."

이 생선구이 정식은 동화 2닢이었다. 아까 문전에서 들은 그의 수입을 생각하면 너무 비싼 것 같은데…….

"그렇게 쓰면 또 도시에 못 들어오지 않나?"

"그 때는 그 때지. 언제 죽을지도 알 수 없으니까 먹을 수 있을 때 맛있는 걸 먹어둬야 돼."

달관한 건지 뒷일을 생각 않는 건지……. 좀 걱정되는군.

그런 이야기를 하는 동안 우리 애들이 돌아왔기에, 여관 본관에서 빌린 별동으로 이동했다.

"다녀왔어. 일은 정리됐나 보네?"

"그래, 문제없을 거야."

아리사의 질문에 수긍했다.

공간 마법 「멀리 보기」와 「멀리 듣기」로 쭉 지켜보던 아리사 말고 다른 애들한테도 무슨 일이 있었는지 가르쳐줬다.

"푸타의 수호가 일을 제대로 해주면 좋겠는데……."

"괜찮지 않아? 보신이 특기인 것 같고, 나를 로이드 후작의 심부름꾼으로 생각하는 것 같으니까."

"그런 잔챙이는 생각이 단락적이니까 주의하는 게 좋아."

아리사의 충고를 마음속에 담아뒀다.

성가신 일에 휘말려 들지 않도록 오늘밤 안에 정보수집을 해서 내일 이 도시를 출발해야겠다.

마지막까지 뒤를 봐줄 정도로 이 도시에 의리도 없단 말이지.

"주인님, 식사 준비가 됐다고 해요."

여관의 사용인이 알리러 왔다고 루루가 전해주기에 다 함께 식당으로 갔다.

방금 전 포튼 준남작 일이 있었기 때문인지 인간족이 아닌 애들이 함께 가도 문제없었다.

"배가배가~♪"

"배가, 고파~♪ 인 거예요♪"

타마랑 포치가 식당으로 가는 길에 나랑 잡은 손을 붕붕 흔들면서 배가 고플 때 부르는 공복송을 노래하기 시작했다. 미아가 반주를 붙였다.

이 공복송은 그때 기분에 따라서 새롭게 만들어지기 때문에 몇 종류 있는지는 나도 파악하지 못한다.

"이 중앙 테이블이구나."

아리사가 가리킨 8인용 커다란 테이블 위에 요리를 늘어놓았다.

요리는 심플한 통구이였다.

고기를 잘라내서, 작은 접시에 들어 있는 하얀 소스를 발라 써니 레타스 같은 이파리 야채에 싸서 먹는다.

미아를 위해 주문한 필라프와 찜 야채 같은 것은 다른 접시에 담았다.

하얀 소스는 마요네즈였다.

비만이 늘 것 같아 공도에서는 별로 퍼뜨리지 않았는데, 평범하게 존재하나 보네.

공도에서는 못 봤으니까 이 지방의 독특한 소스인가 본데…….

다만, 이건 좀—.

“사슴 고기 야채 구이 맛있다.”

“마요마요~.”

“마요인 거예요!”

“마요네즈는 맛이 있습니다만, 역시 처음에는 아무 것도 안 바르고 먹는 것이 좋다고 생각합니다.”

“어머? 맛은 있는데 이 마요네즈는 좀.”

마요네즈를 묻힌 사슴 고기 야채 롤을 먹은 루루가 확인하듯 이쪽을 돌아보았다. 맞다. 이 마요네즈는 대단히 느끼했다.

기름의 종류가 다른 건지 배합이 나쁜 건지 모르겠지만, 다 먹은 다음에 속이 울렁거리겠다.

조금 삐쳐서 말없이 필라프를 우물우물 먹는 미아의 볼을 찌르면서, 모두에게 마요네즈를 너무 먹지 않도록 주의를 줬다.

“귀족님은 이 하얀 소스가 안 맞으시는지요?”

나를 살피던 여관 주인이 말을 걸었다.

“아뇨, 참 맛있습니다. 이 하얀 소스는 주인장이 만든 건가요?”

“아니요. 이건 반년쯤 전에 외팔이 마사냥꾼이 가르쳐준 겁니다. 같은 외팔이라도 저기 있는 꼬맹이 콘이랑은 다르게 빈틈없는 녀석이라, 하얀 소스의 대금으로 상당히 뜯겼습니다.”

"잠깐, 그런 눈매 안 좋은 녀석이랑 똑같이 취급하지 마."

생선구이 정식을 얼추 다 먹고 뼈를 깔끔하게 발라내던 마사냥꾼 콘이 주인에게 불평했다.

"그 남자 이름은 아시나요?"

"암요, 존 스미스라고 했습니다."

존 스미스라…… 지구에 흔한 가명이군.

주인에게 존 스미스 씨의 특징을 물어봤는데, 왼팔이 없는 것과 검은 머리칼에 얼굴의 윤곽이 얕은 생김새라는 것밖에 기억하지 못했다.

외팔이라고 했으니, 남자의 정체는 메네아 왕녀의 나라가 소환한 3명째인 것 같은데…….

"그러고 보니 어느샌가 도시에서 사라졌었지."

"마사냥꾼이니까 마물한테 죽은 거 아냐?"

"그 녀석이라면 그리 간단히 죽을 것 같진 않더라."

주인과 이야기하면서도, 콘의 시선이 사슴 고기에 고정돼 있었다.

우리 애들을 부러운 시선으로 보면서 새하얀 생선뼈를 오독오독 씹는 모습이 처량하기에 작은 접시에 사슴 고기 야채말이를 덜어 주었다.

"괜찮아?! 야호! 고마워, 귀족님!"

콘이 받은 사슴 고기 야채말이를 보물처럼 양손으로 들고서 깨작깨작 소중하게 깨물었다.

한 입마다 「맛있어」라든가 「굉장해」라고 혼잣말을 한다.

그런 소년을 살피면서 나도 사슴 고기를 즐겼다.

그때, 갑자기 입구 쪽을 살피던 나나가 벌떡 일어섰다.

몰래 이마를 감추고 신체 강화를 한 나나가 눈에 보이지도 않는 움직임으로 여관 입구까지 이동했다.

만족스런 표정으로 돌아오는 나나의 양손에 쥐 수인족 유아 두 사람이 안겨 있었다.

유아들은 필사적으로 도망치고자 버둥대고 있었지만, 신체 강화를 한 나나의 힘에는 당해내지 못했다.

“마스터, 유생체를 보호했습니다. 먹이로 길들이기 허가를.”

아니, 길들이기는 아니지.

아인 소녀 세 사람 말고는 다 먹은 것 같고, 아직 사슴 고기는 상당히 남아 있으니 괜찮겠지.

나나에게 허가를 내리자, 기뻐하며 두 아이에게 사슴 고기 야채말이를 주었다.

쥐 수인 아이들은 처음에는 놀랐지만 먹어도 된다는 걸 알자마자 거의 마시듯 먹기 시작했다.

이 아이들은 도시에 있는 양육시설에 있었는데, 포튼 준남작의 방침으로 양육시설이 폐쇄된 뒤부터 노숙생활을 하고 있었다. 오늘은 마음껏 먹게 해줘야겠는걸.

“우우우, 지지 않는 거예— 우읍.”

“포치, 물~.”

그것에 위기감을 느낀 포치가 기세 좋게 먹다가 식사가 목에 걸려버렸다.

타마가 물이 든 컵을 건네주었다.
"와구."
"아구아구."
쥐 수인 아이들은 햄스터처럼 입 안에 먹을 것을 욱여넣었다. 고기든 야채든 상관하지 않았다.
리자가 쥐 수인 아이들에게 맛을 보면서 먹으라고 설교하거나 부러운 듯 바라보는 콘이라는 소년을 부르는 등 여러 가지 일이 있었지만, 떠들썩하고 즐거운 분위기로 저녁식사가 종료됐다.

◆

"—흑룡산맥?"
나는 혼자 밤의 주점에서 흑룡산맥 방면의 정보수집을 했다.
이 도시에서 귀족복을 입으면 눈에 띄니까 새내기 행상인풍 로브 차림이었다.
이 주점의 추천 메뉴는 줄기술이라는 달콤한 맛이 나는 술이었다. 첫맛이 가벼운 것치고 알코올 도수가 높았다. 안주의 수수께끼짭짤매콤함과 베스트 매치다.
"남쪽의 『땅끝 마을』까지 가본 적이 있지만, 거기서부터는 잡초에 묻힌 옛날 가도밖에 없지."
"마사냥꾼 중에서 그 근처가 전문인 녀석이 있었는데……."
상인에게 술을 사면서 그들이 말하는 정보를 기억했다.

“흑룡산맥 자락에 개척 마을이 없었던가?”

“그 마을이라면 20년쯤 전에 산에서 육지성게 무리가 굴러와서 전멸했어.”

성게. 마을을 멸망시킬 정도로 거대한 성게로 성게덮밥이라……. ―맛있겠네. 성게덮밥이라면 연어알도 있으면 좋겠는데…….

참치도 좋지. 고래도 하늘을 날았으니까 판타지 세계라면 참치도 구름 사이를 날지도 몰라.

바보 같은 망상은 이쯤 하고, 흑룡산맥 방면의 정보는 방금 전 이야기밖에 모이지 않았다.

대신에 모인 것은―.

“여관의 포위에 참가하기만 해도 은화 1닢이라니 정말이야?”

“굉장하네. 그거면 고블린이 몇 마리야?”

“은화 1닢이 동화 20닢이었을 테니까…… 잔뜩이야.”

“하지만, 그 불쟁이 자식의 추종자들이 모으고 있잖아? 정말로 돈을 내긴 하는 거야?”

“바보 자식, 그러니까 여관을 습격할 때 돈 될 만한 걸 긁어모으는 거잖아?”

“귀족을 공격해도 되는 거야?”

“그건 불쟁이 자식한테 떠넘기면 되는 거지.”

―그런 어수선한 이야기였다.

도시의 불량배를 모으고 있는 건 범죄 길드의 남자였다.

이 도시에는 여관이 2개 있는데, 여관에 묵고 있는 귀족은 나밖에 없었다.

포튼 준남작이 방화마 귀족을 제어하도록 유도해봤는데, 포박이나 설득에 실패했거나 오히려 상대의 말에 넘어갔구나.

그건 그렇고 지금 현재 방화마 귀족이랑 직접적인 원한은 없었을 텐데…….

그 의문에 대한 대답을 술집의 소문이 가르쳐주었다.

"하지만 여관의 귀족이랑 불쟁이 자식은 왜 싸우는 건데?"

"불쟁이 자식이 쫓고 있는 수인을 여관에 숨겨주고 있다던데?"

"아아, 굉장한 양의 식료를 샀다고 했지."

아하, 교역소에서 왕창 산 식료가 너무 많았군.

불량배를 잔뜩 모으는 이유는 여관을 포위해서 호랑이 수인들을 놓치지 않기 위해서겠지.

주점을 나와 아무도 없는 뒷골목에서 아리사에게 「원거리 통화」로 사정을 전했다.

『흐~응, 성가시네. 낮에 만난 수호가 엮여 있을까?』

아리사의 질문에 대답하려고 맵 검색을 해봤다.

위병들은 당직 말고는 대다수가 자택으로 보이는 민가에 있으니, 이번 일에 수호인 포튼 준남작이 관여했을 가능성은 낮았다.

『그러면 미연에 막는 게 아니라, 포위를 실행시켜서 바보 귀족들도 함께 붙잡는 게 좋지 않아? 도시의 불량배를 모아서 귀족의 숙소를 공격하면 아무리 그래도 변명 못하겠지.』

아리사의 제안을 검토해봤다.

그쪽에서 습격을 시작하기 전에 막는 건 간단하지만, 암살자를 보내거나 식사에 독을 타기라도 하면 귀찮다.

저격이나 독 같은 것만 사전에 대처하면 동료들이라도 여유 있게 이길 수 있는 상대들밖에 없으니까, 함정을 파서 기다리고 일망타진하는 편이 낫겠네.

『오케이, 그러면 다 함께 준비할게! 전국시대의 농성 만화를 수도 없이 읽은 아리사의 지식을 마음껏 발휘해주겠어!』

아리사의 즐거운 목소리에 일말의 불안을 품으면서도, 아리사에게 여관을 맡기고 나는 마사냥꾼들이 모이는 주점으로 갔다.

방금 전에 상인들이 말한「땅끝 마을」근처 전문 마사냥꾼을 만나기 위해서였다.

"그러니까, 기다리라니까!"

"콘, 비켜."

마사냥꾼들이 모이는 주점에서 콘과 여자 마사냥꾼 리더가 다투는 소리가 들렸다.

"그 귀족님은 좋은 사람이라니까! 나쁜 일을 할 사람이 아니야."

"그런 건 상관없는 거야."

"그래. 숙소 포위에 참가하기만 해도 은화 1닢이거든?"

"그래그래, 고블린 몇 마리 분량이라고 생각하는데?"

"너 같은 밥버러지도 벌이가 되거든? 이 기회를 놓치면 바보가 되는 거야."

방금 전 범죄 길드의 남자가 여기에서도 사람을 모았나 보군.

주점의 불량배들과 달리 마사냥꾼들은 본격적인 무장을 했고 병사급 레벨이라 조금 귀찮다.

마커를 확인해보니 수호의 성 바로 앞 공터에 불량배와 마사냥꾼들이 20명쯤 모여 있었다. 지금은 불량배가 더 많았다.

공터에 있는 건 범죄 길드 사람뿐이고, 방화마 귀족 일행은 모두 성에 머무른 채 움직이지 않았다.

나는「멀리 보기」마법을 발동해서 주점 안 상황을 살폈다.

"올드도 마시지만 말고 누나들 좀 말려봐."

"아무렴 어때, 그냥 보내줘."

"잠깐, 올드!"

눈앞의 주점에는 콘과 그의 동료인 여자 마사냥꾼들, 그리고 잡다한 종류의 수인 8명이 모인 그룹이 둘 있었다.

아까 이름이 들린 올드란 애꾸눈 토끼 수인의 동료들은 마사냥꾼들 중에서도 강해서 레벨 7~9 정도. 그밖에는 공터에 있는 마사냥꾼들과 큰 차이 없었다.

아무래도 수인들은 중립인지 콘에게 가세하지는 않았다.

"이제 그만 안 비키면 쥐어박는 걸로 안 끝난다."

"부탁이야, 누님."

케나라고 불린 여자 마사냥꾼의 리더가 주먹을 들어 올렸을 때, 애꾸눈 토끼 수인 올드가 말했다.

"케나, 말리지는 않겠는데—."

"뭐야, 올드? 다른 마사냥꾼에게 참견하다니 당신답지 않네."

"참견이 아니야, 충고다. 우리는 여관의 귀족한테 붙는다. 보슈의 누나를 치료해준 은인이란 것도 있지만, 수인 모임에서 여관의 귀족을 지켜달라고 의뢰를 했어."

오호? 화상을 치료해준 보답인가?

보슈의 누나란 것이 누구인지는 모르겠지만, 화상을 치료해준 사람들 중 누군가겠지.

이 이야기를 듣지 않았다면, 방화마 귀족에게 고용된 녀석들과 함께 원격 공격의 먹잇감으로 삼았을지도 모른다.

"올드, 진심이야? 당신들이 강한 건 알지만, 상대는 수십 명이나 되는 마사냥꾼들만 있는 게 아냐. 수호의 위병들도 있거든?"

어디, 계속 엿듣고만 있을 수도 없겠군.

입구의 낡은 문을 열고 들어가서 두 사람의 대화에 끼어들었다.

"그건 걱정 없어. 위병들은 안 나와."

"누가 말한 건데? 너희 엄마냐? 됐으니까 찌그러져 있어!"

케나가 나를 돌아보지도 않고 내뱉으며 소리쳤다.

나를 마사냥꾼이라고 착각했나 보네.

"포튼 준남작은 공도의 연줄을 써서 막았어. 그가 파멸주의나 천하무쌍의 엄청난 얼간이가 아니라면 병사는 안 나올 거야."

내가 말하는 도중에 올드가 눈짓하는 것을 깨달은 케나가 돌아보았다. 케나의 동료들이 일어서더니 칼자루에 손을 올렸다.

케나의 발치에 짓밟혀 있던 콘에게 손을 흔들면서 자기소개를 했다.

"안녕, 처음 보는군. 나는 사토 펜드래건 명예사작이야."

자기소개를 하면서 주점을 찬찬히 돌아보고 그들의 반응을 확인했다.

"엿들을 생각은 없었지만 들려 버렸거든. 그쪽— 케나 여사였던가? 당신들도 되도록이면 오늘은 여기서 술이라도 마시지 않겠어?"

"술? 당신 편에 붙는 게 아니고?"

"아니야. 여기는 땅끝 마을에서 산맥까지 가는 최신 정보를 모으러 왔어."

"헹. 이야기를 들었다면 자기들이 위험한 상황이라는 건 알잖아? 얼른 여관을 나와서 도망치는 편이 좋지 않아? 저기 올드한테 부탁하면 문은 열어 줄 거야."

어허, 뜻밖이군. 충고를 들을 줄은 몰랐다. 보수인 은화에 낚였을 뿐이지 그렇게 악인은 아닌가 보네.

그렇다면 그녀들에게 방화마 귀족의 퇴로를 완전히 없애는 역할을 맡겨야겠네.

"상담하고 싶은 게 있는데, 괜찮을까?"

내가 제안하자 마사냥꾼들의 눈에 놀라움이 흘렀다.

마사냥꾼의 도시 후편

"사토입니다. 일본의 무도에는 잔심이란 것이 있습니다. 적을 쓰러뜨리고 나서도 자만하지 않고 마음을 싸움터에 두어 방심하지 않는 것이라고 들었습니다. 알고는 있어도 실천하기는 어렵다고 해요.

여관 습격은 밤이 상당히 깊은 무렵에 시작됐다.

나는 시간을 때우느라 하고 있던 공작을 중단하고, 가장 빠르게 깨달은 타마와 포치에게 선잠을 자고 있던 모두를 깨우도록 부탁했다.

동료들은 미리 갑옷을 장비한 채 선잠을 취했기 때문에 금세 임전태세를 갖추었다.

자는 척하고 있었기 때문에 조명은 없었다. 3층의 창에서 바깥을 살피자, 횃불을 가진 수상한 집단이 세 방향으로 갈라져 길 저편에서 오고 있었다.

습격자 구성은 방화마 귀족의 부하 5명, 범죄 길드 10명, 마사냥꾼이 20명, 불량배 90명 구성이었다. 생각보다 많네.

집단 속에 방화마 귀족 본인은 없었지만, 성 입구 근처에 말을 탄 채 대기하고 있으니 싸움을 길게 끌어서 무대로 끌어내야겠군.

포톤 준남작 일가와 사용인들은 모두 「마비」 상태로 성 안쪽 방 하나에 감금되어 있었다. 그들을 구출하는 건 방화마 귀족을 포박한 뒤라도 안 늦겠지.

그건 그렇고, 도시 핵의 힘으로 「마비」에서 탈출할 수는 없는 건가?

케나 일행은 잠입에 성공하여 어떤 집단 뒤쪽에 있었다.

그녀 일행에게는 방화마 귀족의 부하들을 포박하거나, 도주를 막도록 부탁했다.

"활, 셋~?"

"저기 지붕 뒤에도 있으니까 넷인 거예요."

바깥을 경계하던 타마와 포치가 몰래 배치된 사수들을 발견했다.

나는 대인제압용 「유도 기절탄(리모트 스턴)」 마법을 써서 비밀리에 혼절시켰다. 궁병 옆에 아무도 없었으니 복병한테 기습을 당했다고 생각하겠지.

그 밖에도 지붕을 따라 접근하는 범죄 길드의 몸이 가벼운 녀석들도 「유도 기절탄」으로 무력화시켰다.

떨어져서 크게 다치지 않도록 맞힐 타이밍을 조정하는 게 귀찮았다.

동료들 모두에게 「물리 방어 부여(인챈트 피지컬 프로텍션)」와 「마법 방어 부여(인챈트 매직 프로텍션)」 마법으로 방어력을 올려주고, 아리사, 루루, 미아 세 사람에게는 저격 대책으로 「술리 방패 부여(인챈트 실드)」를, 전위진에게는 대인 제압력을 올려주는 「벼락 칼날 부여(인챈트 스파킹 블레이드)」를 추가했다.

이걸로 히드라나 흑룡이 날아오지 않는 한, 다들 다칠 염려도 없어졌다.

"그럼, 가자."

미아랑 아리사의 마법사 팀과 마법총이 있는 루루를 가장 위층에 남겨두고, 전위진을 데리고 계단 아래로 내려갔다.

미아랑 루루는 뒤쪽으로 침입하는 무법자를 격퇴. 아리사에게는 공간 마법으로 원거리에서 접근하는 마물의 감시를 부탁했다.

1층에 도착할 무렵, 여관의 보초들이 문을 세차게 두드리며 긴급사태를 보고했다.

이제야 이변을 깨달았나 보군.

완전무장하고 나온 우리를 보며 놀랐지만, 그들에게는 무작정 여관 본관을 지키러 가라고 했다.

여관 주인들은 이미 피난한 모양이니까, 그들은 소동을 틈탄 강도에게 대응하도록 할 예정이었다.

"저주받은 백호들을 돕는 어리석은 천출아!"

여관 포위를 끝낸 방화마 귀족의 부하A가 여관 밖에서 연설하기 시작했다.

"네놈의 죄는, 지저분한 수인들에게 가담한 것!"

선동 연설인가 보군.

"네놈의 죄는—."

부하A가 큰 소리로 내 죄란 것을 외쳐댔다.

애당초 백호 수인들을 숨겨주지 않은 이상 단지 그들이 착각한 것뿐이지만, 그들의 말을 들어볼 좋은 기회라 마지막까지 귀를 기울여봤다.

부하A의 말을 요약하면, 족제비 수인족의 제국군에게 쫓기던 백호공주 일행을 다자레스 후작이 숨겨줬는데, 어느 날 갑자기 다자레스 후작의 가족을 살육하고 금전과 재보를 빼앗았으며 영민들의 집에 불을 지른 뒤 민중을 학살했다고 한다.

덤으로 그때 저택을 찾아온 선왕도 함께 죽였다고 한다.

그렇다면야 원한을 품어도 어쩔 수 없지만, 아무리 들어봐도 부자연스럽잖아.

비호자를 죽이는 것에는 디메리트밖에 없다. 불을 지르거나 민중을 학살할 이유는 더더욱 없다.

오히려 호랑이 수인족과 인간족이 손을 잡으면 곤란한 세력이 백호 공주 일행에게 죄를 뒤집어 씌웠다고 생각하는 편이 합리적이다.

사정은 알았는데, 무고한 사람들을 불태울 이유는 못 된다.

처리하는 방침은 그대로 가도 되겠군.

상황을 파악하려고「멀리 보기」마법을 발동하여 부감 시점에서 여관 주위를 윈도우 표시했다.

—이제 나한테 사각은 없다.

안뜰에서 바깥으로 통하는 문을 열고 그들 앞에 나섰다.

"목숨을 탄원하는가 했더니, 어리석게도 무장하여 백호들에게 의리를 세우는가!"

우리 모습을 보고 부하A가 뇌일혈을 일으킬 법한 표정으로 외쳤다.

"애당초 여기에 백호 수인이 없는데?"

"뻔뻔스럽게 감싸느냐! 네놈이 백호들에게 약을 내리고, 더욱이 도망을 방조하기 위해 식료를 사들인 것은 이미 조사가 끝났다! 시시한 변명은 할 수 없음을 알라!"

"분명히 약은 팔았지만, 그것 말고는 전부 귀공들의 착각이야."

"흥, 헛소리를!"

기껏 오해를 풀려고 했더니 그들은 들을 생각이 없군.

"백호들을 도망 보내기 위한 시간 벌이 따위 할 수 없으리라! 가라! 이놈들을 몰살시켜라!"

"""남자는 죽여라! 여자는 붙잡아라! 다 빼앗아라!"""

부하A의 호령에 주위의 무법자들이 무기를 치켜들고 외쳤다.

이거 참. 어느 세기말 세계의 무법자들인데?

"『DJ』들이여, 내가 상대한다고 선언합니다."

덤벼드는 무법자들에게 나나가 도발을 날렸다.

DJ는 동정의 약어인 것 같은데 알파벳이면 뜻이 안 통하잖아?

그렇지만 앞쪽 진의 반수 이상이 나나를 향했다. 다소 효과가 있을지도 모르겠군.

나나의 좌우에서 「부드러운 타격」을 발동한 타마와 포치의 마검이 개그만화처럼 무법자들을 휩쓸었다.

"세수~?"

"일초, 인 거예요!"

혹시 「개수일촉(鎧袖一觸)」[#3]이라고 말하고 싶었던 건가? 세

#3 개수일촉(鎧袖一觸) 갑옷 소매로 한 번 건드린다는 뜻. 약한 적을 간단히 물리치는 것을 말한다.

수는 일초만에 끝내면 안 된다.

나나도 신체 강화를 하고 있어서 대형 방패로 몇 명을 한꺼번에 밀어내거나, 「부드러운 타격」을 발동한 검으로 대형 도끼를 가진 마사냥꾼을 격퇴하는 등 상당히 듬직했다.

세 사람에 이어서 붉은 잔광을 끄는 리자의 창이 부하A의 어깨에 파고들었다.

—엥?

붉은 잔광?

리자? 잠깐만.

리자가 조금 어색한 태도였다. 그냥 기합이 너무 들어갔나 보군.

일단 마인이 발동하지는 않아서 부하A도 죽지는 않았다.

어쨌든 결과는 좋았다. 일벌백계의 효과가 있었는지 무법자들이 머뭇거리기 시작했다.

“어, 어이 저거, 마창이잖아.”

“저쪽 셋도 마검을 쓰잖아.”

“거기다, 마법으로 수호까지 받고 있어!”

“이봐, 이런 이야기 못 들었어. 기사도 아닌데 그런 녀석들이랑 싸울 수 있겠냐?”

수많은 무법자들이 뒤로 돌아 달리기 시작했다.

—안 놓치거든?

“우왓, 뭐야?”

“투망이다! 누군가 숨어 있어!”

미리 부근에 숨겨둔 투망을 「이력의 손」으로 투척했다.

범죄자는 붙잡는다. 자비는 없다.

“우와아아아아, 눈이! 눈이이이!”

“쿨럭, 수, 숨이 막혀.”

여관 뒤쪽 벽을 넘던 무법자가 미아의 물 마법 「자극 안개(머스터드 미스트)」를 맞더니 기침을 하며 떨어졌다.

효과가 절대적인지, 무법자들이 떨어진 다음에도 땅에서 뒹굴며 몸부림쳤다.

……역시, 약간 자비를 베풀자. 지나치면 좋지 않아.

나는 「멀리 보기」 마법으로 벽의 안쪽을 확인하면서 불이 났을 때 연소 방지용으로 준비해둔 물을 여관 뒤쪽 벽 너머로 뿌렸다.

“미아, 부탁해!”

『응, 맡겨둬.』

뿌린 물을 기점으로, 미아의 「급팽창(벌룬)」과 「물 타격(워터 스매쉬)」 마법이 무법자들을 때려 눕혔다.

야음을 틈타 접근한 올드가 이끄는 수인들이 미아가 쓰러뜨린 무법자들을 묶어서 위병소 앞으로 날랐다.

그들은 문에 있는 위병들에게 사정을 설명하느라 참전이 늦었다.

위병들이 적대적이었을 경우에는 올드 일행이 제압하기로 되어 있었지만, 맵의 광점이 움직이는 걸 보니 일이 잘 풀렸나 보다.

개개인의 능력은 이쪽이 더 위지만, 수가 많다 보니 전위진

네 사람을 통과해서 내 앞까지 육박하는 자도 있었다.

물론 약하니까 요정검을 갈집째로 가볍게 휘둘러 혼절시키고 끝이다.

“지원군이다! 동쪽 광산구역에서 수인 녀석들이 온다!”

동쪽 길에서 공격해오던 무법자가 공포에 떨면서 외쳤다.

“우와아아아아아!”

“오, 오지마아아아아아!”

무법자들의 등 뒤에서 대검이 번뜩이며 피보라가 일어났다.

사람이 썩은 나무처럼 베여 죽고, 길가에 무참한 시체가 나뒹굴었다.

『빙설의 기사 가르가오론 참전! 루냐 공주의 명에 따라 도우러 왔다!』

대검을 짊어진 백호 수인이 포즈를 취했다.

모처럼 가세해주긴 했는데, 웬만하면 얌전히 있어주길 바랐다.

나는 그로테스크 내성이 없으니까 피비린내 나는 건 싫단 말야…….

“나왔구나, 가르가오론!”

“역시 손을 잡았는가!”

타마랑 포치와 검기를 겨루던 기사풍 부하B와 부하C가 가르가오론을 보고 오해가 깊어졌다.

“형님! 혼자서 먼저 가지 마쇼!”

“그래! 우리도 있어!”

가르가오론의 좌우에 두 사람의 백호 수인이 나란히 섰고, 그 뒤에도 잡다한 수인들이 10명쯤 가세하러 나타났다.

그들 뒤에 펼쳐진 참상은 보지 말아야겠다.

“놈을 붙잡아라! 붙잡은 놈에게 금화 10닢이다!”

로브 차림의 부하D가 무법자들에게 외쳤다.

그러나 가르가오론의 무자비한 싸움을 본 무법자들은 겁을 먹고 있었다.

“헹. 겁쟁이들 같으니! 마사냥꾼 『고블린 포식자』 오인! 금화 10닢은 내가 받는다!”

방패를 들고 한손 도끼를 쓰는 청년이 가르가오론을 공격했다. 청년의 동료로 보이는 5명의 마사냥꾼도 함께였다.

“제법이군!”

“너도 그렇다!”

가르가오론의 대검을 마사냥꾼 오인이 방패로 비껴내고, 반격하는 한손 도끼를 가르가오론이 곡예 같은 몸놀림으로 피했다.

제법 강한 적을 맡아주는 모양이니 동쪽 길은 그들에게 맡겨 둘까.

“젊은 나리! 놈이 왔어!”

포위망 바깥에서 콘의 외침이 들렸다.

그에게는 성의 감시를 맡겼다.

“다자레스 님이다! 『화염장군』 다자레스 후작님이 오셨다!”

부하D가 외치자, 무법자들이 성으로 가는 길을 돌아보았다.

“빈틈~?”

“방어는 그물인 거예요!”

타마랑 포치가 기사풍 부하B와 부하C를 한꺼번에 때려눕혔다.
일단 태클을 걸자면 「방심은 금물」이겠지? 포치의 속담 착각의 절반은 아리사의 장난기인 것 같은데.
길 너머에서 오는 말 그림자 옆에 횃불보다 몇 배 높은 불꽃이 솟아오르고 있었다.
홍련 지팡이가 이미 기동 상태인가 보군.
이쪽에 놈의 부하들이 있는 한 홍련 지팡이로 무작정 공격하지는 않을 것 같지만, 상대는 길거리에서 일반인에게 불을 지르는 놈이니 방심할 수 없었다.
"미아, 『안개 두르기(미스트 코트)』 부탁해."
『응, 알았어.』
미아에게 부탁한 것은 건조물에 일시적으로 내화 능력을 주는 마법이었다.
적셔서 불타기 어렵게 만드는 마법이라 별로 큰 기대는 할 수 없지만, 아무 것도 안 하는 것보단 낫다.
"드디어 소굴에서 기어 나왔구나, 가르가오론!"
"정말이지, 끈질긴 후작님이구만."
방화마 귀족과 가르가오론이 서로를 바라보며 외쳤다.
그런 건 다른 사람을 끌어들이지 말고 좀 해주세요.
내가 내심 불평하는 게 들리기라도 했는지, 방화마 귀족이 나를 돌아보았다.
"짐승 놈들에게 가담한 어리석은 천출이여! 가르가오론과 함께 불꽃에 가라앉아라!"

놈이 가진 홍련 지팡이가 한층 커다란 불꽃을 뿜어냈다.

—보고만 있을 수는 없겠지?

나는 스토리지에서 꺼낸 꼬마야자를 방화마 귀족에게 투척했다.

죽이지 않도록 위력을 억눌렀기 때문에 속도가 안 나왔다. 그래서 꼬마야자가 놈의 의식을 빼앗는 것과 놈이 이쪽으로 화염을 쏘아내는 것이 거의 같은 타이밍이었다.

뱀의 혀처럼 뻗어오는 화염이 내 머리 위를 지나 상공으로 사라졌다.

놈은 뒤로 넘어가듯 낙마하면서도 홍련 지팡이를 안 놓쳤는지 기동된 홍련 지팡이가 뿜은 불꽃이 그의 아군을 유린했다.

“다자레스 님의 원수!”

검게 칠한 창을 가진 부하E가 포치 옆을 빠져 나와 공격했다.

“얏— 인 거예요.”

포치의 몸통 박치기를 측면에 받은 부하E가 비틀거렸다.

이 지원을 살려서 부하E의 턱을 차서 부수고, 녀석이 가진 창을 빼앗았다.

“고마워, 포치.”

“니헤헤~, 인 거예요.”

내가 칭찬하자 포치가 부끄러운 듯 몸을 꼬았다.

“위험히에~?”

그 포치를 노린 마사냥꾼의 독단검을 타마가 쳐냈다.

“포치! 전장에서 긴장을 풀다니 무슨 짓인가요!”

“—반성, 인 거예요.”

리자가 걱정을 듬뿍 담아 질책하자, 포치가 자기 볼을 찍짝 두드려 기합을 넣었다.

『주인님! 남쪽 하늘!』

아리사랑 지속중이던 「원거리 통화」에서 경고가 날아왔다.

같은 때에 레이더에 고속으로 이동하는 빨간 광점이 비쳤다.

여관의 상공을 몸길이 3미터쯤 되는 나가가 날아서 넘었다.

"불~?"

"고기인 거예요!"

타마가 말한 것처럼, 나가의 입에서 불이 흘러나왔다.

AR표시를 보니 「화식사룡(火喰蛇龍)」이라고 불리는 나가 종류였다. 전에 본 보통 나가 보다 소형이고 비늘이 검었다.

아마 방화마 귀족이 가진 홍련 지팡이에 이끌려 왔겠군.

문의 파수 오두막에서 새삼스레 경종이 울렸다.

이쪽의 싸움을 주목하느라 마물을 발견하는 게 늦었나 보네.

그러고 보니 도시 성벽에 마물 퇴치 결계가 있을 텐데, 홍련 지팡이의 저주가 가진 유인력이 더 강한가?

"요, 용이다! 용이 나왔다!"

"잡아먹힌다! 도망쳐!"

갑자기 나가가 난입하자 머뭇거리던 무법자들이 무기를 내던지고 도망쳤다.

"놓칠 수야 없지."

가르가오론이 이끄는 수인들이 가차 없이 무법자들을 베어 버렸다.

그것을 나나의 대형 방패와 리자의 창이 막았다.

"무슨 짓이지?"

"마스터는 괜한 살생을 금지한다고 고합니다."

"이 자들은 포박한 뒤 범죄노예로 매각합니다. 함부로 주인님의 자산을 줄이는 행위는 사양해 주십시오."

분명히 되도록 살생은 피하지만, 그런 이유는 아니거든?"

"그럼, 어쩔 수 없지. 우리는 어디까지나 도우러 온 거니까. 당신들 주인의 의향에 따르겠어."

피비린내 나는 건 피하고 싶으니, 가르가오론 일행이 동의해 주어 다행인걸.

나는 맵으로 마물의 동향을 확인하느라 대화에 참가하지 않았다.

도시를 향해 오는 데미 고블린 메이지나 화식사룡, 나가 같은 무리가 이동하는 것을 확인했다.

불꽃 속성이 없는 나가가 도시로 오는 이유는 화식사룡 때문인가?

소수의 화식사룡 뒤를 운하 같은 나가들이 쫓고 있었다. 전자가 모두 암컷이고 후자가 수컷인 걸 보니, 애당초 같은 종족일지도 모르겠군.

하나하나는 약한 잔챙이 마물이지만, 이 많은 수가 도시에 쏟아져 들어오면 동료들은 모를까 도시 사람들은 위험하다.

다행히 원흉인 홍련 지팡이가 방화마 귀족과 함께 서쪽 산 사면에 있는 수호의 성으로 이동하고 있으니 얼른 대처하면 도시 사람들에게 피해가 가진 않겠다.

상공에서 성으로 방향을 꺾은 화식사룡을 향해 들고 있던 창을 투척해 격추시켰다.

“리자, 여기 지휘를 맡긴다.”

“알겠습니다!”

추락한 화식사룡을 향해서 아인 소녀들이 쇄도했다.

전에 먹은 나가의 장어구이가 맛있었으니까 기분은 이해한다.

“가르가오론 경! 다자레스의 부하들을 맡긴다!”

“칫, 하는 수 없지. 하지만 다자레스 자식에게는 나도 갚아줄 것이 있어—.”

“알았다! 나중에 녀석에게 한 방 먹이게 해주지.”

“하핫, 기대하지!”

내 뒤를 따라오려던 가르가오론 일행에게 선수를 쳐서 무법자 잔당 사냥을 맡겨두었다.

따라 오면 마물들 처리하는 게 귀찮아지거든.

나는 홀로 어둠을 틈타 성으로 갔다.

거리를 빠져나가 성으로 이어지는 언덕길로 나오자, 멀리 수호의 성 가교가 올라가는 게 보였다.

화식사룡이 붉은 불티같은 빛을 끌면서 한 마리씩 성문에 착지했다.

먼 거리에서 「유도 화살(리모트 애로우)」을 사용해 쓰러뜨리면 조금 눈에 띄니까 자갈을 던져서 도시에 접근하는 강한 마물들을 솎아냈다. 모두 처리하지 않은 이유는 방화마 귀족— 다자레스에 대한 심술이었다.

자신이 일으킨 사태로 식은땀을 좀 흘려보라고.

이쪽 성은 마물전을 상정하여 튼튼하니까 내부에 농성하고 있으면 죽지는 않을 거다.

화식사룡을 쫓아온 나가들이 눈보라 같은 기세로 성벽이나 탑에 착지하자, 내구력 부족한 부분이 우르르 무너졌다.

—앗, 바보 자식.

완만한 언덕길을 오르던 나는 레이더에 비친 광점 움직임을 보고 거칠게 말했다.

다자레스와 부하들이 성의 안뜰에 나와 나가들과 싸우기 시작했다.

성벽 위에서 얽혀 있던 화식사룡과 나가를 다자레스의 화염이 감쌌다.

동료가 공격받는 것을 본 나가들이 안뜰의 다자레스 일행을 공격했다.

구해줄 의리는 없지만 학살당하는 것을 구경할 정도로 악취미는 아니었다.

나는 언덕길 옆의 숲으로 뛰어들어, 나나시의 모습으로 재빨리 갈아입었다. 귀찮으니 환영(일루젼)을 이용한 이펙트는 생략했다.

축지로 성문까지 눈 깜짝할 사이에 도착하자, 성문 너머에서 불꽃 기둥이 솟아올랐다.

—뭐지?

성에서 도망치려던 나가들이 레이저 같은 광선 모양 불꽃에 그을려 산산이 흩어졌다.

급선회로 불꽃을 피한 나가가 불꽃에 휩싸인 거대한 손에 붙잡혀 성문 너머로 끌려 돌아갔다.

성문 위로 도약한 나는 상황을 정확하게 이해했다.

불꽃에 휩싸인 **중급마족**이 나가들을 상대로 무쌍하고 있었다.

마족의 이마에서 빛나는 것은 다자레스가 가진 홍련 지팡이의 보옥이었다.

—그러고 보니 보비노 백작이 소개했었지.

아마 다자레스는 마왕신봉자 「자유의 날개」 후원자였던 보비노 백작에게 중급마족이 되는 「긴 뿔(롱혼)」을 받은 거겠지.

놈 자신은 「긴 뿔」을 사용하는 의미를 정확하게 알고 있었는지 모르겠지만, 그런 건 이제 상관없었다.

나가들을 모두 쓰러뜨린 다자레스— 아니, 중급마족이 4장의 날개를 펼치고 하늘로 떠올랐다.

불꽃에 휩싸인 중급마족에게 접근하면 뜨거울 것 같으니 마법으로 해치워야겠군.

불꽃을 끄려면 폭풍이 필요하겠지?

나는 마법란에서 「폭축(임플로젼)」을 골랐다.

이 마법은 구형 효과 범위 바깥쪽에서 중심을 향해 폭발이 일어나니까, 다른 중급 마법과 비교하면 주변 피해가 적었다.

물론 이 위치에서 쓰면 성이 폭풍을 받아 무너질 테니 「이력의 손」 120개를 한데 묶어서 중급마족을 상공으로 던져 버렸다.

—위기감지에 반응, 남쪽 멀리.

또냐……. 무슨 왕코소바[#4]도 아니고, 강제 리필은 그만 합시다.

지긋지긋한 기분을 느끼며 돌아보니, 열광(烈光)이 비쳤다.

빛은 한 순간에 중급마족을 증발시키고 하늘 너머로 사라지더니, 도시 옆을 흐르는 강에 붉은 빛 조각이 떨어졌다.

펄럭이는 날갯짓 소리와 다운버스트 같은 선풍이 성과 푸타를 유린했다.

레이더에 파란 광점이 나타났다.

바람에 저항하며 올려다보니, 성의 뒤 산꼭대기에 날개를 펼친 흑룡이 보였다.

—GWROW, GWROW, GWLOROOOOOOUNN!

산꼭대기에서 흑룡이 포효했다.

수백 미터 이상 떨어져 있는데도 공기가 찌릿찌릿 떨리는 게 피부로 느껴질 정도였다.

맵에 비치는 동료들 상태가 「공포」였다.

도시 사람들이나 마사냥꾼들도 마찬가지였다.

사람들을 공포로 묶어놓은 흑룡의 포효는, 용어를 아는 나에겐 다음과 같이 들렸다.

『약해! 약하다! 무엇을 위해 산에서 내려왔단 말이냐!』

아무래도 마족이랑 승부가 한 순간에 끝난 것이 불만인가 보네.

나는 천구와 축지로 흑룡의 발치까지 갔다.

『흐크—.』

발음이 어렵네…….

#4 왕코소바 일본 국수의 일종. 한입 분량의 그릇에 담긴 면을 먹으면 다음 그릇을 계속 내주어 배가 부를 때까지 먹는다.

『안녕하신가, 흑룡 나리.』

사람의 목으로는 발음이 불가능해서 「복화술」 스킬을 이용해 용어를 말해봤더니 잘 됐다.

역시 이 스킬은 본래의 복화술이랑은 다른 거라니까.

『미안하지만 아이들이 자고 있으니 조금만 음량을 줄여줄 수 없을까?』

『작은 자여, 용어를 할 수 있는가?』

『그래, 최근에 배웠어.』

『훌륭하구나, 작은 자여.』

흑룡이 내 요청에 응해 목소리를 낮춰주었다. 뜻밖에 순순하네.

『싸움을 청하기 위해 배운 것이로군!』

—엥?

『용은 어떠한 자의 도전이라도 받아들인다!』

흑룡이 뭐라고 말할 틈도 없이 나를 붙잡아 하늘로 날아올랐다.

『잠깐 기다려, 이 전투광 자식!』

『작은 자여! 맞는 말이다! 우리들 용이야말로 좋은 싸움과 좋은 수면을 추구하는 자!』

이보세요, 긍정하면 어떡해?

바람을 가르는 소리에도 지지 않고 용어로 항의했지만, 흑룡이 기쁘게 짖으며 푸타 상공을 선회했다.

『여기서는 도시에 피해가 생겨! 싸우고 싶으면 장소 바꾸자!』

『그 바람을 이뤄주마—.』

내가 외치자 흑룡이 가볍게 들어주었다.

『—인간족을 함부로 죽이면 후지산 산맥의 천룡이 시끄럽게 잔소리를 하니까.』

산맥 이름은 그렇다 치고, 인간족의 수호자 같은 용이 감시하고 있구나.

용이 수평비행을 시작했다.

—빠르네.

아음속은 될 것 같다.

흑룡의 비행속도가 빨라서 풍압으로 눈이 아프기에, 마법란에서 「방풍(캐노피)」을 써서 바람을 막았다.

굳이 따지자면 먹잇감처럼 흑룡 손에 잡혀서 나는 게 아니라 등에 타고 싶었어.

아무 말 없이 도시에서 떨어져 버렸으니, 아리사랑 리자에게 「원거리 통화」 마법으로 「용이랑 산책하고 올게. 뒷일은 맡긴다.」라고 전했다.

둘 다 아직 「공포」 상태라서 대답이 없었다.

그 동안에도 흑룡의 비행은 속도가 떨어지지 않았고, 눈 깜빡할 사이에 오유고크 공작령을 빠져나가 다른 맵에 있는 흑룡산맥 지역으로 들어섰다.

오랜만에 「모든 맵 탐사」 마법을 써서 흑룡산맥의 정보를 얻었다.

이 흑룡산맥에도 작은 마을이 몇 개 있었다.

자칫하여 쏘지 않도록 마을에 마커를 달고 퀘스트용 깃발 표시도 부여해뒀다. 처음 써봤지만 문제없군.

하얀 눈에 물든 흑룡산맥 정상까지 오자, 산맥 너머에 펼쳐진 거대한 숲이 보였다.

다른 맵이라 확증은 없지만, 저게 미아의 고향인 보르에난 숲이겠군.

전에 배에서 본 실 모양 세계수가 숲 중심에 보였다.

웅대한 경치에 눈길을 빼앗긴 나에게 흑룡이 물었다.

『작은 자여, 그대는 날 수 있나?』

『그래, 날 수 있어.』

내가 대답하자 흑룡이 천천히 손을 열기에 천구로 손바닥에서 날아올랐다.

그것을 확인한 흑룡이 산꼭대기에 묵직한 소리를 내며 내려서더니, 거체에 밀려나간 신설이 구름처럼 날아올랐다.

『나는 용의 계곡에서 태어난 검은 용! 같은 성룡 중에서는 적이 없고, 고룡이나 천룡과 싸움을 즐기는 자로다! 산맥 꼭대기에 거처를 정하고 강자를 기다렸으나 아직 나타나지 않음이니. 오늘 밤 그대와 사투를 즐기고자 한다.』

흑룡이 날개를 펼치고 기쁜 표정으로 말했다.

이건 안 싸우는 게 용납 안 되는 분위기다.

레벨 차이로 보면 지지는 않겠지만, 옷이 타버릴 것 같으니 「용의 숨결」만 주의해두자.

『인간족의 용사 나나시야. 살살 해줘.』

내가 짧게 대답하자, 용이 숨을 들이쉬었다.

천구로 거리를 벌리면서 「자유 방패」를 최대 32장 모두 전개해 앞을 막았다.

섬광이 시야를 물들이고, 굉음이 산자락을 구타했다.

천구를 써서 반사적으로 피했는데도 「자유 방패」 중에서 2장이 사라졌다.

아까 느낀 감촉을 보면 직격해도 7~8장 정도면 막을 수 있겠지만, 만약을 위해 마력 갑옷 스킬도 발동해둘까.

지금 그 일격으로 산꼭대기의 눈이 녹아서 끓어오르는 탁류가 되어 눈사태를 일으켰다.

등 뒤에 있는 준엄한 봉우리가 2개 정도 박살났다.

『간다!』

뒷다리의 탄력만으로 날아오른 흑룡이 눈 깜빡 할 사이에 톱 스피드가 되어 공격했다.

가속하기 전에 지른 포효가 용언 마법이었나 보다.

급접근한 흑룡의 뿔이 공격해온다.

마법란에서 선택한 「벼락」을 쏘았다.

—사라졌네?

흑룡을 마비시키긴커녕, 「벼락」이 흑룡의 비늘에 닿기도 전에 흩어진 것처럼 보였다.

간발의 차이로 흑룡의 뿔을 피하고, 지근거리에서 뒤통수를 「공기 망치(에어 해머)」 마법으로 때렸지만, 그것도 「벼락」과 마찬가지로 중간에 사라져 버렸다.

마왕전이랑 마찬가지로, 하급 마법은 무효화되어 버리나 보군.

그렇다고 공격용 중급 마법을 쓰면 위험하다. 흑룡보다 훨씬 레벨이 높은 대괴어를 가볍게 해치우는 위력이니까.

기껏 살아 있는 용을 만났는데 실수로 죽여버릴 수는 없지.

흑룡의 뒤통수를 보며 그 생각을 하던 내 등 뒤에서 위기감지가 반응했다.

—꼬리다.

정확하게는 꼬리 끝에 난 가시가 공격해왔다.

나는 천구를 써서 대각선 아래 방향으로 급가속하여 간신히 가시의 궤도에서 몸을 뺐다.

그러나 위기감지 반응이 이어졌다.

뒤를 돌아본 내 시야에 공중에서 몸을 비튼 흑룡이 보였다.

—공력(空力)은 무시하는 거냐!

내 사각 방향에서 회전의 기세가 실린 꼬리가 채찍처럼 날아왔다.

피하는 것이 무리라고 판단하여 양팔을 교차시켜 꼬리를 받아냈다.

팔 앞에 만든「자유 방패」가 1장 부서졌지만, 그 정도로 그쳤다.

보통은 압도적인 체중 차이로 날아가 버리겠지만, 내 바보 같은 근력치(STR)랑 천구의 강인한 발판이 그것을 버텨냈다.

회전하는 기세 그대로, 흑룡의 오른손 손톱이 다가왔다.

위력은 꼬리의 반 이하였다.

이 정도라면 세류 시에서 싸운 검은 상급 마족의 물리 공격과 비슷한 수준, 저왕의 일격보다는 훨씬 가볍다.

다시 말해서 체격만 생각하지 않으면 육탄전으로 동등 이상으로 싸울 수 있다는 거다.

천구로 공중에서 버티며, 「이력의 손」의 보조를 받아 흑룡을 공중에서 내던졌다.

『뭣이라고오?!』

흑룡이 익살스럽게 외치면서 산을 깎아내며 굴러갔다.

……제법 장난기가 있는 녀석이군.

휘휘 머리를 흔들어 흙을 떨쳐낸 흑룡이 눈동자를 생생하게 반짝거리며 날아올랐다.

흑룡이 나에게 접근하면서 한 번 울부짖자— 내 머리 위에서 검은 벼락이 떨어졌다.

〉「벼락 마법: 용」 스킬을 얻었다.

〉「어둠 마법: 용」 스킬을 얻었다.

아무래도 지금 그게 마법인가 보군.

한 번의 마법 공격으로 스킬 2개를 얻은 건 처음이었다.

복합 속성의 마법인 탓인지 위력이 상당했다. 「자유 방패」의 고밀집 모드로도 틈을 뚫고서 안쪽에 닿았다. 「자유 방패」는 1장밖에 안 줄었지만 옷자락이 조금 타버렸다.

피부가 좀 찌릿하긴 하지만 이상한 추가 효과는 없었다.

지금 그건 견제였는지, 접근한 흑룡의 왼쪽 주먹이 날아왔다.

이쪽도 주먹으로 요격했다.

—콰직.

두꺼운 판이 쪼개지는 소리가 나면서, 흑룡이 왼쪽 주먹에서 깨진 비늘이 날아갔다.

비늘 안에서 뿜어져 나온 흑룡의 피를 재빨리 스토리지로 흘려서 온몸이 피투성이가 되는 비극을 피했다.

방금 전에 비늘이 깨지기 전에 유리가 깨지는 것처럼 가벼운 감촉이 있었다.

아마 비늘 위에 마법적인 방어 필드를 쳤겠지.

쉴 틈 없이 공격해오는 흑룡의 오른 주먹을 이번에는 「자유 방패」로 받아냈다.

이거면 흑룡을 괜히 피투성이로 만들지 않겠군.

오만한 생각을 비웃는 것처럼 움직임이 멈춘 내 아래방향에서 흑룡의 무릎 차기가 날아왔다.

설마 용이 발차기를 날릴 거란 생각을 못해서 완전히 허를 찔렸다.

위기감지에 좀 너무 의지했나 보군.

공중으로 튕겨 오른 나를 흑룡의 「용의 숨결」이 추가로 공격했다.

내 「자유 방패」가 차례차례 파괴되었다.

고전적인 TRPG라면 「용의 숨결」은 3발까지지만, 현실은 그렇게 무르지 않았다.

—그때 문득 시선을 느꼈다.

이 느낌은 공간 마법으로 감시하는 거군. 느낌을 보니 아리사가 아니다.

나는 「용의 숨결」을 교묘한 궤도로 피하면서 시선의 주인을 찾았다.

보르에난 숲, 세계수 방향에서 플라티나 블론드 미녀의 모습이 떠올랐다.

〉「역탐지」 스킬을 얻었다.

〉「탐지방해」 스킬을 얻었다.

일단 후자를 유효화시켜서 미녀가 엿보는 걸 강제로 종료시켰다.

이걸로 흑룡과 싸우는데 전념할 수 있다.

나는 「용의 숨결」 대신 입에서 내뱉는 탄막 같은 초고속 화탄의 산을 슈팅 게임처럼 회피했다.

가끔 커브나 슈트의 궤도로 날아오는 탄막을 「자유 방패」로 받아 흘렸다.

〉「바람 마법: 용」 스킬을 얻었다.

아하, 바람 마법을 같이 써서 궤도를 개조한 거구나……. 재주가 많은 녀석이네.

그러나 탄막으로 나를 노리는 것에 너무 고집했다.

나는 흑룡의 머리 위에 위치한 타이밍에 「자유 방패」를 다시 치고, 스토리지의 거대 운석을 등 뒤 머리 위에 꺼냈다.

물론 이걸로 흑룡을 때리거나 던질 생각은 없었다.

그랬다간 까딱하면 죽여 버리니까.

나는「이력의 손」으로 내 몸을 거대 운석에 밀어붙인 뒤—.

전력으로 박찼다.

반작용으로 급가속한 나에게 소나기 같은 초고속 화탄이 명중했지만, 대각선으로 다중 배치한「자유 방패」를 깎아내기만 한다.

깨진「자유 방패」는 절반.

나머지 절반의「자유 방패」를 흑룡에게 밀어붙여, 녀석을 산맥에 처박았다.

단단한 암반이 갈라지고, 바위와 흙먼지가 고리 모양으로 퍼졌다.

오랜만에 땅에 발을 디디고, 눈이 핑핑 도는 흑룡의 꼬리를「이력의 손」의 보조를 받아 잡은 뒤 **빙글빙글빙글** 돌렸다.

—GROWWWWWWWN.

의미가 담기지 않은 흑룡의 비명을 흘려들으며 드러누운 채 대차륜 형벌에 처했다.

흑룡이 어떻게든 회전을 멈추려고 발버둥 쳤지만, 발톱이 너무 날카로워서 땅에 깊은 발톱자국만 남길 뿐 큰 저항이 되지 못했다.

충분히 가속을 얻은 다음에 흑룡을 던져 버렸다.

던진 곳은 준험한 봉우리였다.

미스릴 광맥이 노출되어 다른 곳보다 단단해 보이기에 골랐다.

봉우리에 처박힌 흑룡에게 축지로 다가가, 천구를 구사하여 격투 게임 캐릭터 같은 킥을 흑룡의 심장에 때려 박았다.

나랑 흑룡 사이에 완충재 삼아 배치한 「자유 방패」가 일격으로 부서졌다.

—아차.

황급히 천구로 멈췄다.

흑룡의 가슴 비늘이 부서졌지만 심장을 꿰뚫기 전에 멈출 수 있었다.

땅에 처박힌 흑룡의 사지에서 힘이 빠졌다.

후우, 이긴 모양이군.

—그것은 방심.

흑룡 최후의 공격은 마법도 「용의 숨결」도 아니었다.

—원시적인 공격. 이빨로 깨물기.

위에서 내려오는 아가리 안에서, 이빨이 하얗게 빛났다.

그 아름다운 광택에 매료되었다.

전에 린그란데 양이 말했었지.

—용의 이빨은 모든 것을 꿰뚫는다.

용의 이빨은 마왕조차 멸하는 궁극의 칼날.

흑룡의 이빨은 남아 있던 10장의 「자유 방패」를 모두 가볍게 꿰뚫었다.

하얀 죽음의 빛이 나에게 다가와—.

"위험하잖아!"

어깨에 이빨이 박히기 직전에 봐주지 않고 주먹을 때려 박았다.

부러진 이빨이 그대로 흑룡의 입 안을 상처 입히며 선혈이 흘러 넘쳤다.

때린 기세 그대로 몸을 비틀어서 흑룡의 볼에 돌려차기를 때려 박았다. 얼굴의 비늘 몇 장이 거미줄 같은 모양으로 금이 가며 갈라지고, 턱뼈가 부러지는 감촉이 느껴졌다.

흑룡의 상태가 「혼절」로 바뀌더니, 그대로 산자락에 떨어지면서 대지를 흔들었다.

—그건 그렇고 방심은 금물이라는 게 맞는 말이군.

중급 방어 마법인 「자유 방패」가 그렇게 간단히 깨질 줄은 몰랐다.

「자유 방패」로 막고 카운터를 때릴 셈이었는데 간단히 깨져서 조바심이 났잖아.

이 정도면 「자유 방패」가 최대로 있었어도 똑같았겠다.

방어력 무시라니, 게임 설정 같은 성능이네.

바로 옆에 혼절하여 꼼짝도 않는 흑룡의 볼을 보았다.

좀, 너무 세게 찼나?

두개골에 금 가는 감촉이 느껴졌는데 「혼절」 말고 다른 상태가 없으니 괜찮겠지?

얼마 동안 기다려도 변화가 없기에, 상한 비늘과 다치게 만든 부분에 중급 회복 마법인 「치유: 물(아쿠아 힐)」을 걸었다.

중급 회복 마법은 부위 결손을 수복하는 힘이 없는데 상한 비늘이 새로 돋아났다. 유감이지만 이빨은 그대로였다.

아마도 흑룡의 자기회복 능력과 상승효과를 낸 거겠지.

할 일이 없기에 「원거리 통화」 마법으로 아리사에게 연락하여 그쪽 상황을 확인했다.

『이쪽은 모두 무사해. 습격자들은 모두 포박해서 위병 아저씨한테 넘겼어. 백호 가오가오 군은 뭔가 사과를 하더니 돌아갔어. 우리 편 마사냥꾼들은 습격자들 연행하는 걸 돕고 있어.』

아리사의 보고를 들으며 「멀리 보기」 마법과 맵으로 푸타의 상태를 확인했다.

서두를 필요는 없겠군.

"이쪽도 대강 끝났는데, 돌아가는 건 좀 나중이 될 것 같아. 지쳤을 테니까 다들 먼저 쉬어."

『오케이!』

아리사랑 통화를 종료하고, 꼼짝도 안 하는 흑룡을 올려다보았다.

멍하니 흑룡이 눈뜨기를 기다리자니 한가하기에 전투를 하면서 흩어진 용의 비늘을 회수하고, 지상에 노출된 미스릴 광맥에서 광석을 주우며 시간을 보냈다.

이윽고 흑룡의 상태가 「혼절」에서 「없음」이 되었다.

살짝 열린 흑룡의 눈이 내 시선을 깨닫고 황급히 닫혔다.

—아니, 이미 늦었잖아.

『일어났지? 서로 건투를 치하하며 술이라도 나누지 않을래?』

내가 부르면서 흑룡의 코앞에 술통을 놓았다.

공도의 술 좋아하는 귀족에게 받은 「바위 요정 죽이기」란 이름의 대단히 강한 술이다. 드워프의 화주랑 맞먹을 정도로 알코올 도수가 높고, 첫맛부터 화끈하기로 유명했다.

주먹을 내리쳐서 술통 뚜껑을 깨자 풍부한 술 냄새가 주위에 퍼졌다.

어느샌가 흑룡의 콧구멍이 벌어져 있었다.

역시 용은 술을 좋아하는군.

『우우우음. 좋다, 특별히 무승부로 해주지.』

흑룡은 참으로 본의가 아니라는 시늉을 하며 몸을 벌떡 일으켰다.

위엄을 유지하고 싶은 건 알겠지만, 시선이 그렇게 술통에 고정되면 안 되지.

꽤 재미있는 녀석이네.

『작은 자여, 나와 비긴 기념으로 무엇을 바라나?』

『그렇군—. 그럼 친구가 되자.』

나는 유쾌한 흑룡이 마음에 들어서 그렇게 제안했다.

—RWULOOOUUUUNN!

흑룡이 즐겁게 목을 그르렁거렸다.

『좋다! 네놈은 내 친구다. 기념으로 「쿠로」란 이름을 주마. 옛날에 내가 키운 사람 아이의 이름이다.』

이름을 선물 받다니, 새로운 경험이군.

그러고 보니 AR표시된 흑룡에게 고유명사가 없는 걸 깨달았다.

『그러면 나도 너한테 이름을 줄까. —헤일롱은 어때?』

이름을 붙여준다고는 했지만 좋은 이름이 떠오르질 않아서 중국어로 흑룡을 의미하는 이름을 선물했다.

이거 참, 나한테 이름 짓는 재능이 없는 걸 깜박했네.

『근사하군! 나는 이제부터 헤일롱이다!』

흑룡이 기쁘게 포효를 지르더니, AR표시된 그의 이름이 「헤일롱」이 되고 교류란의 내 이름이 공란에서 「쿠로」로 바뀌었다.

급히 조작해봤더니 문제없이 「쿠로」에서 다른 걸로 변경할 수 있었다.

방금 전 흑룡의 포효가 「명명」 스킬이었나 보군.

『후우, 목이 마르군.』

흑룡이 술통을 슬쩍 살피며 중얼거리기에 눈치 빠르게 술을 권했다.

『우음, 좋구나. 역시 인간이 만드는 술은 맛있다.』

지체 없이 술통을 물고서 술을 들이킨 흑룡이 만족스럽게 술 냄새 나는 콧김을 흘렸다.

『그러나, 용의 술도 지지 않지. 답례다, 자 용의 술을—.』

흑룡이 기나긴 노래처럼 울부짖자, 지면이 패이면서 항아리 모양이 되었다.

잠시 지나자 중앙에서 맑은 물이 솟았다.

투명한 물이 서서히 녹색으로 물들더니, 멜론 소다 같은 투명한 술로 변했다.

—용천주다.

전에 마셔본 용천주보다 훨씬 맛있다.

갓 솟은 용천주는 향도 그렇고, 맑고 깨끗하며 매끄럽게 혀에 닿는 감촉도 그렇고, 온몸에 퍼지는 깊은 술기운도 그렇고, 방치되어 있던 남은 용천주하고는 차원이 달랐다.

『맛있어.』

『그렇지, 그렇지. 더 마셔라.』

흑룡이 웃으면서 기분 좋게 용천주를 권했다.

이대로 연회에 돌입하고 싶었지만, 푸타에 용건이 남아 있었다.

흑룡이 빈 술통을 손으로 만지작거리기에 술을 조달한 다음에 성대한 연회를 열기로 약속하고 오늘은 자리를 파했다.

내 「귀환 전이」 마법으로는 못 가는 거리라서 푸타 근처의 산중까지 흑룡이 바래다주었다.

『그러면, 7일 뒤에.』

『그래. 술뿐 아니라 염소도 잊지 마라.』

『알았어.』

서로 웃으며 약속을 나누었다. 드래곤과 연회라니 너무 기대되는군.

날아가는 흑룡을 배웅하고서 푸타로 갔다.

돌아가는 도중에 살짝 빠져서 강바닥에 가라앉은 홍련 지팡이를 스토리지로 회수했다. 보옥 부분밖에 안 남았지만 방치하면 위험하니까.

몰래 도시 안으로 돌아와서 성 근처의 숲으로 갔다.

표면적으로「사토는 성으로 도망친 다자레스 후작을 쫓아갔다」고 되어 있으니까.

숲 속에서 나를 수색하던 위병들에게「구출」받았다.

성과 도시를 잇는 언덕길까지 왔더니 성으로 가는 마사냥꾼들과 만났다.

"귀족님!"

마사냥꾼들 가운데 있던 콘이 날아왔다.

걱정한 모양이군.

"무사해서 다행이야!"

"마족이나 용한테 먹힌 거 아니냐고 콘이 난리더라."

"돈이야 먼저 받았지만, 젊은 애가 죽는 걸 보기는 싫지."

콘의 동료인 여자 마사냥꾼들이 입을 모아 말했다.

"케나, 먼저 간다!"

"그래, 금방 갈게! 그럼 또 봐, 사작님. 우리는 이제부터 수호자식을 구출하러 가거든."

마사냥꾼들은 피로가 보이지 않는 미소를 지으며 위병을 쫓아 성으로 갔다.

맵으로 확인하니, 포튼 준남작 일행은 아직도 무너진 성 안에 갇혀 있었다.

딱히 크게 다친 사람이 없으니 긴급성이 없다고 판단하여 여관으로 돌아가, 동료들이 잠든 침대에 누웠다.

안녕히 주무세요—.

◆

푸타에서 남은 일은 별로 없었다.

우리 편을 들어준 마사냥꾼들에게는 주점을 전세 내 대연회를 열어 주고, 적으로 돌아설 뻔한 마사냥꾼들을 말려준 콘에게는 답례로 간단한 구조의 의수와 양질의 장비를 주었다.

안주할 땅이 없는 백호 수인들에게는 무노 남작령을 권했다. 무노 남작과 니나 여사는 아인 차별의식이 없고, 가르가오론 일행은 훌륭한 전력이 될 테니까.

습격에 참가한 무법자들은 범죄 노예가 되었고, 살아남은 방화마 귀족의 부하들은 공도로 연행되었다.

마지막으로 포튼 준남작은 여관 습격에 가담하지 않았다는 것이 쿠체에서 파견된 심의관을 통해 증명되었다.

하지만 뇌물은 사실이라서 그의 진퇴에 대해서는 그가 속한 파벌의 수장인 로이드 후작에게 떠넘길 생각이다.

또한 범죄 노예의 매각금과 치안유지 포상금 명목으로 위자료가 상당히 들어왔다.

독점하기도 미안하니까 푸타의 가난한 사람들에게 환원했다.

구체적으로는 폐쇄된 양육시설을 재개시키고 마사냥꾼 양성소를 신설한다. 양성소의 교관은 부상 등으로 은퇴한 마사냥꾼들을 맞이하게 되었다.

이것의 운영은 양육시설의 원장에게 맡겼다.

그리고 지속적인 운영자금은 케첩의 레시피와 독점판매권을 담보로 로이드 후작이 내줄 예정이었다.

"유생체들이여, 얼마간 작별입니다."

"나나, 갈 거야? 갈 거야?"

"나나, 같이 있자? 안돼?"

"나나, 가지마아."

나나가 매달리는 유아들의 머리를 쓰다듬으며 작별의 말을 고했다.

데리고 가자고 할 줄 알았더니 뜻밖에 미련을 갖지 않는군.

"그들에게는 거점이 생겼습니다. 여행은 유생체의 생명에 위험하고 가혹하다고 판단합니다."

거점이란 건 양육시설을 말하는 거겠지.

아직은 돗자리만 깔아둔 침상밖에 없지만 다른 집 처마나 나무 아래서 잠드는 것보다는 낫다고 한다.

양육시설에는 나나가 도시 전체에서 모아온 50명쯤 되는 고아들이 살고 있었다. 도시에 있는 고아의 수는 3배쯤 더 되지만, 모두 모이지는 않았다. 뒷일은 원장이나 도시 사람들에게 맡기도록 하자.

"귀족님, 또 놀러 와!"

"헤헤헤, 미안하네. 사작님. 우리까지 이렇게 좋은 장비를 받았으니."

의수를 쥐었다 폈다 하는 콘 옆에서 케나를 비롯한 여자 마사냥꾼들이 새로운 장비를 입고 섹시한 포즈를 취했다.

그녀들에게 준 장비는 딱정벌레의 껍질을 가슴 받이나 어깨

받이로 사용한 마사냥꾼풍 가죽 갑옷이었다.

평범한 가죽 갑옷처럼 보이지만 안쪽에 갑옷 도롱뇽의 가죽과 히드라의 피막을 사용했으니 보기보다 방어력이 높았다.

"사작님! 갓 딴 토마토 가져가!"

원숭이 수인 청년도 나에게 커다란 바구니를 건넸다.

화상을 치료해준 사람들과 가족들도 배웅하러 왔구나.

푸타의 사람들— 유아들이나 수인들, 더욱이 마사냥꾼들에게 성대한 배웅을 받으며 도시를 떠났다.

몇 명정도 발이 빠른 아이들이 마차를 따라 달렸지만 금세 지쳐서 뒤쳐졌다.

나나가 몇 번이고 아쉬운 듯 도시를 돌아보았다.

짐승들 길에 가까운, 잡초가 무성한 가도를 마차가 덜컹덜컹 나아갔다.

우리는 산을 넘고 계곡을 건너서 도적조차 안 나오는 평화로운 길을 여행했다.

자주적으로 사냥 당하러 오는 마물을 퇴치하면서 여행길에 조금씩 변하는 생태도 즐겼다.

"마스터, 돌격창 딱정벌레(랜스 비틀)을 격퇴했다고 보고합니다."

"새로 와~?"

"이번에는 일각 뱀인 거예요."

"어제 먹은 나가도 좋았지만, 씹는 맛이 있을 것 같아 보이는 마물이군요."

공격해오는 마물들 중에는 수목형이나 버섯 괴물 같은 것도 섞여 있었다.

"버섯~?"

"무화과."

눈썰미 좋은 타마와 식물을 잘 아는 미아랑 함께 보기 드문 식물을 채취했다.

"주인님! 이 과실 좀 보세요!"

"석류잖아! 이 뽁뽁 터지는 거 그립다~."

"응, 맛있어."

이쪽 방면은 촌락이 적은 탓인지 자연이 풍부했다.

"이제 그만, 괜찮을까?"

땅끝 마을을 넘어서 반나절 정도 왔으니 이제 그만 공로로 변경하고자 마차를 세웠다.

맵으로 확인했더니 주변에 사람은 없었다.

그래, 사람은 없었다—.

"이 근처에서 비행선으로 가는 거였지?"

"그럴 생각이었는데 말이지."

맵에 비치는 파란 광점이 남쪽에서 다가왔다.

"—위험!"

아리사랑 대화하던 도중에 타마가 혈색이 바뀌며 내 머리 위로 기어올랐다. 흑룡의 접근을 감지했군.

이윽고 펄럭펄럭 날갯짓 소리가 들리며 흑룡이 하늘에서 내려왔다.

말이나 주룡이 폭주하지 않도록 「이력의 손」으로 들어올렸다.

『쿠로! 마중 나왔다!』

『안녕, 헤일롱.』

성미 급한 흑룡이 예정보다 이틀 이르게 마중을 나오고 말았다.

『이 말과 도마뱀은 안주인가?』

『아니야, 소중한 여행의 동료니까 먹지 마.』

『하는 수 없지, 그렇다면 나중에 와이번이나 육지성게라도 가져오마.』

『그건 좋네. 육지성게는 나도 먹어보고 싶었어.』

흑룡과 담소를 나누며 동료들에게 소개하려고 돌아보니 다들 새파란 표정으로 굳어 있었다.

—어라?

흑룡하고 친해졌다고 얘기를 해뒀는데?

"자, 잘 부탁해. 흑룡— 이름 뭐였지?"

"헤일롱이야."

"고, 고전적이네……. 잘 부탁해, 헤일롱. 나는 아리사!"

"타마~?"

"포, 포치인 거예요."

아리사가 흑룡에게 인사를 하자, 타마와 포치가 거기에 이끌려 내 뒤에서 조심조심 인사했다.

어지간히 무서운지, 둘 다 귀가 축 늘어져 있고 포치는 꼬리가 다리 사이로 숨어 있었다.

『잘 부탁한대.』

내가 아이들의 말을 통역해서 흑룡에게 전했다.

『오냐, 작은 자들이여. 내 이름은 흑룡 헤일롱이다.』

"보르에난 숲의 가장 어린 엘프, 라미사우야와 리리나트아의 딸 미사날리아 보르에난."

흑룡이 자기소개를 하자 미아도 장문의 자기소개를 했다.

"주, 주황 비늘 종족의 리자라고 합니다."

"나나라고 고합니다."

"루, 루루, 입니다."

리자는 긴장한 기색으로, 나나는 담담하게 말했다. 루루는 졸도할 것 같았다.

어디, 서로 자기소개는 이만하면 되겠지.

흑룡은 여기서 곧장 연회를 시작하고 싶은 모양이었지만, 여기는 마을이 가까우니까 장소를 바꾸기로 했다.

"냐하하하~?"

우리는 지금 용의 머리에 타고 이동하고 있었다.

타마가 머리의 뿔에 체중을 싣자 흑룡에 거기에 맞춰 몸을 기울이며 놀고 있었다. 흑룡은 여전히 장난끼가 가득했다.

용의 머리에는 타마가 탄 뿔 말고도 몇 개의 뿔이 있었다.

나도 용의 머리에 쿠션을 깔고 뿔 하나를 등받이 삼아서 앉아 하늘 여행을 즐기고 있었다.

본래는 강풍이나 용이 비행할 때 목이 위 아래로 움직이기 때문에 날아가 버리겠지만, 「방풍」 마법으로 강풍을 막고, 「이력의 손」으로 날아가지 않도록 한 사람씩 지탱하고 있었다.

"절경이네~."

"응, 예뻐."

처음에는 무서워하던 아리사와 미아도 지금은 풍경을 즐기는 여유가 생겼다.

"타마, 좀더 격렬한 기동을 희망합니다."

"오우케이~?"

나나도 타마와 마찬가지로 절규머신을 좋아하는 타입이군.

한편 타마랑 나나와 정반대인 사람도 있었으니—.

"오우케이, 가 아닌 거예요! 떨어져! 떨어지는 거예요!"

"그래요! 타마, 얌전히 있어요. 하늘, 그래요. 공중에 있는 겁니다. 낙하하면 날 수 없어요?"

내 무릎 위에 앉은 포치랑, 내 왼쪽 옆에서 팔에 매달려 꼼짝도 않는 리자가 타마에게 주의— 라기보다 비난을 보냈다.

"괜찮으이~."

타마의 대답은 마이페이스였다.

"괘, 괜찮지 않은 거에요."

"잘 들어요, 타마. 지상에 내려가면 혼내줄 겁니다."

포치랑 리자는 하늘 여행이 거북한 모양이군.

아까부터 둘 다 무서울 정도로 진지한 목소리였다.

포치가 무서워하는 건 예상했지만, 리자가 겁을 먹은 건 뜻밖이었다.

"주인님! 웃지 말고, 손은 이쪽인 거예요. 꼭 잡아주지 않으

면 떨어지면 위험한 거예요."

포치는 내 무릎 위에서 흑룡이 몸을 기울일 때마다 움찔거리며 몸이 굳었다.

아까부터 포치의 귀가 축 늘어져 있었다. 무릎 위에 앉아 있기만 하면 불안한지 내 손을 자기 배 위에 두었다.

그리고 아까부터 말이 없는 루루는 내 오른손에 매달려 눈을 감고 있었다.

양손이 막힌 탓에, 「이력의 손」으로 비단 장갑을 조작하여 머리를 쓰다듬어줬다.

유쾌한 하늘 여행은 흑룡산맥의 중간쯤, 꽃들이 흐드러진 고원까지 이어졌다.

『여기면 되겠나?』

『그래, 연회 준비를 시작하자.』

아이들과 나나는 흑룡이 땅에 뻗은 날개 위를 미끄럼틀처럼 데굴데굴 굴러 내려오며 꽃밭에 돌격했다.

나는 계속 끌어안긴 리자와 루루를 안고서 천구로 땅에 내려와 두 사람을 조용히 꽃밭에 앉혔다.

말과 주룡들은 겁을 먹지 않도록 먹여둔 수면약 효과가 아직 돌고 있어서 받치고 있던 「이력의 손」을 조작하여 용의 등에서 꽃밭에 내려 눕혀뒀다.

"……주, 주인님, 추태를 보여드려 죄송합니다."

"죄송합니다, 주인님."

"하늘 여행은 처음이었으니 사과 안 해도 돼. 그보다 연회 준비 도와주지 않을래?"

"알겠습니다!"

"네!"

리자와 루루는 아직 낯빛이 파랬지만, 일을 배당했더니 조금 기운을 차렸다.

이어서 흑룡에게 줄 선물을 스토리지에서 꺼냈다.

대량의 술통과 피를 뺀 염소 30마리다.

이것들은 야음을 틈타 공도에서 사왔다. 내가 갑자기 공도에 나타나면 이상한 소문이 도니까 정체를 감추고 구입했다.

『오오! 염소가 아닌가! 진작 내놓을 것이지!』

흑룡이 그것을 보고 크게 기뻐했다. 아무래도 정말 염소를 좋아하나 보군.

흑룡이 커다랗게 외치자 다들 몸을 움찔거렸지만, 기뻐하는 것뿐이라고 말하자 안심했다.

포치는 꼬리를 숨기고 있었지만, 타마는 흥미롭게 흑룡을 보고 있었다.

『이 나무통은 술이로군! 그러면 나도 「술의 샘(소울 웰)」을 소환하지!』

흑룡은 기분이 좋아져서 용천주를 불러내고, 염소를 한 손으로 들더니 입에서 뿜어낸 작은 불꽃으로 재주 좋게 구웠다.

『크하하하, 역시 염소는 맛있군!』

흑룡은 통구이한 염소를 머리부터 으드득 깨물더니, 뼈든 고기든 뿔이든 상관없이 씹었다.

"맛있어~?"

"괴, 굉장히 맛있어 보는 거예요."

타마랑 포치가 흑룡을 올려다보며 군침을 흘렸다.

분명히 비주얼적으로 맛있어 보이긴 하네.

염소만 가지고는 금세 없어질 것 같으니 고래 고기도 꺼내자.

나는 미궁 유적에서 100킬로그램 사이즈로 커팅한 고래 블록 고기를 몇 개 꺼내 흑룡 사이즈의 거대 고기꼬치와 우리들의 바비큐 사이즈로 잘라냈다.

식재료는 이동하면서 확보한 육지멍게와 괴물 버섯, 분사 죽순(로켓 뱀부) 등도 있었다.

"고기~?"

"포치보다 커다란 꼬치고기인 거예요!"

"근사한 크기로군요."

흑룡의 꼬치고기를 본 아인 소녀들이 확 밝게 웃었다. 딱히 염소 통구이가 아니라도 괜찮은가 보군.

『쿠로, 그건 무엇을 굽고 있는 거지?』

염소를 덥석덥석 먹고 있던 흑룡이 거대한 꼬치구이를 보고 흥미로운 듯 얼굴을 들이댔다.

『대괴어 고기야.』

『대, 대괴어?! 그 먹보 고기 말인가!』

머리를 움찔 뒤로 넘긴 흑룡이 믿을 수 없다는 듯 고개를 되돌렸다.

『요전에 사냥했는데 먹어볼래?』

『어, 허어. 먹어 보지.』

흑룡이 고깃덩어리 3개가 붙은 꼬치를 호쾌하게 먹었다.

『마, 맛있군—!』

기뻐해주니 나도 좋지만, 감격을 나타낸다고 「용의 숨결」을 하늘로 쏘아내는 건 관둬.

"맛있어—!"

타마가 보통 사이즈 꼬치를 깨물고서 흑룡을 흉내 냈다.

"데린저러스인 거예요!"

"과연 용, 호쾌하군요."

포치랑 리자는 타마 정도로 마이페이스는 아니었다.

포치는 「Delicious」랑 「Dangerous」가 섞인 발언을 했다. 무슨 총 이름 같은 것이, 일부러 한 건지 실수한 건지 미묘해서 판단이 어렵군.

처음에는 이런 식으로 동료들이 흑룡에 적응하지 못했지만, 차츰 나와 타마를 보고 익숙해졌다.

『—그건 뭐지?』

"이, 이건 고추가루 마요네즈라는 것인데—."

루루의 말을 통역해줬다.

루루가 지금 만든 고추가루 마요네즈를 거대 꼬치고기에 바르자, 흑룡이 그것을 신이 나서 입에 넣었다.

『맛있다, 실로 맛있군! 이 매콤함은 끊을 수 없겠어!』

흑룡은 마요러[#5]의 소질이 있었군.

#5 마요러 마요네즈를 대량으로 먹고, 어떤 음식에든 마요네즈를 뿌려 먹는 사람.

“이 유리 같은 건 뭐야?”

“완성된 다음을 기대하세요.”

아리사의 질문을 가볍게 흘리고 「이력의 틀」 마법으로 즉석 가마를 만든 뒤, 얇게 편 반죽에 토마토 소스를 바르고 얇게 썬 치즈와 여러 가지 재료를 위에 깔았다.

“—서, 설마?!”

예상을 말하려던 아리사의 입에 검지를 대어 막고 화염로 마법의 불꽃으로 뜨거워진 가마에 토핑이 듬뿍 올라간 반죽을 넣었다.

치즈가 익는 냄새에 아인 소녀들이 고기를 먹는 것도 잊고서 눈을 가늘게 떴다.

완성품을 거대한 나무 주걱으로 꺼내 부채꼴로 잘랐다.

“자, 드세요.”

“역시, 피자다아아아아아!”

아리사가 외치며 양손으로 집은 피자를 입으로 옮겼다.

이번에는 베이컨과 샐러미를 올린 스탠다드 피자와, 슬라이스 토마토, 아스파라, 가지, 파프리카 등의 야채를 듬뿍 사용한 베지터블 피자 두 종류를 준비했다.

“뜨거우니까 조심해라.”

“늘어나~?”

“아뜨뜨인 거예요.”

“으하하, 엄청 맛나~.”

“응, 맛있어.

아주 신이 난 연소자 팀은 피자가 참 마음에 든 모양이다. 타마랑 포치 두 사람은 치즈가 늘어나서 얼굴에 묻었으니 나중에 씻겨야겠다.

"마스터, 피자에 데었다고 보고합니다."

눈물짓는 나나를 위로해주면서 치유마법을 걸어줬다.

"주인님, 새 고기 철판구이도 맞지 않을까요?"

"드워프들의 소시지도 맞을 것 같아요."

역시 요리가 특기인 사람은 달라.

『쿠로! 나도 그 요리를 먹고 싶다.』

『그래, 나한테 맡겨.』

호기심 왕성한 흑룡이 먹고 싶어 할 것은 예상했기 때문에 피자 반죽을 대량으로 준비했다.

가마를 물질이 아니라 「이력의 틀」 마법으로 만들었으니 크기 조절은 자유자재다.

나는 「이력의 손」을 써서 피자 반죽을 회전시켜 직경 10미터까지 넓혔다.

"얇~아?"

"햇님이 비쳐 보이는 거예요!"

피자가 펼쳐지는 게 재미있는지, 타마랑 포치가 피자 반죽 가장자리를 빙글빙글 달렸다.

"두 사람 반죽에 닿지 않게 조심해야 된다."

"난쿠루나이사[#6]~?"

#6 난쿠루나이사 오키나와 사투리. 「어떻게든 될거야」란 의미. 케 세라 세라와 같은 뜻.

"괜찮은 거예요."

가장자리가 하늘하늘한 피자 반죽을 쫓는 두 사람이 건성으로 대답했다.

그때 갑자기 바람이 불어서 루루와 나나의 스커트를 들추었다.

물론 다른 곳에도 바람은 불었다—.

"포치!"

타마의 경고가 조금 늦었다. 바람 때문에 밸런스가 무너진 포치가 피자 반죽에 돌진했다.

"우와~, 인 거예요!"

"으갸아아아아아아!"

포치를 기점으로 궤도가 바뀐 피자 반죽이 가까이서 구경하던 아리사를 덮쳤다.

"죄송합니다, 인 거예요."

"으~, 머리카락에 다 들러붙었어."

나는「이력의 손」으로 무사히 반죽을 회수하고, 반죽투성이가 된 두 사람을「가벼운 세정(소프트 워시)」마법으로 깨끗하게 씻겨줬다.

"아리사, 죄송합니다인 거예요."

"반성했으면 됐어. 포치는 나를 위해서 제일 맛있는 꼬치고기를 가져와. 그러면 용서해줄게."

"라져(Roger)인 거예요."

두 사람이 대화를 나누는 동안 흑룡의 피자가 완성됐다.

『어허, 제법 진미로군. 염소나 대괴어에는 못 미치지만 와이번 구이보다는 맛있다.』

그다지 입에 안 맞는 줄 알았는데 「그런데, 다음은 아직인가?」라고 묻는 걸 보니 꽤 맛있었나 보군.

한솥밥을 먹은 건 아니지만, 같이 맛있는 것을 먹고서 즐거운 시간을 보낸 덕분인지 연회가 끝날 무렵에는 모두 친해졌다.

연회 뒤, 흑룡이 다시 등에 태워서 흑룡산맥을 넘어 보르에난의 숲 쪽 산자락에 내려주었다.

『내 마음의 벗 쿠로여. 내가 배웅할 수 있는 곳은 여기까지다. 숲의 경계까지 데려다 주고 싶지만 숲에 너무 다가가면 하이 엘프 할멈이 시끄럽게 군다.』

흑룡이 정색하면서 얼굴을 찌푸렸다.

오늘 하루 보면서 용의 표정을 상당히 구분할 수 있게 됐다.

『전에 다가갔을 때는 벼락의 비를 내려서 비늘의 위쪽 절반이 벗겨졌다! 탈피할 때까지 100년 정도 아팠다. 그러니 쿠로, 너도 하늘로 다가가는 건 여기까지만 해라.』

과연, 엘프의 방위 시설은 용조차 쫓아내는구나.

『고마워, 여기까지 만으로도 충분히 도움이 됐어.』

그렇지, 헤어지기 전에 다시 확인을 해볼까.

『남은 용천주나 부러진 이빨은 받아도 되는 거야?』

『나에겐 필요 없다. 맛있는 염소와 대괴어 고기의 답례— 가 아니라, 우정의 표시로 가져가도록 해라.』

지금 음식의 대가라고 하려고 했지?

흑룡이 엉뚱한 방향으로 얼굴을 돌리며 얼버무리려 하니까 너무 추궁하지 않고 받기로 했다.

"헤일롱, 바이바이~?"

『오냐, 다시 함께 하늘을 날아보자!』

타마는 흑룡의 코끝에서 작별을 아쉬워했다.

"타마! 흑룡님께 실례입니다! 그러면 실례하겠습니다. 흑룡님께 좋은 싸움이 있기를 기원하겠습니다."

리자는 일족에 전해지는 거창한 인사를 했다.

"또 만나는 거예요."

"절친과 작별하기 아쉽다고 고합니다."

"또 봐."

포치, 나나, 미아는 가볍게 작별을 고했다.

"저, 저기, 헤일롱 님. 이 항아리를 가져가세요. 좋아하신 고추가루 마요네즈가 들어 있어요."

『오오! 마요러인 나에겐 멋진 선물이다. 소녀여, 이 가시를 주마. 좋은 지팡이를 만들 수 있을 거다.』

"고, 고맙습니다."

흑룡이 내민 흑금색 창 같은 가시를 루루가 조심조심 받았다.

아리사와 미아가 그것을 부러운 듯 보고 있었다.

『그럼 헤일롱. 또 염소랑 술통을 구하면 놀러 갈게.』

『그래, 대괴어 고기와 고추가루 마요네즈도 잊지 마라.』

가벼운 작별의 말을 나누고 흑룡이 날아올랐다.

손을 흔드는 우리들 위를 몇 번 선회한 뒤, 헤일롱은 흑룡산맥 정상으로 날아갔다.

흑룡산맥 정상과 가는 길에 각인판을 설치해뒀으니 「귀환 전이」를 몇 번 쓰면 놀러갈 수 있을 거다.

마법은 역시 편리해.

보르에난의 숲

"사토입니다. 도회지에서 태어난 친구들은 시골이 고향인 것을 부러워하는 경우가 있었습니다. 그렇지만 어렸을 적 기억이 떠오르는 그리운 장소가 있다면 남을 부러워할 필요 없다고 생각합니다.

『—숲.』

"여기가 보르에난 숲? 어쩐지 평범하네."

숲의 입구에서 미아랑 아리사가 중얼거렸다. 미아는 엘프어였다.

네 마리 말과 두 마리 주룡, 그리고 뿔 없는 유니콘 한 마리에 나눠 탄 우리는 그날 안으로 보르에난 숲 가장자리에 있는 「보르에난 숲의 결계」에 도착했다.

말을 못 타는 아리사는 미아의 일각수에 같이 탔다.

일각수에서 내려 결계 앞으로 온 미아가 엘프어로 『개문』이라고 말하자, 결계 표면에 파문이 일어나더니 직경 3미터쯤 되는 입구가 나타났다.

미아가 가만있을 수 없다는 표정으로 안에 뛰어들었다.

"아, 미아 기다려."

아리사가 뒤따르고, 다 함께 안으로 들어갔다.

저 멀리 원근감이 이상해질 정도의 거목이나 완전히 궤도 엘리베이터로 보이는 세계수가 있는 것 말고는 아주 평범한 숲이었다.

숲의 오솔길을 총총 달리는 미아 뒤를 따라가자 조금 트인 장소에 나왔다. 이 광장에서 다른 장소로 이어지는 길은 없었다.

광장에는 버섯이 고리처럼 나 있는 장소가 몇 개 있었다.

미아를 구하러 간 「요람」에서 본 전이문을 만드는 「요정의 고리(페어리 링)」랑 똑같았다.

미아가 광장을 두리번거리며 시선을 방황했다.

혹시 여기서부터 길을 모르나?

『어머~. 인간이잖아! 오랜만~.』

광장을 둘러싼 나무 중 하나에서 녹색 피부의 어린 소녀— 드라이어드가 나타났다.

『드라이어드.』

『어머나, 어린 아이잖아.』

『열어줘.』

미아가 드라이어드에게 전이문인 「요정의 고리」를 열어달라고 탄원했다.

『미안해, 안돼.』

『어째서—.』

드라이어드가 뜻밖에 거부하자, 미아의 표정에 절망이 떠올랐다.

『드라이어드, 마력 문제라면 내가 제공하는데?』

『그런 게 아닌데, 마력은 받을게.』

드라이어드가 내 얼굴을 양손으로 감싸고 키스를 시도했다.

나는 재빨리 드라이어드의 이마를 눌러 거부했다.

『전이문 여는 거랑 교환이야.』

『응~. 이제 괜찮겠지?』

드라이어드가 허공을 바라보며 고개를 끄덕거렸다.

『오케이야.』

드라이어드가 그렇게 말하며 내 입술을 빼앗자, 광장에 있는 「요정의 고리」가 차례차례 녹색 빛을 뿜었다.

그 중 하나에서 두 사람의 그림자가 떠올랐다.

미아보다 조금 큰 소년과 소녀였다.

『라야! 리아!』

그 둘을 보고 미아가 넘어질 기세로 달려갔다.

AR표시되는 두 사람의 본명은 라미사우야와 릴리나토아—미아의 부모님이었다.

발을 헛디딘 미아가 잔디 위에 넘어졌다.

『『미아!』』

두 사람이 황급히 미아에게 달려왔다.

몸을 일으킨 미아가 쪼그려 앉은 두 사람과 얼싸안으며 서로의 이름을 불렀다.

"주인님, 저걸 보십시오."

"미아 잔뜩~?"

"엘프인 사람들이 잔뜩 있는 거예요."

아인 소녀들이 광장에 있는「요정의 고리」를 가리켰다.

거기서 엘프들이 차례차례 나타났다.

"마스터, 날개가 달린 유생체를 발견했습니다. 포획 허가를!"

"귀여워."

나나와 루루가 엘프와 함께 나타난 작은 날개 요정들을 보고 좋아했다.

날개 요정과 함께 무녀 복장의 엘프나 전에「멀리 보기」를 역탐지했을 때 본 플라티나 블론드의 미녀도 나타났다.

내 취향의 타입이 나타나 AR표시를 주시하려고 했더니 아리사가 목덜미를 잡아끌었다.

"자, 잠깐, 주인님! 언제까지 키스하고 있을 거야!"

『아잉, 조금 더 괜찮잖아.』

미아랑 부모님의 재회에 정신이 팔려서 드라이어드에게 마력공급을 하던 걸 까먹고 있었네.

내가 저항하지 않자, 총 마력의 3분의 2 가까이 빨아들였다.

『오늘은 인간이 마력을 잔뜩 줬으니까 크게 한턱 쏠게.』

드라이어드가 손을 흔들자, 광장의 수목이 빛나기 시작했다.

『더 간다~.』

그 빛이 숲 전체로 퍼졌다.

멀리 있는 거목까지 라이트업되어 빛나기 시작했다.

발치의 풀 사이로 차례차례 새싹이 돋더니 빛나는 꽃을 피웠다.

빛을 띠는 수목도 풀이나 꽃과 경쟁하듯 가지에 새로운 봉오리를 틔워 색색깔의 꽃을 피웠다.

나무들이 잎을 흔들며 상냥한 음악을 연주하기 시작했다.

『에헤헤~. 이런 서비스 자주 하는 거 아니거든?』

드라이어드가 뽐내는 웃음을 짓자 눈보라처럼 흩날리는 빛의 꽃잎이 광장을 춤추었다.

엘프들이 「미아의 귀환」을 축복하는 노래를 합창하고, 날개 요정들이 꽃잎과 함께 춤추었다.

기뻐서 눈물을 흘리는 부모님과 꼭 끌어안은 미아에게 숲의 모든 것이 말하고 있었다.

—어서 와, 미아.

여기가 네 보금자리야.

■작가 후기

안녕하세요? 아이나나 히로입니다.

「데스마치에서 시작되는 이세계 광상곡」 제7권을 구입해주셔서 대단히 고맙습니다!

독자 여러분의 성원 덕분에 서적판 데스마치도 2주년을 맞이했습니다!

앞으로도 독자 여러분이 질리지 않도록 열심히 연구를 할 테니 앞으로도 데스마치를 잘 부탁 드립니다.

아야 메구무 씨가 그리는 코미컬라이즈판 데스마치도 순조로워서, 드래곤 에이지 본지나 Comic Walker에 연재되는 만화를 읽고 소설판에 흥미를 가졌다는 독자도 늘었습니다.

아직 읽지 않은 분은 꼭 한 번 보세요.

분명히 아야 메구무 월드에 끌려들어가서 다음 이야기를 기다리게 될 겁니다. 틀림없어요.

저도 최신화의 네임 체크를 하는 것이 늘 기대되고, 더욱이 완성판이 게재될 때 읽는 「원작자의 행복」을 즐기고 있습니다.

코미컬라이즈판에는 숨겨진 오리지널 에피소드가 몰래 뿌려져 있어서, 그것들을 발견하는 것도 즐거웠습니다(아인 소녀들이 미궁에서 신발을 얻는 장면에서 포치가 「교대로 신는 거예요」라고 하는 부분은 그녀들이라면 틀림없이 그리 말할 거란 생각이 드는, 멋진 보완을 하셨습니다).

만약 조금이라도 흥미를 느끼셨다면 Comic Walker에서 무료로 읽을 수 있는 제1화를 한 번 보세요. 분명히 다음 이야기를 읽고 싶어지실 겁니다.

선전이 조금 길어졌으니, 이제 그만 본편의 볼거리를 소개하겠습니다.

지난 권까지와 마찬가지로 신규 에피소드 추가나 스토리의 재편을 했으며, 거의 모두 새로 썼습니다.

개중에서도 제1장 「메네아 왕녀의 의뢰」는 「**WEB판에도 없는 완전 신규 에피소드**」이니, 아직 본편을 안 읽으신 분은 기대해 주세요!

이번 권은 지난 권의 라스트에서 의미심장하게 등장한 메네아 왕녀의 의뢰로 시작됩니다.

WEB판 데스마치에서 그녀는 구를리안 시에서 사토와 만났지만, 서적판에서는 무노 남작령까지 원정 온 무녀 세라에게 차례를 빼앗겨 버리고 7권이 되어서야 게스트 히로인의 자리를 쟁취했습니다.

WEB판에서는 만난 직후부터 사토에게 추파를 던지던 그녀가 서적판에서 어떻게 바뀌었는지 주목해 주세요.

지금까지 데스마치에 없었던 타입의 히로인이라고 자부합니다.

용사와 교류하는 것도 린그란데와의 관계가 변하여 WEB판과는 다른 루트로 나아갔습니다. 전투 장면이 아닌 곳에서 나설 차례가 없었던 용사의 동료들과 사토의 교류도 늘어났습니다.

공도에서는 귀족들과 교류도 진행되어, 지난 권에서는 별로 묘사되지 않았던 공방 견학이나 사토가 요리가 아닌 것을 만드는 장면에도 힘을 쏟았습니다.

동료들의 장비도 등급이 올랐고, 사가 제국의 사무라이 카지로 씨에게 지도를 받은 아인 소녀들의 활약도 기대해 주세요.

분명히 「유유자적 무쌍」을 체현해 줄 겁니다.

그러면 페이지 수 제한이 가까워졌으니 제7권의 내용에 대해서는 이쯤에서 마무리하겠습니다.

또한 본작과 직접 관계된 것은 아니지만, 본작을 낳은 인터넷 소설 투고 사이트에도 「카쿠요무」라는 새로운 조류가 생기려 하고 있습니다.

이 후기를 쓰고 있는 시점에서는 아직 작품이 공개되지 않았지만, 발매될 무렵에는 본격 가동이 시작되었을 겁니다.

저는 아직 계정만 만들었지 작품을 투고하지는 않았습니다만, 「카쿠요무」란 무대에서 어떤 새로운 이야기가 태어날 것인지 지금부터 기대됩니다.

그러면 늘 하던 인사입니다.

편집장 H 씨, 담당자 K 씨 두 사람의 지적과 개고 조언 덕분에 갖가지 장면의 현장감과 매력이 올라갔습니다.

특히 작가가 놓치기 쉬운 부분을 적절하게 지적해 주셔서 정말로 도움이 됩니다.

앞으로도 지도편달을 부탁드리겠습니다.

또한, 매번 근사한 일러스트로 데스마치 세계에 선명한 색채를 주어 끌어올려주시는 Shri 님께는 아무리 감사를 드려도 부족합니다.

이번 볼거리는 핑크색 머리칼의 메네아 왕녀입니다! 살랑살랑 웨이비한 머리카락이 무심코 만지고 싶을 정도로 좋아요!

앞으로도 데스마치 세계의 영상화를 잘 부탁 드립니다.

그리고 카도카와 BOOKS 편집부 여러분을 비롯하여, 이 책의 출판과 유통, 판매에 연관된 모든 분께 감사드립니다.

마지막으로 독자 여러분께 최대한의 감사를!

이 작품을 마지막까지 읽어 주셔서 감사합니다!

그러면 다음 권, 엘프편에서 만나요!

아이나나 히로

■역자 후기

어느 날 밤, 이제 곧 긴 전쟁이 끝나려 하고 있었다.

역자는 해가 지고 다시 떠오르는 동안에도 산발적으로 포성이 들리는 교정 전선의 한 참호 안에서 이제 곧 다시 격렬해질 전투에 대비하고 있었다. 역자 옆에는 C가 곁을 지키고 있었다. C는 수많은 전투를 역자와 함께 거친 병사였다.

"이봐, 그거 들었어? 이제 곧 전쟁이 끝난다더군. 마감이 머지않았대!"

"아, 그래?"

역자는 C의 말에 무심하게 대답했다. 겉으로만 그랬을 뿐 사실은 내심 설레고 있었다. 다만 그는 전장에서 굴러먹으며 보통은 겪어볼 수 없는 여러 일들을 겪은 사람이었고, 이런 화제가 소위 플래그가 될 수 있음을 알고 있었다. C는 이런 것들을 미신이라며 잘 믿으려 하지 않았다. 때문에 역자는 혹여 C가 플래그를 세우지 않을까 걱정되어 굳이 무심한 척 대답했을 뿐이다.

C는 역자를 오래 겪어본 터라 그쯤은 알고 있었다.

"조금쯤은 기쁜 내색을 해보는 게 어때? 아무리 플래그가 설지도 모른다지만 그렇게 무뚝뚝하게 굴어서야 쓰나?"

"분명히 그렇기는 하지만, 괜히 들뜬 기색을 내비치다 보면 뭔가 실수를 할 수도 있는 법이지."

"하하, 자네는 여전하구만. 그런 신중함과 세심함 덕분에 아직까지 살아남을 수 있었던 거겠지. 하지만 가끔은 긴장을 풀고 한숨 돌리는 것도 필요한 법이야."

"……알고는 있지만 쉽지가 않아."

C는 고개를 절레절레 저었다. 하여간 이 친구는…….

"그러지 말고 이야기를 한 번 해보게. 자네 고향에 꽤 오래 안 간 걸로 아는데, 이번에 마감이 되면 한 번 다녀오지 그러나?"

"고향 따위는 잊었어."

"에헤이~. 이 친구 또 이런다. 그래서 어디 여자라도 사귀겠나?"

"흥. 여자는 무슨."

"어허! 이 친구 못쓰겠구만. 하는 수 없지—."

거기까지 말하고 C는 품을 뒤지기 시작했다. 역자는 불길한 예감을 느끼고 그를 막고자 했지만 C는 그보다 빨랐다.

"내가 고향에 남기고 온 여자 친구 사진이 여기에—."

"C!"

"—있을 리가 없잖아! 으하하하!"

비명처럼 외친 역자에게 C가 품에서 꺼내 내민 것은 초코바였다. 역자는 그것을 보고 잠시 넋이 나간 표정을 지었지만 생각해 보면 당연했다. 같이 전장에서 구르기 바빴던 C에게 고향의 여자 친구 같은 존재가 있을 리 없었다. 역자는 헛웃음을 지으며 싱글거리고 있는 C의 손에서 초코바를 낚아챘다.

그 순간, 폭음이 울렸다.

끔찍한 충격. 역자는 균형을 잃고서 넘어질 뻔했지만 간신히

버텼다. 한 순간 무슨 일이 일어났는지 파악하지 못했다. 피어 오른 흙먼지를 들이키고 기침을 했을 때에야 깨달았다. 포격이다.

가깝다. 어디지? 돌아본 역자는 굳어 버렸다. C가 쓰러져 있었다. 그리고, 그의 다리가 피투성이가 되어 기괴한 각도로 꺾여 있었다.

"C!"

역자는 황급히 그에게 다가가 불렀다. C는 잠시 몽롱한 듯 힘겹게 눈을 깜빡였지만 다행히 정신을 차렸다.

"크윽! 빌어먹을! 다리가!"

"조금만 참아! 목숨엔 지장이 없을 거야! 의무병! 의무벼어어엉! 부상자다!"

"젠……장. 플래그 가지고 장난을 친 값인가……. 조금 더 자네 말을 들을 것을 그랬어."

"됐어! 됐으니 버티고 있어! 죽으면 안 돼! 자네 없이 나 혼자서 이 전쟁을 끝낼 수는 없어!"

"그거……야 당연한 일이고. 굳이 호들갑 떨 것 없어. 이정도쯤이야 치료를 받으면 되지. 다리에 철심을 박고서라도 자네와 함께 하겠어."

C는 그 말을 지켰다. 결국 철심을 박아 넣는 정도가 아니라 철로 된 의족을 달긴 했지만 그는 기어코 회복하여 함께 전쟁이 끝난 뒤까지 살아 남았다. 그는 앞으로도, 나의 전우일 것이다.

요약: 밤중에 일하는데 의자 다리가 부러졌어요! 그래서 부랴

부랴 다리만 새로 사서 고쳤습니다. 스틸 다리입니다.

안녕하세요! 불초 역자 쓰잘데없는 일 가지고 소설을 써봤습니다! 그럼 다음에 또 만나요!

데스마치에서 시작되는 이세계 광상곡 7

1판 1쇄 발행 2017년 3월 10일
1판 4쇄 발행 2018년 3월 21일

지은이_ Hiro Ainana
일러스트_ shri
옮긴이_ 박경용

발행인_ 신현호
편집국장_ 김은주
편집진행_ 최은진 · 김기준 · 김승신 · 원현선 · 김솔함 · 권세라
편집디자인_ 양우연
국제업무_ 정아라 · 고금비
관리 · 영업_ 김민원 · 이주형 · 조인희

펴낸곳_ (주)디앤씨미디어
등록_ 2002년 4월 25일 제20-260호
주소_ 서울시 구로구 디지털로 26길 111 JnK디지털타워 503호
전화_ 02-333-2513(대표)
팩시밀리_ 02-333-2514
이메일_ lnovelpiya@naver.com
L노벨 공식 카페_ http://cafe.naver.com/lnovel11

ISBN 979-11-278-4054-9 04830
ISBN 978-89-267-9956-7 (세트)

값 8,500원

© Koushi Tachibana, Tsunako 2016 / KADOKAWA CORPORATION

데이트 어 라이브 1~15권, 앙코르 1~5권, 머테리얼

타치바나 코우시 지음 | 츠나코 일러스트 | 이승원 옮김

4월 10일. 새 학기 첫 등교일.
이츠카 시도는 평소와 다름없는 일상을 보내고 있었다.
갑작스러운 충격파로 파괴된 마을 한가운데에서 소녀와 만나기 전까지는—

세계를 부수는 재앙, 정령을 막을 방법은 단 두가지.
섬멸, 혹은 대화

정령과 만나게 된 시도는,
세계의 멸망을 막기 위해 데이트로 정령을 꼬셔야하는 운명에 처하게 되는데!?

세계의 멸망을 막기 위한 데이트가 시작된다—!!

ANIPLUS TV 애니메이션 방영 화제작!!

L NOVEL
컴플리트노비스
COMPLETE NOVICE
05
혼의 혁신
타오 노리타케 지음
카고메 일러스트
원성민 옮김
NOVEL
Astral Innovator